en busca de
milagros

de
JULIA ALVAREZ

TRADUCIDO POR
LILIANA VALENZUELA

Published by Laurel-Leaf
an imprint of Random House Children's Books
a division of Random House, Inc.
New York

Originally published in English in hardcover by Alfred A. Knopf Books
for Young Readers, New York, in 2004. This edition published by
arrangement with Alfred A. Knopf Books for Young Readers.

Laurel-Leaf and colophon are registered trademarks
of Random House, Inc.

www.randomhouse.com/teens

Educators and librarians, for a variety of teaching tools, visit us at
www.randomhouse.com/teachers

RL: 5.4
ISBN-13: 978-0-375-49407-5 (pbk.) 978-0-375-90003-7 (lib. bdg.)
ISBN: 0-553-49407-4 (pbk.) 0-375-90003-9 (lib. bdg.)
May 2006
Printed in the United States of America
10 9 8 7 6 5 4 3 2 1

para los milagritos,
que han traído más luz
a nuestras vidas

… especialmente
para lizzi,
nuni, lauri

y para las madres y los padres,
perdidos y encontrados,
la desgarradora pérdida,
el asombroso don

PRIMERA PARTE

1

alérgica a mí misma

Tomé la clase de escribir cuentos con la Srta. Morris. Era una materia optativa de tres semanas aparte de la clase normal de inglés. La tomé porque, a decir verdad, necesitaba el crédito extra. Siempre he tenido problemas con la escritura, pero no quiero hablar de eso ahora. Sabía que mi calificación en inglés, una C, se estaba hundiendo de prisa hasta convertirse en una D. Así que me inscribí.

—Un cuento sirve para unir las distintas partes de una vida —nos dijo la Srta. Morris en la primera clase. A decir de ella, era como si los cuentos te pudieran salvar la vida. Ella era algo así como una fanática de la literatura, la Srta. Morris. A muchos muchachos no les caía bien por eso. Pero en secreto, yo la admiraba. Ella tenía una razón por la cual vivir. Fuera de salvar a mamá y a papá y a mi hermana, Katy, y a mi hermano, Kenny, y a mi mejor amiga, Ema, y a unas cuantas personas más de un edificio en llamas, no podía imaginar algo que me entusiasmara tanto.

—A menos que unamos todas esas partes, podemos perdernos en el camino. —La Srta. Morris dio un suspiro como si eso le resultara muy familiar. Ella no era exactamente una señora muy mayor, sería quizá de la edad de mamá y papá. Pero por la manera en que llevaba el cabello alborotado, como se pintaba los ojos y usaba bufandas, aparentaba menos edad. Vivía a una hora de distancia, cerca de la universidad, y conducía una camioneta roja. A veces se refería a

3

su pareja y a veces a su hijo, y una vez a un ex-marido. Era difícil unir todas las partes de su vida.

La Srta. Morris nos dio un ejercicio en que debíamos anotar un par de detalles sobre nosotros mismos. Luego teníamos que escribir un cuento en base a ellos.

—Nada importante —nos dijo para animarnos—. Pero sí tienen que ser detalles que dejen entrever algo de su yo verdadero.

— ¿Eh? —gruñeron varios muchachos de la fila trasera.

—Me refiero a esto —dijo la Srta. Morris, leyendo de su lista. Siempre ensayaba los ejercicios que nos daba—. La mañana en que nací, me tuvieron que dar tres vueltas. Iba mal encaminada, supongo. —Levantó la vista y sonrió, como orgullosa de sí misma—. Bueno, aquí les va otro. Cuando tenía doce años, por medio de unos rayos X descubrieron que yo tenía unos "huesitos de alas" extra en los hombros. —La Srta. Morris extendió los brazos como si fuera a volar.

Los muchachos del "eh" se lanzaron miradas unos a otros como si estuviéramos en el programa de *La dimensión desconocida*.

—Así es que, muchachos, ¡uno o dos detalles que nos transmitan quién es su yo verdadero! En realidad, ¡este es un magnífico ejercicio para el autoconocimiento!

Todos refunfuñamos. Era casi obligatorio cuando un maestro mostraba el entusiasmo de una maestra de kindergarten acerca de una tarea.

Me senté a mi escritorio pensando qué escribir. Las manos ya me picaban con ese sarpullido que siempre me sale. Como no se me ocurría nada más, decidí anotar eso. Pero lo que salió fue: "Tengo una alergia que hace que se me pongan las manos rojas y me den comezón siempre que mi yo verdadero intenta decirme algo". Como segundo detalle, me sorprendí a mí misma escribiendo: "Mis papás tienen una caja en su habitación que sólo hemos abierto una vez. Para mí, esa es La Caja".

La Srta. Morris venía pasando por las hileras, revisando cómo íbamos.

—¡Muy bien! —susurró cuando leyó mi hoja. Ahora la cara, al igual que las manos, se me había enrojecido—. ¡Podrías escribir un cuento muy interesante con solamente esos dos datos!

—Son inventados —dije demasiado aprisa. ¿Ah sí? Lo único que ella tenía que hacer era mirarme las manos.

—Entonces escribe un cuento sobre un personaje para quien esos dos datos sean ciertos —replicó la Srta. Morris. Era imposible evitar su entusiasmo.

Me sentí aliviada cuando sonó la música por el altavoz al final de la primera clase. Ése es un detalle que dice mucho acerca de nuestra escuela. En lugar de timbres, nos ponen música, cualquier cosa, desde música clásica a "Duérmete niño" a rock. Supongo que en Vermont somos poco convencionales. Los timbres nos resultan demasiado chocantes.

Acabé escribiendo un cuento poco convincente, futurista, sobre una chica extraterrestre cuyos chips de memoria están guardados en una caja que ella no puede abrir porque necesita reiniciar sus manos como si fuera una computadora. Fue una idea tomada de una película de medianoche en la televisión que Ema y yo habíamos visto en su casa; sus papás tienen antena parabólica y pueden sintonizar todos los canales raros.

Era obvio que la Srta. Morris estaba desilusionada porque yo no había escrito acerca de mi propia vida. Y aunque me seguía saliendo un sarpullido en las manos, tratando de decirme ¡Milly! ¡Ya es hora!, yo aún no estaba lista para abrir mi caja de secretos.

Pero a veces, como es el caso con mis alergias, se requiere de un irritante externo que te provoque una reacción. Mi "irritante" externo apareció al día siguiente en la clase del Sr. Barstow.

Se encontraba de pie frente a nosotros, con la cabeza agachada, de modo que no se le podía ver bien la cara. Tenía la piel de un tono tostado moreno como se me pone a mí la piel en el verano después de asolearme por semanas.

El Sr. Barstow, maestro de historia y de "homeroom", donde iniciábamos y finalizábamos nuestra jornada escolar, lo estaba presentando: Pablo no sé qué no sé cuánto; debe haber tenido como cuatro nombres.

—¡Denle una calurosa bienvenida a su compañero!

Calurosa bienvenida, sonaba bien. Era uno de esos días de enero, helados como un congelador, en los que aun aquellos a quienes les encanta el invierno se preguntan, *¿estoy loco?* Yo no era de esos, es decir, de los aficionados al invierno. Pero de vez en cuando, tenía mis propias razones para preguntarme, *Milly, ¿estás loca?* Pero una afición al invierno no era una de ellas.

—¡Oigan, muchachos! ¡Con un poco más de ganas! —Cuando no daba clases de historia mundial o hacía de nuestro maestro principal, el Sr. Barstow era entrenador de los equipos de fútbol americano, de básquetbol y de béisbol. Sabía cómo enardecer a una multitud. No tuvo tanto éxito con su clase principal de noveno grado en pleno invierno.

Apenas si le dimos un tibio aplauso.

Pablo no llevaba puesta ropa adecuada para un clima frío. Traía una camisa de manga corta color caqui y un par de bluyines nuevos que parecían como si los hubieran planchado. Nadie en la escuela secundaria Ralston High usaba bluyines que fueran uno, nuevos; dos, sin alguna rotura o rasgadura; tres, planchados. Se veía tan incómodo parado allí enfrente. De momento me dio mucha lástima.

El Sr. Barstow siguió hablando de Pablo, de cómo tenía dos hermanos mayores, de cómo sus padres eran refugiados . . . Yo me puse en piloto automático . . . flotando por la clase . . . sin poner atención . . . Pero entonces el Sr. Barstow mencionó algo que hizo que me empezaran a picar las manos y me ruborizara.

Ema, mi mejor amiga, se sienta en la fila de al lado, tres sientos adelante de mí. Me fijé cómo se le tensaban los hombros. Voltearía a verme en cualquier instante. *Por favor, Ema,* pensé, *¡no lo hagas!* No podía soportar que ella hiciera que los demás se fijaran en mí.

Pero si Ema me volteó a ver, ni me enteré. Me quedé mirando los rayones en mi pupitre hasta que éstos comenzaron a nadar bajo mis ojos, reorganizándose en la forma de aquel país de donde el Sr. Barstow dijo que venía Pablo.

Aparte de Ema, no le había contado a nadie en este salón que yo también venía de ese lugar.

—Hola, Milly. —Ema puso su bandeja del almuerzo frente a mí. El día de hoy, Ema iba a comer un plato de ensalada verde, un par de tiritas de zanahoria y una manzana. Ema siempre estaba tratando de adelgazar, lo cual no resultaba fácil, pues como decía mi hermana, Katy, ¿de dónde iba Ema a adelgazar? La única respuesta posible era de su pelo. Ema es tan flaquita como un juguete de armar Tinkertoy, pero con una melena rubia y rizada.

Además de la comida para conejos en su bandeja, Ema también traía tres botellas de agua mineral sin gas. Había leído en algún lugar cómo los seres humanos necesitamos tomar ocho vasos de agua al día. En casi cada clase, Ema tenía que pedir permiso para ir a hacer pipí. Muchos chicos de la escuela Ralston pensaban que Ema se drogaba. Pero en realidad, Ema solamente era adicta al H_2O.

—Se parece a Brad Pitt. —Ema había tomado un asiento, e iba directo al tema que yo deseaba evitar. Es lo que me encanta y me choca de mi mejor amiga—. Es decir, un Brad Pitt muy bronceado.

— ¿Quién? —dije. No podía admitir, ni siquiera ante Ema, que yo había pensado en Pablo toda la mañana.

—Ya sabes quién. —Ema miraba fijamente el ramillete de lechuga en su tenedor—. ¡Pero vaya si necesita que alguien le ayude con su ropa! —Ema rió, luego se rellenó la boca de lechuga. Comía su comida vegetariana como una carnívora.

—¿Qué tal? —Ema se tragó el bocado con rapidez,

ignorando su regla sobre masticar cada bocado no sé cuántas veces—. ¿No crees que es bien parecido?

Me encogí de hombros.

—No le pude ver bien la cara, estuvo mirando hacia abajo todo el rato.

Ema se inclinó hacia mí y susurró:

—Míralo ahora. Ahí está, con Jake.

Eché una ojeada hacia la fila de la cafetería. Pablo estaba de pie junto a uno de nuestros mejores amigos, Jake, quien recorría el cuarto con la mirada para ver dónde se iban a sentar. Nuestro comedor está tan segregado como el Sur de los Estados Unidos antes del movimiento por los derechos civiles. El grupito buena onda siempre gana las butacas, cerca de la comida. A nosotros los fronterizos nos tocan las mesas largas cerca de los recipientes del reciclaje. Nosotros no estamos ni dentro ni fuera, sino en medio.

Ay, por favor, no los vayas a invitar, Ema, estaba yo pensando. El sólo hecho de tener a Pablo cerca era como si alumbrara con un reflector esa parte de mi vida que yo había evitado por tanto tiempo.

Pero la telepatía con mi mejor amiga parecía no estar funcionando hoy.

—¡Hola, Jake! —Ema les hizo una seña a los muchachos para que se sentaran con nosotras.

Al principio, Jake parecía no haberla escuchado debido a la bulla en la cafetería. Pero Ema seguía haciendo señas con la mano hasta que Jake la vio y asintió. Volteó a ver a Pablo y con la cabeza le hizo una seña en nuestra dirección para mostrarle adónde ir entre esa multitud del comedor al mediodía.

Bajé la mirada a mi bandeja, un burrito a medio comer, una bolsa de papas, un pastel de chocolate y nueces, una Coca y la botella de agua que Ema insistió que yo debía beber. ("¿De qué me sirve estar viva a los noventa si mi mejor amiga ya va a estar bien muerta para entonces?") No había manera de engullirlo todo en el momento que tomaría para que . . .

—¿Nos permiten acompañarlas, señoritas? —Jake nos preguntó. A veces Jake hace de cuenta como si fuera de la generación de nuestros papás, lo que resulta gracioso ya que Jake se ve más joven que cualquiera en nuestra clase. Es más bien de estatura baja, con pecas en el huesito de la nariz, unos ojos azules y brillantes, y una expresión ligeramente risueña, como si estuviera a punto de contar un chiste o algo—. Pablo, ellas son dos de las chicas más divertidas de nuestra clase.

Seguro. Sólo alguien fronterizo podría decir eso sobre otras dos fronterizas.

Pablo sonrió tímidamente y se deslizo al lado de Jake. Era guapo, de un tipo distinto a los de Ralston, moreno y extranjero, como fuera de lugar. Quizá sólo se quedaría aquí unas semanas antes de que su familia regresara a su país o se mudara a otra parte.

Ema comenzó a acribillarlo a preguntas. ¿Qué le parecía a Pablo la comida? ¿Ralston High? ¿Los Estados Unidos de Norteamérica? Pablo parecía estar confundido, como si tal vez no entendiera mucho inglés. Ema sabía que yo hablaba algo de español. Yo esperaba —telepateando a Ema, telepateando a Ema— que a Ema no se le fuera a ocurrir ofrecer mis servicios.

Esta vez, la telepatía funcionó con Ema, pero no con Jake.

—Oye, Milly —prorrumpió—, ¿Acaso no eres muy buena para el español?

¿Por qué me preguntaba eso Jake? Le lancé una mirada a Ema. ¿Había ella revelado mi secreto?

—¿A poco no estás en la clase de español avanzado? —insistió Jake.

—Pero no soy tan buena —alcancé a decir.

—Debes hablarlo mucho mejor que yo. —Jake negó con la cabeza al pensar en cómo él hablaba el español. Luego, en su voz de anfitrión, agregó—: Pablo va a pasar a mi casa después de la escuela. Por qué ustedes, señoritas, no nos acompañan y podemos jugar al billar, atacar la nevera o lo que sea.

—La mamá de Jake es dueña de un servicio de banquetes y ha aparecido en muchas revistas. A veces lleva las sobras a casa.

—Claro que sí podemos —Ema ofreció a nombre de ambas.

—Yo no puedo —dije—, tengo que . . . mamá me pidió que ayudara a Kenny . . . —Me quedé con la mente en blanco. ¿En qué podría decir que le estaba ayudando a mi hermano menor?— Kenny tiene que hacer un trabajo . . . sobre el sistema solar . . .

Mi mentira se esfumó justo en ese momento pues dos amigos nuestros más, Dylan y Will, se habían unido a nuestra mesa. Jake hizo una nueva ronda de presentaciones:

—Estos son dos de los chicos más divertidos de la escuela. —Jake tenía el don de hacer que cada persona se sintiera importante. Siempre andaba salvando ballenas o haciendo que recicláramos o que nos preocupáramos más por la gente del Tercer Mundo. Quizá Pablo fuera su nueva causa. Una vez Ema se burló de Jake, diciéndole, "Si fueras un carro, estarías lleno de calcomanías".

Jake había replicado, "Y si tú fueras un carro, Ema, tendrías una goma pinchada". Todos rieron, pero Ema se molestó pues no estaba segura de que Jake no se estuviera burlando de ella. Esa noche hemos de haber pasado una hora en el teléfono analizando exactamente qué quiso decir Jake con ese comentario.

Mientras todos conversaban, Pablo se quedó sentado a un lado, mirando a quien estuviera hablando, tratando de seguir el hilo de la conversación. Luego, como si nada, me miró de frente, no como si me estuviera tratando de ligar, sino como si ya me conociera. Dije en mi interior que me estaba volviendo paranoica. No nos parecíamos en nada. Yo tengo el cabello castaño claro, la piel ligeramente aceitunada como la de algunos franco-canadienses que viven en nuestro pueblo, excepto que, como mencioné antes, en el verano, cuando me asoleo, me bronceo de un tono muy moreno. En realidad, mis ojos son mi único rasgo distintivo: son de un tono dorado salpicado de motas cafés como trozos de ámbar con fósiles por dentro. Lo cierto es que puedo hacerme pasar por 100 por ciento americana y, aunque suene muy incorrecto política-mente hablando, me alegro de ello. Lo que menos quiero es que cuando la gente vea a mi familia pregunte: "¡Oh! ¿Dónde la consiguieron?" Los amigos de mis padres, la familia Hopkins, adoptaron a Mimí de China y siempre les están haciendo ese tipo de comentarios. Así que si Pablo me miraba fijamente, no era porque me pareciera a la gente de su país ni mucho menos.

¿Qué me ve entonces? me pregunté.

Como si contestara a mi pregunta, Pablo se inclinó sobre la mesa.

—¿De dónde eres? —me preguntó en español. Había tanto ruido alrededor de nuestra mesa que por un instante dudé si lo había escuchado bien. Pero volvió a decir:

—¿De qué país?

Hice algo que todavía lamento. Me encogí de hombros como si no le entendiera ni una sola palabra.

Pero Pablo me siguió mirando como si no estuviera con-vencido. El sarpullido de mis manos me picaba horrible-mente. Tenía que salir de ahí cuanto antes. Así que hice como haría Ema. Me tomé una botella de agua en prácticamente un trago y salí de prisa al baño. No sé por qué pensé que tenía que *probar* que me urgía ir al baño.

Ema entró justo cuando yo me encerraba en mi casilla.

—Oye, ¿qué te pasa? ¿Te sientes bien?

—¿Por qué? —alcancé a decir, tratando de que mi voz sonara lo más normal posible.

—Por la manera en que saliste corriendo. Es como si hubie-ras visto un fantasma o algo.

¡Pues sí! Me dieron ganas de decirle. En vez de eso, le dije:

—Es mi maldito periodo. —Esperaba que Ema no recor-dara que hacía una semana le había pedido que me prestara un tampón. Ella cargaba de todo en esa mochila.

Ema tiró de la cadena.

—¿Estás segura de que no puedes venir a casa de Jake?

—No puedo, Ema. Tengo que ir a casa y ayudar a Kenny.

—Aaaay, pobrecita —se lamentó Ema con un sonsonete para mostrar que me compadecía—. Creo que voy a ir por un rato de todas formas. —Ella estaba ahora por los lavabos. Por la manera en que espaciaba las palabras, me di cuenta de que debía estarse mirando al espejo—. Me llamas esta noche, ¿de acuerdo? ¿Estás segura de que te sientes bien?

La canción de *"Raindrops Keep Falling on My Head"* para anunciar la sexta hora ahogó mi "claro".

Toda la tarde, no pude dejar de pensar en lo que había sucedido. Me sentía como una mala persona. También me sentía enojada. ¿Por qué ese tipo Pablo me señalaba? Todos los demás suponían que yo era del lugar. ¿O acaso era así? Jake me había preguntado que si yo sabía español, ¿porque estaba tomando la clase de español o porque él ya lo *sabía*?

Anduve a rastras por las clases esa tarde. Estaba tan contenta de ya haber tenido la clase de español en la mañana. No creo que hubiera soportado siquiera oír ese idioma. Nada más de pensar en todo esto me estaba dando una comezón feroz.

Cuando sonó la última canción (una marcha con trompetas), salí corriendo y nada más le hice adiós con la mano a Ema. Tenía tantas ganas de llegar a casa y esconderme bajo la colcha. En realidad, tenía que encontrar la manera de convencer a Ken de que él no quería salir hoy con sus amigos. Vivimos en un pueblo pequeño y no era posible que Ken fuera visto en público y que a la vez estuviera haciendo un trabajo sobre la Vía Láctea. Me esperaba una tarde jugando videos tontos con un niño de ocho años.

En el autobús, me quedé mirando el paisaje invernal de Vermont por la ventana: cielo gris arriba y nieve gris abajo, malo sobre peor. Mi aliento empañaba el vidrio. Si Ema hubiera estado conmigo, hubiera dibujado una carita sonriente en éste para hacerme sonreír.

Pero me alegraba estar a solas. Mi hermana Katy ya casi nunca venía en el autobús después de clases. Siempre tenía una u otra actividad extracurricular como el coro, el anuario, el club de debate. Katy y yo somos de la misma edad, pero ella va un grado más avanzada que yo (Ella cumple años el 9 de abril, yo supuestamente el 15 de agosto). Ambas cumplimos dieciséis este año.

En ocasiones, alguien a quien acabamos de conocer comienza a hacer cuentas y a hacer preguntas. ¿Cómo es posible que Katy y yo seamos hermanas y seamos de la misma edad, pero que no seamos gemelas? Una vez les pregunté a mis papás qué tanto sabía la demás gente que conocemos. Ellos se miraron entre sí.

—Sólo se lo hemos dicho a algunos amigos —dijo mamá. Luego titubeó:

— Cariño, espero que sepas que no hay nada de qué avergonzarse. Los niños llegan a las familias de distintas maneras.

Ese cuento inspirador siempre suena muy bien en teoría, pero no alivia los sentimientos reales. Sólo quiero ser una Kaufman cualquiera. ¿Por qué resulta tan difícil comprenderlo?

—Es algo confidencial, sólo eso —intenté explicar.

Lo curioso es que Katy parece más latina que yo. Ella heredó los ojos color café chocolate de nuestra abuela Happy, así como su pelo castaño negrizo (el de la abuela proviene ahora de una botella) y la piel aceitunada que era muy común, según dice la abuela, del lado de su mamá, antes de que todos ellos fueran exterminados en el Holocausto. Mi abuela Happy, cuyo nombre quiere decir "feliz" en inglés, en realidad tiene mucho de qué estar triste. Pero ese es otro cuento.

Además, Katy es inteligente. Me consta. Durante muchos años compartimos un cuarto, antes de que yo rogara que me dieran mi propio cuartito en el desván, donde no tuviera que ver cómo Katy improvisaba un trabajo la noche anterior y una semana después llegara a casa con una A. Yo, mientras tanto, con suerte lograba una B−, en un trabajo en el cual había batallado por semanas.

Durante mucho tiempo, yo realmente creí que era tonta. Durante toda la primaria y la escuela intermedia, me tuvieron que dar clases particulares. Era como si no pudiera hilar las letras para formar las palabras escritas y las oraciones. ¡Y me daban unos dolores de cabeza! Estaba absolutamente convencida de que tenía un tumor en el cerebro. En una ocasión escuché a mamá hablar con uno de mis maestros particulares. Él decía que había leído un artículo que decía que los niños que habían sido adoptados de países del Tercer Mundo tenían dificultades de aprendizaje:

—Cuando uno considera los traumas que muchos de estos niños han sufrido, es un milagro que hayan sobrevivido.

¿Se refería a mí? ¿Era yo una *sobreviviente*?

¿Cómo podía sentirme orgullosa de algo que ni siquiera podía recordar?

El autobús se había detenido.

—Planeta Tierra a Milly, Planeta Tierra a Milly —llamó Alfi, el chofer. Alfi es un ex-hippy, el chofer preferido de Ema y de Jake y mío. Salpica su conversación de citas incorrectas de canciones viejas de los años sesenta. La teoría de Ema es que en su época de Woodstock, Alfi tomó tantas drogas que su cerebro quedó frito y las células de su memoria quedaron todas revueltas.

—*You gotta get out of this bus if it's the last thing you ever do* —cantaba Alfi.

Muy gracioso, pensé al salir, sin sonreírle a Alfi como de costumbre al bajarme del autobús. Él sabía que algo andaba mal y comenzó a improvisar con la tonada de *"Hey Jude"* de los Beatles, con esa voz tierna y ronca suya:

—*Oye, Milly, no seas pesada, toma un día triste y mejóralo . . .* —dale que dale mientras yo bajaba por los escalones. Era imposible echarle una mirada asesina a Alfi. Era tan buena gente, con su pañuelo de colores y su colita de caballo y esa cara de brusquedad fingida. De modo que hice lo único que se me ocurrió. Me di la vuelta y le hice el signo de la paz.

Y él me contestó con el mismo signo. El suyo venía acompañado de una sonrisa.

Mamá estaba en casa, hablando con Katy por teléfono, coordinando los planes para recogerla más tarde del ensayo del coro. Busqué por la casa. Ken no estaba.

Me apresuré a la cocina justo cuando mamá colgaba.

—¿Dónde está Kenny?

Debo haber parecido muy nerviosa, porque mamá se llevó la mano al corazón.

—¿Qué quieres decir, que dónde está Kenny?

—Nada —traté de calmar mi voz—. Sólo que lo andaba buscando, es todo.

—Francamente, Milly. Me pegaste tremendo susto. —Mamá estaba molesta.

—Lo siento —dije entre dientes—. Nada más lo buscaba para ayudarle a hacer un trabajo. —Segunda mentira. ¿Hasta qué profundidad iba a cavar este hoyo?—. ¿Dónde está él?

—Es jueves, cariño. —Mamá me miraba ahora con atención. Ya se sabe que hacer la tarea no es uno de mis fuertes; no era nada probable que yo le estuviera ayudando a mi hermano con ningún trabajo—. Kenny tiene entrenamiento de hockey.

¡Entrenamiento de hockey! No había un lugar más público en el invierno en nuestro pueblo que la Pista de Hielo Ralston. Para mañana, todo el mundo sabría que yo era una gran mentirosa. Me desplomé en una silla con ganas de llorar pero pensé en mi interior que no podía hacerlo pues entonces tendría que dar explicaciones.

Mamá se sentó a la mesa enfrente de mí. Traía lo que Katy y yo llamamos su cara de psicóloga. Te comprendo, dice ese gesto, aun antes de que le digas qué es lo que te pasa. —¿Todo bien, cariño?

—Sólo quería que Kenny estuviera en casa, es todo.

Mamá dio un suspiro.

—Comprendo cómo te sientes. —Mamá se había tomado las tardes libres de su consultorio tan solicitado como psicóloga familiar para pasar tiempo de calidad con su familia. ("Seguir mi propio ejemplo", le llamaba). Pero de pronto todos estábamos tan ocupados que lo único que hacía era pasar el tiempo sentada en el carro, esperando a que Katy saliera del ensayo del coro o que Kenny terminara su entrenamiento deportivo y, hasta hace poco, que yo saliera de mis clases particulares.

—Estaba a punto de hacer unas galletas. ¿Quieres ayudarme?

Negué con la cabeza. Me sentía demasiado deprimida como para hacer algo útil. En lo único en lo que podría haber estado de acuerdo era si mamá hubiera sugerido, "¿Qué te parece si te enterramos bajo un montón de nieve en el jardín de atrás y te desenterramos una vez que todos tus conocidos se hayan graduado de Ralston High School?"

—Los caminos estaban horribles hoy. —Mamá me hablaba, de espaldas a mí, mientras mezclaba los ingredientes en el mostrador—. Pasé por Sterlings de camino a casa, con la esperanza de encontrar algo para el cumpleaños de Happy. Pero nada. —Mamá intentaba sonsacarme las palabras. Primero ofrecía algo de su vida, luego agregaba una pregunta sobre la mía—. ¿Cómo te fue en la escuela hoy?

—Bien —dije—. Quiero decir que fue interesante. —Y luego, no sé que me picó, ya que yo intentaba evitar el tema. Pero de pronto me escuché decir:

—Hay . . . un muchacho nuevo en nuestra clase, Pablo. —Mencioné cómo él y su familia eran refugiados, cómo era probable que no supiera mucho inglés y luego mencioné de dónde era.

La reacción de mamá fue ponerse igual de tensa que Ema cuando el Sr. Barstow mencionó en clase el país natal de Pablo.

Mamá se dio la vuelta, las manos grasosas de untar las

bandejas de las galletas con mantequilla. Sus ojos eran como dos puertas bien abiertas.

—Milly, cariño —comenzó, acercándose a mí—. ¿Eso es lo que te está pasando?

Sí, no, sí, no, mi cabeza y mi corazón se peleaban a gritos. Sí, quería que mamá me abrazara. No, porque si lo hacía, sabía que me iba a soltar llorando.

Creo que opté por no, o quizá los gritos en mi interior eran demasiado fuertes y confusos. Salí destapada de la cocina y subí las escaleras y acabé bajo la colcha que mamá me hizo el año pasado con retazos de tela que yo había escogido. Lo que me hizo sentir aún peor por haberla rechazado.

Lo malo de tenerte lástima a ti misma es que después de que repasas toda la escena fúnebre en tu mente —todo el mundo comentando lo buena que eras, lo triste que resulta que hayas muerto tan joven— quieres estar viva otra vez. Mamá anunció que iba a salir un segundo para recoger a Katy y a Kenny. Ya sabía que ella quería "darme mi espacio," pero yo más bien hubiera querido que subiera y me diera otra oportunidad de ser una persona buena.

Cuando escuché el carro entrar por el garaje, sentí un torrente de alivio y felicidad. Pero no bajé corriendo las escaleras para saludar a todos. En lugar de eso, esperé, demasiado orgullosa como para mostrar con qué ansias necesitaba tener a mi familia a mi alrededor.

—¡MILL-L-L-Y-Y-Y! —llamó Kenny.

Fingí no escucharlo. Pero cuando él no volvió a llamarme, abrí la puerta y grité hacia abajo:

—¿Qué?

—Oye, Milita bonita, baja. —Era Katy. Me pregunté si mamá había hablado con ellos.

Allá voy abajo, tratando de decidir qué cara poner al entrar a la cocina. Sabía que le debía una disculpa a mamá, pero luego, si decía algo, por ser ella como es, tendríamos que hablar de ello.

—Milly, ¡debías haber visto el gol que anoté! —Al momento en que entré al cuarto, Kenny comenzó a contarme de sus triunfos en el entrenamiento. Corría por la cocina, peleando con un disco imaginario. Katy me puso los ojos en blanco.

Kenny simuló un golpe y casi tumba a mamá al momento en que ella sacaba una bandeja de galletas del horno. Mamá por poco dice una grosería, pero al final lo único que dijo fue "¡Miércoles . . . !" Katy y yo reímos. Era imposible que mamá usara esa palabrota. Ella había sido criada dentro de la religión mormona y aunque se había rebelado, había abandonando la ciudad de Provo para irse a estudiar a una universidad del Este, se había unido al Cuerpo de Paz al graduarse, se había casado con un muchacho judío, todavía conservaba una parte mojigata que creía que la crema de cacao para los labios era "maquillaje" suficiente y pedía perdón cada vez que estornudaba.

Mamá llevó las galletas a la mesa, balanceando el plato en el aire, como una mesera elegante. Kenny embistió pero falló.

—¡Anda, mamá! —gimió con impaciencia.

Mamá puso el plato delante de mí.

—Milly escoge primero.

—¿Por qué? —preguntó Kenny, agregando de inmediato un "¡no es justo!" antes de que mamá pudiera siquiera contestar.

—Porque . . . ¡puse la vida de Milly en peligro al hacer estas galletas!

Hasta yo parecía asustada.

—Dejé prendido el horno —explicó mamá, acercando una silla a mi lado—. ¿Qué tal si hubiera quemado la casa? ¿Qué tal si le hubiera pasado algo a mi *baby*cita querida? —Me apretó la mano, lo que de hecho hizo que ya no me diera tanta comezón.

Kenny sonreía. Le encantaba cuando a alguien más le tocaba ser el bebé de la familia.

—Vi a Ema después de clases —dijo Katy entre mordiscos

de su galleta. Le estaba dando vueltas y vueltas a la bandeja giratoria en el centro de la mesa. En cualquier momento mamá le diría que dejara de hacerlo, que esa era la tercera bandeja giratoria en el último año. Era el tic nervioso de Katy, uno muy inconveniente, pensé con frecuencia, ya que no precisamente podías llevar una bandeja giratoria contigo a todas partes. El mío era mucho más portátil: el sarpullido—. Iba de camino a casa de Jake.

—¿Ah, sí? —pregunté con indiferencia.

—Iba con un chico muy guapo. Dijo que era alguien nuevo de tu clase.

¿Bien guapo? ¿Y qué tal su pelo? ¿Y qué tal su ropa? Me di cuenta de que mamá se quedó más callada que de costumbre.

—Ema dijo que es mayor pero que lo atrasaron hasta que se ponga al corriente.

—¿De dónde es? —dijo Kenny.

Katy se encogió de hombros.

—No le pregunté.

Yo no ofrecí la información. Mamá tampoco.

Después de la cena, me llevé el teléfono portátil a mi cuarto en el desván. Ema y yo hablábamos por lo menos una vez cada noche, a veces más si la línea no estaba ocupada. En casa todos usamos mucho el teléfono. A excepción de papá, aunque a veces tiene que hacer un montón de llamadas a clientes particulares sobre trabajos que acepta cuando es temporada baja para el contratista local.

Ema dijo que la habían pasado muy bien en casa de Jake. Dylan y Will habían ido también. ¡Y Meredith! Sentí la punzada de los celos. Meredith había sido la mejor amiga de Ema antes de que Ema y yo nos volviéramos íntimas amigas. No era que Ema hubiera abandonado a Meredith para estar más conmigo, sino que ya casi no se veían desde que Meredith se había cambiado a Champlain Academy, la escuela privada en el pueblo aledaño.

—Me hubiera encantado que estuvieras allí —me decía Ema, como si notara que me sentía excluida—. Todos te extrañamos taaaanto.

Me sentí mejor de saber que me habían extrañado, aun si Ema exageraba.

—Así que, ¿qué tal Pablo? —me atreví a decir.

—¿Qué quieres decir, qué tal?

Lo que quería decir era, que si él había dicho algo sobre la compañera odiosa que fingió no comprenderlo.

—Quiero decir, ¿dijo algo?

—Milly, casi no habla inglés, ¿cómo podría hablar con nosotros? Bueno, en realidad, retiro lo dicho. Meredith trató de hablarle en español. —La familia de Meredith había vivido en varios países latinoamericanos cuando ella era chica. Su papá antes era un reportero que se especializaba en América Latina, hasta que consiguió un trabajo dando clases de periodismo en la universidad—. Meredith me dijo después que él habla bastante inglés. Sólo que es muy tímido.

¿Ah, sí? Aparentemente Pablo no tuvo ese problema conmigo.

—¿Cómo te fue con el trabajo de Kenny?

—¿Cuál trabajo?

—Milly, el trabajo con el que le ibas a ayudar y por el cual te tenías que ir a casa.

Eso es lo malo de decir mentiras. Tienes que recordar cosas que no sucedieron para que puedas dar un informe detallado cuando alguien te pregunta.

—Ay, ya sabes, lo de siempre. "La Tierra es un planeta que gira alrededor del sol". Oye, mi papá necesita usar el teléfono. —Papá estaba de pie al lado de la puerta, haciendo una seña con la mano de que al rato regresaba. Pero Ema ya había colgado—. Está bien, papá, ya acabé, de veras.

En realidad papá no necesitaba usar el teléfono, pero ¿podía entrar?

20

—Qué lugar tan bonito tienes aquí. —Echaba un vistazo alrededor, como si mi habitación se alquilara o algo así. Papá fue quien me remodeló el desván tal y como yo lo quería, instaló un asiento especial bajo la ventana de la buhardilla y puso un tragaluz, lo cual no había sido fácil ya que nuestro techo es muy viejo.

Papá probó mi estante para libros.

—Umm —dijo consternado—, sería mejor que sujetara esto con tornillos a la pared. Te podría caer encima si te apoyaras en él para agarrar un libro de la repisa de abajo. —Papá hizo una demostración. (El estante no se cayó). Amo a papá, pero es de lo más pesimista sobre lo que podría ocurrir en el peor de los casos. No que eso resulte obvio de sólo verlo. Papá tiene pinta de vaquero, alto y desgarbado con una mandíbula pronunciada, como diciendo no hay problema, él puede con cualquier asunto de forajidos en este mundo. ¡Pero cómo se preocupa! Mis primas de Nueva York dicen que tiene la mente de Woody Allen encerrada en el cuerpo de Clint Eastwood.

Papá estaba arrodillado ahora frente al estante, meciéndolo para adelante y para atrás.

—Lo que podría hacer es reforzar . . . No, eso no funcionaría.

Me senté en la cama y esperé.

—Está bien así, de veras que sí.

—Bueno, avísame si quieres que lo atornille, ¿de acuerdo? —Papá se quedó de pie y miró a su alrededor para ver si había algo más que pudiera hacer por mí.

Era obvio que él intentaba hablar conmigo por sugerencia de mamá. Pero papá era muy parco en cuestiones sentimentales. Oh, él te puede hablar de las comisuras en la pared y las tablas de dos por cuatro y si prefieres entrepaños o muro seco. Creo que en eso somos muy afines. Compartimos cierto entendimiento de que las palabras no siempre son la mejor manera de comunicar las cosas que más nos importan.

—Creo que es mejor que regrese a mi mazmorra. —El

taller de papá se encuentra en el sótano. Él había subido los tres tramos de escaleras para "hablar" conmigo. Su proyecto actual era un taburete para mi abuela, Happy, cuyo cumpleaños siempre era la gran cosa. Este año cumplía setenta, así que esperaba aún un mayor alboroto.

—Papá —lo llamé cuando se daba la media vuelta para irse—. Te quería preguntar de . . . cuando ustedes . . . me consiguieron.

—Claro que sí, Milly. —Papá esperó.

—Hay un muchacho nuevo en mi salón. —Papá asintió. De modo que mamá ya le había dicho algo—. Él y su familia son refugiados. El Sr. Barstow nos explicó cómo las dictaduras latinoamericanas desaparecen a la gente y todo eso.

Papá meneó la cabeza como aquellos que sienten pesar por las condiciones en el mundo. Él decía a menudo que no podía soportar imaginarse cuánta gente vivía en condiciones inhumanas bajo regímenes opresivos.

—¿Eso es lo que pudo haberle pasado a . . . mi familia biológica?

Papá se sentó en mi cama. De pronto, se veía tan cansado.

—Sabes, cariño —dijo, su voz triste y tierna—, la verdad es que no lo sabemos.

—¿Y mis documentos y eso? —¿Quizá La Caja que guardaban en su habitación contenía más información? Las manos me habían comenzado a picar. Este tipo de conversaciones siempre me provocaban una reacción alérgica.

Papá negaba con la cabeza.

—Ojalá te pudiéramos dar más respuestas —dijo cuando puse cara larga—. Tal vez, quién sabe, tal vez tu familia biológica se oponía al gobierno y tal vez . . .

—Está bien, papá —dije. Ambos sabíamos que puros "tal vez" no alcanzaban a conformar una historia convincente.

—No quisiera que te desveles pensando en esto, cariño. —Papá ya estaba preocupado por mí—. ¿Quizá sería bueno hacerte amiga de ese chico nuevo?

—¿Para qué? —dije bruscamente. Sé que parecía como si

me hubiera puesto a la defensiva. No quería que la gente me presionara para volverme amiga de un extraño sólo porque habíamos nacido en el mismo país.

—Puede que te ayude a descifrar ciertas cosas. —Papá se encogió de hombros, como diciendo *¿pero qué sé yo?*

Para entonces yo me rascaba como loca. Papá bajó la vista. Yo tenía las manos cubiertas de un sarpullido rojo e irritado.

—Sólo son mis alergias otra vez —expliqué. El doctor había dicho que probablemente mi sistema era hipersensible a los alérgenos americanos. La tensión no ayudaba mucho.

—Loción de calamina —declaró papá, como si eso fuera a resolver todos mis problemas. Unos momentos más tarde regresó con la botella del verano pasado.

Esa noche cuando me fui a la cama, sentí las manos aliviadas gracias a esa loción rosada. Pero de todas formas parecía no poder conciliar el sueño. Sentía una picazón *por dentro*, como si tuviera una alergia a mí misma. En realidad, papá también me había ofrecido una solución para eso. Pero yo todavía no estaba dispuesta a probar la cura de la amistad.

2
actuación estelar

Ya fuera o no que quisiera pasar el rato con él, mis amigos ya se habían apoderado de Pablo. Parecía imposible evitarlo.

Incluso un día se presentó en la clase avanzada de español de la Sra. Gillespie. Al momento en que entró por la puerta, sus ojos se encontraron con los míos.

—¡Hola, muchachos! —comenzó la Sra. Gillespie—. ¡Hoy tenemos a un invitado especial! —La Sra. Gillespie pasó a explicar que Pablo Bolívar había ingresado recientemente al noveno grado en Ralston. Íbamos a recorrer el aula presentándonos y diciéndole a nuestro visitante algo sobre cada uno de nosotros.

Se me fue el alma a los pies. Mientras tanto, las manos me ardían. En realidad, deseaba poder estallar en llamas. Esa era la única manera en que iba a poder salir de ese cuarto con rapidez suficiente.

Me quedé sentada, paralizada como uno de esos animales que papá a veces sorprende por la noche con sus faros. Fuimos fila por fila, y mi turno se acercaba cada vez más. Escuché cada nombre, cada detalle simpático o aburrido . . . y entonces, me tocaba a mí. Abrí la boca pero no salió nada.

—¿Milly? —me recordó la Sra. Gillespie.

—Ya yo conozco a Milly —respondió Pablo. Él miró a Andrea, sentada detrás de mí. Siguieron con las presentaciones.

Sentí un torrente de alivio y confusión. ¿Había tratado Pablo de ahorrarme la vergüenza o estaba diciendo que no valía la pena conocerme?

¿Qué me importa lo que piense de mí? Repetí en mi interior. Ya me tenía suficiente lástima a mí misma.

Empecé a evitar a todo el mundo. Tan pronto como acababan las clases, salía corriendo al autobús antes de que Ema pudiera entrelazar su brazo en el mío y decirme cuáles eran "nuestros" planes.

Debí haber hablado con Ema. Pero cada vez que lo intentaba, me daba el mismo miedo que había sentido en la clase de español. No me salía nada.

¿Qué podría decirle de todas formas? Que me sentía impotente y a la deriva sin conocer mi propia historia, sin saber quiénes habían sido mis padres biológicos, por qué habían renunciado a mí? ¿Que la añoranza me dolía demasiado y que tenía miedo a caerme en un gran hoyo negro de tristeza?

Recordé el mito que nos habían enseñado en español sobre la mujer llamada la Llorona, la cual lloraba y lloraba por sus hijos perdidos. Los había ahogado con sus propias lágrimas; al menos en la versión que nos había contado la Sra. Gillespie.

No quería acabar como una chiflada para que todos renunciaran a mí *otra vez*.

—¿Qué te pasa? —preguntó Ema por fin en una de nuestras llamadas de todas las noches. Algo había cambiado, pero ella no podía decir concretamente qué era—. ¿Estás enojada conmigo por algo?

—Ay, Ema —la tranquilicé—. Es sólo que ya viene el cumpleaños de mi abuela y quiere que se lo festejemos aquí. Mi mamá anda hecha un manojo de nervios, así que la estoy ayudando.

—¿Happy?

Por un instante pensé que Ema me preguntaba que cómo me sentía. Pero no, sólo confirmaba que mi abuela rica e insoportable, Happy, vendría a fin de mes.

* * *

25

Quizá debido a que últimamente yo pasaba mucho tiempo en casa, este año el cumpleaños de mi abuela me hacía mucha ilusión.

Por lo general íbamos en carro al sur hacia Long Island, donde Happy nos alojaba en el Sheraton local. Siempre había algún proyecto de renovación en su mansión que hacía que fuera "inconveniente" que nos quedáramos con ella. La hermana de papá, la tía Joan, venía de la ciudad de Nueva York con su esposo, el tío Stanley, y nuestras tres primas alebrestadas: Bea, Ruth y Nancy. Actuaciones estelares, les llamaba mamá. Por lo general yo me hacía a un lado. Happy siempre era cortés conmigo y me preguntaba cómo me iba con mis estudios. (Mamá y papá juraron que no le habían dicho ni una palabra sobre mis dificultades de aprendizaje). Pero siempre me daba la sensación de que Happy me trataba de forma distinta a los demás. Una vez, cuando le dije que no me gustaban las matemáticas, Happy me lanzó una mirada.

—Pobrecita —comentó—. Las matemáticas siempre han sido el fuerte de los Kaufman.

Este año, para su septuagésimo cumpleaños, Happy había dicho que quería una reunión familiar relajada en Vermont. Al principio mamá estaba fuera de quicio. Happy estaría mirando todo con su ojo hipercrítico. Nuestra casa es una de esas casas destartaladas restauradas (la especialidad de papá), nada lujosa. Papá es carpintero; Mamá psicóloga de medio tiempo; al juntar sus ingresos, aun esta casa vieja estaría fuera de nuestro alcance. Si no fuera por las limosnas de Happy, ni siquiera sería nuestra.

Del sótano y del fondo de nuestros clósets, empezamos a sacar las cosas que Happy nos había regalado a través de los años: los anillos de plata para las servilletas de tela con nuestras iniciales grabadas; la docena de retratos enmarcados de Happy con gente importante y famosa; la licorera de cristal y los vasos que le hacen juego; la llamativa menorá traída de Israel. (Ésta realmente no la podíamos usar. Papá es un "judío relajado", según él, a lo que mamá siempre agrega "y muy sexy, además".)

Un par de noches antes de que todos llegaran, tía Joan nos dio el último comunicado. Happy le había dicho que había ciertas cosas que ella quería "discutir con la familia".

—¡Vaya, vaya! —dijo mamá, poniendo los ojos en blanco—. Me pregunto qué bomba va a soltar.

—Hay que ser positivos —sugirió papá.

—¿Bromeas? —dijo mamá, mirando incrédula a papá. El optimismo no era el fuerte de papá. Pero ella se quedó callada. Después de todo, Happy es la mamá de papá.

—Qué bueno que viene Happy —irrumpió Kenny. Ken era la única persona de nuestra familia que no sentía conflicto alguno en lo concerniente a la abuela. La verdad es que Happy adora a su único nieto varón. Es obvio que lo está entrenando para que sea el hijo que su propio hijo nunca quiso ser. Y Kenny se luce cuando está a su lado. Desbordante de un entusiasmo propio de un niño de ocho años y cariñoso como un cachorrito. Happy se deleita con él—. Tal vez ella venga y vea mi partido, ¿crees?

—Lo dudo, cariño —dijo mamá, tratando de evitar que Kenny sufriera una desilusión.

—Bueno, ya lo veremos —papá le recordó a mamá. El verano pasado, Happy había venido a escuchar las canciones de los Boy Scouts, dieciséis niñitos desafinados cantando alrededor de la fogata, por más de una hora.

—Yo estoy con mamá. —Katy le daba vueltas legítimas a la bandeja giratoria, buscando el salero—. Su Alteza no va a querer pasar mucho tiempo en una pista helada en su abrigo de visón.

Ante esta imagen de Happy vestida en sus pieles, rodeada de aficionados dando gritos, todos nos echamos a reír.

Todos menos Ken. Él nos miraba de uno en uno, el labio inferior le temblaba.

—No sé por qué ustedes son así con la abuela. —Kenny

agachó la cabeza, avergonzado de que lo viéramos llorar. Le rodaban unas lágrimas enormes como de caricatura encima de su *chop suey* con brócoli, que no iba a comer de todos modos.

Lo que Ken no se daba cuenta era que nosotros no estábamos en contra de Happy, sino al revés, Happy estaba en contra nuestra.

O más bien, Happy no hacía honor a su apodo en inglés, y nunca estaba contenta. Qué ironía. Su verdadero nombre era Katherine, pero cuando era niña nadie podía hacerla sonreír. Por eso le pusieron ese apodo. (La chismosa de mi tía Joan era la fuente de la mayoría de nuestras historias de Happy como niña infeliz.) Happy era la hija única de padres muy ricos, los Kaufman de Productos de Calidad Kaufman. "Productos Kaufman son pura calidad, de mecheros a envolturas". Katy y mis primos acostumbraban a actuar y cantar el anuncio para Happy cuando éramos chicos. A mí me entraba un miedo como siempre, y me quedaba ahí parada, con la boca abierta, y las manos me picaban como locas. —Aquella no tiene madera de actriz, ¿no es cierto? —reía la abuela, mirándome y negando con la cabeza.

Bueno, el caso es que el padre de Happy era un genio que había inventado todo tipo de cosas desde protectores para quemadores (realmente no merece la pena saber qué son esas cosas) hasta papel de baño de dos capas y, por supuesto, Envolturas Happy, nombradas en honor a Happy. ("Envolver la frescura, hacer resaltar las sonrisas".)

La historia de la mamá de Happy era realmente triste. Había llegado a Estados Unidos desde Alemania en los años de 1930 como niñera, pero el resto de la familia se quedó atrás y más tarde murió en el Holocausto. La mamá de Happy nunca jamás lo mencionó. En lugar de eso, bebía mucho y luego resultó que tomaba muchas pastillas que se le cruzaban con la bebida. Murió de una sobredosis poco después de que Happy fuera presentada en sociedad, como debutante.

Happy se casó con el abuelo Bob, quien legalmente se cambió el nombre al de ella. Si no conociera a Happy, diría que aquel fue un gran paso para el feminismo. Ella concibió a papá, luego a tía Joan y luego se divorció. El abuelo Bob murió cuando yo tenía cuatro años. Happy se volvió a casar tres veces pero nunca tuvo más hijos. Ella era como una abeja reina, desechando maridos. Por ahora no tiene a nadie, o por lo menos no lo sabemos. Pero era algo que siempre sorprendía, los matrimonios y los divorcios de Happy. De hecho, nos preguntábamos si la noticia de la que quería hablar, ¿sería un quinto marido?

La noche antes de que llegara Happy, alguien tocó a mi puerta.

—Sólo somos nosotros —irrumpieron mamá y papá cuando llamé—: ¿Sí?

Oh no, pensé. Cuando tus padres se presentan juntos a tu puerta, sabes que se trata de algo más que una visita de cortesía. Metí las manos bajo mi colcha para poderme rascar sin que me vieran.

Mamá y papá se sentaron a ambos lados de mi cama. Me recordó el día hace mucho tiempo cuando yo era una niñita y me lo habían dicho.

—Milly, tu mamá y yo, bueno, nos hemos dado cuenta . . . —comenzó papá. De pronto, papá se veía desamparado y le hizo una señal de auxilio a mamá.

—Hemos notado un cambio —mamá reanudó la conversación—. ¿Te molesta algo? ¿En la escuela? Ese chico nuevo . . .

—¡Caray, ustedes dos son el colmo! —dije, exasperada.

—Siempre has sido muy reservada en cuanto a este tema —continuó mamá discretamente—. Pero quizá sea mejor hablar de ello, ¿no crees?

—Los niños llegan a las familias de distintas maneras. —Papá siempre citaba a mamá cuando no sabía qué decir durante una charla íntima. No sé por qué no me molestaba tanto cuando era él, papá, quien decía esas cosas—. No podríamos quererte más si fueras . . . —a papá se le enronqueció la voz.

Por un instante mi propia tristeza se desvaneció.

—¿Te sientes bien, papá?

Mamá alargó el brazo y apretó la mano de papá. Cuando él no dijo nada, mamá explicó que la visita de Happy estaba despertando todo tipo de sentimientos en cada uno.

—Puede que papá se sienta un poco triste acerca de su propia madre. Happy siempre fue muy dura con él.

Ya me sabía el resto de la historia. Es decir, había vivido gran parte de esa historia. Happy se había puesto furiosa con papá por haber abandonado el negocio familiar y haberse unido al Cuerpo de Paz. Luego se puso aún más furiosa cuando papá regresó tres años más tarde con una esposa no judía, un bebé, y además una huerfanita extranjera y enfermiza. El concepto en que ella lo tenía mejoró brevemente cuando regresó a trabajar para Productos de Calidad Kaufman, luego se desplomó otra vez cuando renunció y se fue de Long Island para mudarse a un estado en donde ni siquiera se podía conseguir un panecillo *bagel* decente. De vez en cuando Happy trataba de presionar a papá para que regresara a Kaufman y cuando él se negaba, le hacía alguna amenaza. De hecho, una de las teorías de mamá acerca del fin del semana del cumpleaños era que la abuela venía a darnos el más reciente ultimátum. Hace poco, ella se había acercado a papá para convencerlo una vez más de que participara en el negocio familiar y papá se había negado una vez más.

—¡Prepárate a que te deshede de nuevo! —mamá había dicho de broma, esa vez sin que Ken pudiera escucharla.

—La abuela no lo dice en serio, papá —ahora fue mi turno de consolarlo. Sin importar qué tan enojada se pusiera la abuela, siempre nos recibía de nuevo. Y nunca dejaba de mandar los cheques en el correo, los cuales mamá y papá no querían aceptar pero que acababan cobrando porque necesitábamos el dinero—. Digo, a mí me botaron una vez y eso fue todo. —Yo estaba tratando de hacer una broma, pero apenas lo había dicho, no pareció nada gracioso.

Mamá se veía sorprendida.

—Cariño, nadie te botó. Es sólo que alguien no pudo criarte . . .

—¡Qué más da? —Supongo que el dolor se reflejaba en mi cara. Mamá me abrazó cuando yo trataba de no llorar.

—¿Ven por qué —alcancé a decir— de nada sirve que hablemos del tema? ¿Por qué prefiero mejor olvidarlo?

Mis padres no parecían muy convencidos, pero asintieron con la cabeza.

—¿Cómo me queda? —preguntó papá, como si yo fuera una especialista en modas. Estábamos en la entrada, esperando a que llegara la caravana de Happy desde Nueva York.

—Magnífico, papá.

Papá se echó otra mirada al espejo. Traía puestos sus pantalones sport, la camisa de L.L. Bean que le habíamos comprado entre todos para la Navidad, y un suéter de cachemira beige que todavía olía a bolas de naftalina. Un regalo de Happy. *Davey*, rezaba el monograma. Un apodo que a papá le desagrada, por no decir algo peor.

—Mejor que eso no voy a quedar. —Papá negó con la cabeza al ver su reflejo. Se le estaba cayendo el pelo en la parte de atrás, parecía que tenía más arrugas en la cara: tenía ese eterno aspecto cansado de las personas de mediana edad—. La verdad es que tu papá es un viejo chocho.

—Papá, tienes como cuarenta y cinco años. Eso se considera joven hoy en día. —Por supuesto, yo no me lo creía ni por un instante. Cuarenta y cinco años. Para entonces, más me vale haberlo descifrado todo. ¿Pero era posible que eso me llegara a suceder? Mi vida entera yacía sobre un misterio del que, como dijo papá, nadie sabía gran cosa.

Papá me revisaba de arriba abajo ahora.

—Por cierto, tú te ves de maravilla.

Era la blusa, estoy segura de eso. Había ido de compras con Ema para comprarle un regalo de cumpleaños a Happy, un detalle, porque en realidad, ¿qué le puede regalar una muchacha de quince años que recibe una mesada semanal de diez dólares, que gana cinco dólares por hora cuando cuida a niños de vez en cuando, a una multimillonaria? Acabé por usar el dinero para comprar esta blusa en Banana Republic. En cuanto me la probé y vi la cara de admiración de Ema, supe que la blusa era perfecta para mí. El color trigo dorado hace resaltar mi mejor atributo, mis ojos. Como me queda entallada hace que me resalte el busto y se formen curvas en la cintura, ¡anunciando que ya tengo cuerpo de señorita!

En cuanto al regalo de Happy, terminé por hacerle una tarjeta de cumpleaños hecha en casa con un poema ñoño que encontré en una página de Internet sobre las abuelas. Los familiares siempre se comportan como si las cosas hechas a mano son lo que realmente desean de todas formas. Al escribir el poema en la tarjeta, en realidad se me llenaron los ojos de lágrimas. Quizá fue cuando de pronto me di cuenta de que Happy es mi única abuela. (Los padres de mamá murieron en un accidente automovilístico cuando ella estaba en la universidad). Yo quería, más bien, yo necesitaba de toda la familia que tuviera a mi alcance.

Supongo que era una mala excusa: gastarme el dinero para el regalo de mi abuela en mí misma. Pero parte de mi motivación en comprar esa blusa era agradarle. Quería verme bien. Quería que Happy me diera el visto bueno, que estuviera orgullosa de que yo fuera parte de su familia.

Happy entró por la puerta, sacudiéndose como perro mojado.

—Brrr, qué frío hace aquí.

Oh, no, pensé. ¿Acaso ya se está quejando? Yo quería que todo saliera de maravilla cuando pasara su cumpleaños con nosotros. Después de mamá, creo que yo era quien más se había ilusionado con esta visita.

Uno a cada lado, tío Stanley y tía Joan hacían de sus mayordomos, recogiéndole el abrigo, confirmando que el clima estaba helado. Pasaron uno o dos instantes antes de que me diera cuenta que una tercera persona había entrado en la casa con ellos, un hombre pálido y callado, muy formal en su traje y su corbata, y medio nervioso, como alguien que se sabe ajeno al grupo. El Sr. Elías Strong, fue como nos lo medio presentaron. Digo *medio* porque justo en ese momento entraron las primas de sopetón, cargadas de paquetes y bolsas de las compras, dando abrazos y besos, levantando las cejas de modo insinuante al invitado sorpresa de Happy, para luego soltar la carcajada.

Pobre Sr. Strong . . . Yo esperaba que él tuviera una personalidad fuerte y no se fuera a asustar con una reunión tan bulliciosa. Las entradas y las salidas en escena eran a lo grande en esta familia de actuaciones estelares. Todos hablaban a la vez: más que nada anécdotas sobre el mal tiempo en las carreteras. No sé por qué la gente que viene en carro desde la ciudad en el invierno siempre habla como si acabara de sobrevivir un viaje peligroso. ¡Por favor! ¡Sólo es Vermont, no el Polo Norte!

Happy miraba a papá, asintiendo en señal de aprobación.

—Ese suéter te queda pintado, Davey. —Todos los miembros de la familia Kaufman de Vermont mayores de ocho años intentaban no reír—. Pero te ves un poco cansado. ¿Has bajado de peso?

Ahora le tocaba a Katy.

—¡Querida Katherine! —La sonrisa de Katy se puso tensa. A Katy le choca el nombre de Katherine, pero ¿quién iba a decirle a la abuela que a su tocaya no le gustaba que le dijeran Katherine?—. Te ves tan linda, como siempre, pero hace falta que te recortes el pelo. La próxima vez que vengas a Nueva York —agregó, como si la pobre Katy no pudiera conseguir un corte de pelo decente en Vermont—. Sylvia, ¿cómo estás, Sylvia?

Mamá no tuvo tiempo de contestar ya que, justo entonces, Ken llegó saltando en línea recta hasta los brazos de la abuela. Después de un fuerte abrazo y una docena de besos, Happy retiró a Ken a cierta distancia para poder verlo bien.

—Vaya, vaya, ¡cómo has crecido! Ya casi es hora de pensar a qué colegio privado lo vamos a mandar para la preparatoria —le dijo Happy a papá. Ken se puso muy nervioso y volteó a ver a mamá, quien negó con la cabeza imperceptiblemente. No, él no tenía que ir a un internado como Harry Potter.

Finalmente, Happy alcanzó a verme a la orilla del grupo.

—¿Milly? —preguntó—. ¿Es realmente Milly? —No era su teatrito fingido de millonaria en un brindis, sino algo genuino: Yo le había causado una buena impresión a Happy Kaufman.

Seguí el ejemplo de Ken y le di a mi abuela un cálido abrazo y un beso.

—Qué bueno que decidiste tener aquí tu fiesta, abuela. ¡Feliz cumpleaños!

Happy estaba derretida, sonriendo de oreja a oreja, *feliz*. Unos segundos después, tomó la mano de Ken y entrelazó su brazo con el mío, y nos permitió acompañarla dentro de nuestra humilde morada, cuya hipoteca, por supuesto, ella había pagado.

La cena fue la actuación estelar de mamá . . . casi. Se había desvivido preparando un filete miñón, algo que nunca hacía para nuestra familia ocasionalmente vegetariana y de presupuesto reducido. Había hecho también unas papas con crema llamadas papas *dauphinois,* un suflé de espinacas y pan francés hecho en casa. Tiró la toalla antes que convertirse en Martha Stewart y le pidió a la mamá de Jake un *Gâteau Roland* (un nombre rimbombante para un pastel de chocolate; todo parecía tener nombres franceses esta noche). Happy supuso que mamá había hecho el pastel y mamá pues . . . bueno . . . no trató de corregir esa impresión. Pobre de mamá realmente necesitaba este momento de gloria. Noté cuando finalmente se relajó después de varias semanas de estar con los nervios de punta. Hasta le preguntó a Happy cómo iban las renovaciones de su casa. La respuesta podría durar toda la noche.

Mientras tanto, papá interrogaba al pobre de Elías Strong en un tono de voz sospechoso.

—¿A qué se dedica, Sr. Strong? ¿Al derecho? ¿Qué tipo de derecho? Derecho patrimonial. Ya veo.

—Niños —interrumpió Happy. Se dirigía a toda la mesa. Me pareció raro que llamaran niños a las personas mayores—. El Sr. Strong es mi abogado patrimonial y ha sido tan gentil en acompañarme aquí para que podamos discutir algunos asuntos privados después de la cena. Sólo los niños —agregó. Todo el mundo comprendió que esta vez se refería a papá y la tía Joan. Sus hijos de la misma *sangre*. Otro término, como *adopción*, que hace que se me hiele la sangre.

Ken, él único de los presentes que podía hacer preguntas y salirse con la suya, espetó:

—¿Te vas a casar, abuela?

La abuela lo miró por un momento como si él hubiera caído del espacio sideral.

—¿Para qué demonios? ¡Si ya tengo suficientes problemas! —Le lanzó una mirada indirecta a papá, luego echó la cabeza hacia atrás y rió. Supusimos que se trataba de una broma y reímos.

Después de la cena, Happy y papá y tía Joan procedieron a la sala con el Sr. Strong y cerraron la puerta. Tío Stanley se puso a jugar juegos de video con Ken mientras que el resto de nosotras limpiábamos la cocina. Luego las primas subieron en tropel a mi cuarto en el desván, donde íbamos a dormir todas. Katy le había cedido su cuarto a tía Joan y tío Stanley. La abuela había decidido que se sentía más a gusto en la posada local, donde Calvin Coolidge o alguien así se había quedado una vez. (¿Qué importaba que alguien famoso y difunto hubiera dormido en tu cama? Es absolutamente espeluznante, ¿sabes?) El Sr. Elías Strong también había alquilado un cuarto allí. "Cuartos *separados*", corearon las primas al unísono con cierta picardía.

Hablamos por horas, primero con las luces prendidas, todas nosotras amontonadas en mi cama; luego, en la oscuridad, nos metimos en bolsas de dormir sobre colchones inflables. Sentía lástima por Ken, el único varón. Él había intentado colarse a nuestro aquelarre de primas, pero no podíamos arriesgarnos. Era inevitable que repitiera algo que había escuchado, y mis primas alocadas de Nueva York tenían montones de historias y teorías extravagantes. Todas habían ido a terapia durante años y llevaban un comentario continuo de lo que "realmente" estaba sucediendo en nuestra familia.

Durante cierto punto de nuestra sesión maratónica de chismes pensé en mencionar a Pablo, pero me quedé paralizada. Aunque mis primas y yo hablamos de todo lo habido y por haber, siempre evitábamos el tema de mi adopción.

Solamente una vez, el verano pasado, Ruth lo había mencionado. La habían mandado a pasar el mes de agosto con nosotros. Su psicóloga estaba de vacaciones y Ruth andaba descontrolada, le dijo tía Joan a mamá por teléfono. Ruth tenía su propia versión de lo que estaba sucediendo: su familia era totalmente disfuncional y le proyectaban sus problemas a ella. Aun su papá, que era el más cuerdo, era pasivo-agresivo.

—Ojalá yo fuera tú —había dicho Ruth—. Por lo menos así tendría la esperanza de tener una segunda oportunidad con mi verdadera familia.

—Ésta es mi verdadera familia. —Me había ofendido. ¿Qué se creía? ¿Qué yo estaba *fingiendo* ser parte de nuestra familia?

Ruth se desdijo de inmediato.

—Ya sabes a lo que me refiero. Ay, Dios, lo siento, Milly, ay, perdóname, Milly.

Debe haberse disculpado una docena de veces. Era imposible seguir ofendida. Y en realidad, cuando lo volví a pensar: era mi propia culpa. Si yo expresara mis sentimientos, la gente no haría suposiciones sobre mí.

Pero realmente no quería mencionar a Pablo esta noche. Más que nunca, me sentía tanto como una parte de la familia de Happy. Si había sombras oscuras acechando tras bambalinas, ¿a mí qué me importaba? Vestida en mi blusa de Banana

Republic, con el brazo de Happy entrelazado en el mío y mi familia a mi lado, yo podía lidiar con cualquier cosa.

Me desperté sobresaltada, en la orilla de mi cama, la cual compartía con mi prima Ruth, quien acaparaba todo el espacio. El reloj digital quedaba justo a la altura de mi cara: 2:35, relumbraba, 2:36. ¡Hablando de pasivos-agresivos!

Vuélvete a dormir, me repetí a mí misma. Pero no podía. La pregunta que había estado evitando por semanas apareció de pronto: *¿Qué iba a hacer respecto a Pablo?*

No podía andar a escondidas por siempre. Había más o menos dejado de almorzar con mis amigos. Ema y yo ya no teníamos mucho de que hablar en las noches. Tenía que hacer algo. De pronto, la respuesta resplandeció como los números del reloj: *cambiar de escuela. ¡Por supuesto!*

Champlain Academy quedaba a media hora de distancia. Quizá podríamos organizar una ronda con Meredith. Yo había visitado esa escuela un montón de veces con Ema para ver a Meredith, y las niñas no eran tan estiradas como me había imaginado. La escuela en sí era una escuela activa que daba mucha importancia a las actividades extracurriculares divertidas. Apenas el pasado Día de San Valentín, Ema y yo habíamos asistido a una presentación de *Los monólogos de la vagina* allí, que estuvo genial. La obra, quiero decir. Meredith estuvo así asá. La verdad es que no era muy creíble como una viejita hablando de su útero cansado.

De modo que, ¿por qué no cambiarme a Champlain? Todavía podría ver a Ema y a mis amigos de Ralston High los fines de semana. El problema sería la colegiatura, la cual yo sabía estaba fuera del alcance de mis padres. Luego se me ocurrió otra idea ganadora: *¡pedírselo a Happy!* Ella había dicho que quería enviar a Ken a un colegio particular. ¿Por qué no también a su nieta?

Se me había quitado un peso de encima. "*Habrá una respuesta, déjalo brillar, déjalo brillar*", como a Alfi, el chofer de nuestro autobús, le gustaba cantar, mezclando las letras de las canciones de los Beatles con las de otros cantantes. Por supuesto, otra tonada me repicaba en la cabeza. Algo sobre la libertad es sólo otra palabra para no tener nada más que perder. Claro, me libraría de Ralston y de mis miedos y mis timideces, pero también perdería el contacto diario con mis amigos y mis maestros.

En lugar de seguir acostada allí y dejar que esa vocecita aumentara de volumen, decidí bajar a la cocina por un vaso de agua. (Ema estaría orgullosa de mí.)

Me abrí paso por la oscuridad entre colchones inflables y bolsas de dormir. En el descanso del segundo piso, las luces del pasillo todavía estaban encendidas. La puerta de Katy estaba cerrada, al igual que la de Kenny.

En el piso de abajo las luces todavía estaban prendidas . . . en el pasillo . . . en la sala . . . Alguien estaba despierto. Justo afuera de la cocina, escuché que alguien levantaba la voz.

—¡No puedo creer lo que dijo ella! —la voz de mamá sonaba estridente—. ¿Cómo se le ocurre que podríamos aceptar un testamento que no trate a todos nuestros hijos por igual? ¡Una mensualidad a Milly en lugar de su parte de la herencia!

Mi corazón interrumpió sus latidos. Me cosquilleaban las manos. Me quedé paralizada, sin querer escuchar lo que estaba escuchando.

—Ya sabes por qué lo hace, ¿no es cierto? —mamá prosiguió—. ¿Acaso no te dije que iba a tratar de desquitarse contigo porque te negaste a regresar a Kaufman?

—Bueno, me puede hacer todo el daño que quiera, pero no voy a dejar que le haga daño a Milly. —Papá sonaba más enojado que nunca.

—Una cosa sí te digo —mamá estaba que echaba chispas—. No vuelvo a aceptar ni un centavo de ella. ¡Ni una limosna más!

No sé por qué simplemente no subí las escaleras y salí de este momento de mi vida como lo había hecho de tantos otros. Me ardían los ojos. Me ardían las manos. Pero de algún modo sabía que ya no había adónde correr.

Abrí la puerta de la cocina. Mamá y papá se dieron la vuelta sobresaltados y me miraron, una expresión pálida y horrorizada en sus rostros.

—Cariño —comenzó papá—, solamente estábamos . . .

—Lo escuché todo —lo detuve en seco.

Se acercaron y me abrazaron.

—No tiene nada que ver contigo —dijo papá.

—Te queremos mucho, cariño —me aseguró mamá—. Todavía somos una familia. Nada ha cambiado.

Pero todo había cambiado. Por varias semanas mi vida había intentado comunicarme algo. Yo era distinta. Era adoptada. No era de la misma *sangre* que mi familia. Ah, todavía era su hija, Milly. Pero existía otro yo. Ése que había llamado la atención de Pablo. Ése que Happy había excluído de su testamento. Ése que yo guardaba en secreto, aun de mí misma.

3

pueblos pequeños

Mamá siempre dice que vivir en un pueblo pequeño ayuda a forjar el carácter. Te portas mal con la señorita del banco y te la encuentras en Greg's Market, embistiéndote con su carrito. O su hija está en el equipo de fútbol de tu hija. En la ciudad, mis primas pueden insolentarse con la vendedora de Bloomingdale's y regresar a su apartamento en Manhattan, y ni quién se entere. Excepto, supongo, las psicólogas que las tratan.

En un pueblo pequeño, tienes que enfrentar las consecuencias.

Lo mismo que en una escuela secundaria en un pueblo pequeño.

Hello, Pablo. *How's it going*, practiqué. ¿O debería echarle más ganas y decirlo en español? Hola, Pablo. ¿Qué hay?

Yo estaba afuera del comedor, esperando tener el valor de entrar.

—¡Hola, amiga perdida! —Ema salió por detrás de mí. Hice una mueca de dolor al escuchar la sorpresa en su voz. ¿Me había alejado por tanto tiempo que ahora le causaba gran impresión verme? Cuando me volví hacia ella, ¡allí estaba Pablo a su lado!

—¿Vas a comer? —preguntó Ema, mirando a Pablo y luego a mí y de nuevo a él. Ella detectaba cierta tensión entre nosotros.

—Claro. —Le sonreí a ella y luego traté de fijar esa sonrisa para Pablo.

Él frunció el ceño. ¿Por qué no habría de odiarme? Después de visitar nuestra clase avanzada, él se había dado cuenta de que yo hablaba español bastante bien. Yo le había entendido en enero pasado. Ahora, dos meses después, ¿de pronto yo había decidido ser buena gente? Muchas gracias, pero *no thank you.*

—Así que, ¿nos acompañas? —Ema me recordó, ya que al parecer yo había echado raíces en ese lugar.

—Primero tengo que ir a mi casillero —me las arreglé para decir—, pero adelántense ustedes.

No sé qué es peor: cuando te comportas de manera estúpida o el momento después, cuando estúpidamente te das patadas a ti misma por comportarte de manera estúpida.

Mi miedo con Pablo podría haber durado toda una eternidad. Pero como dice mamá sobre los pueblos pequeños: la vida da muchas vueltas.

Una noche, papá llegó con la noticia de que había contratado a un carpintero para que lo ayudara con sus trabajos extra. "Ese hombre es capaz de hacer todo tipo de cosas con la madera, quiero decir, *de todo tipo*". No hablaba mucho inglés, pero eso no era un impedimento para papá. Supongo que debido a mí, mis papás habían hecho un esfuerzo por no olvidar el español que habían aprendido en el Cuerpo de Paz. Desde que yo era pequeña, la Sra. Robles, cuyo marido daba clases de español en la universidad cercana, nos venía a dar clases a toda la familia. Veíamos videos, jugábamos juegos, escuchábamos casetes. Después, nos sentábamos a comer y hablábamos en español, comíamos tacos, enchiladas, cosas por el estilo.

—Y a que no adivinas quién es este señor. —Papá me miró. Como vivimos en un pueblo pequeño, debí haberlo imaginado—. El Sr. Bolívar, papá de tu compañero de clases, Pablo.

Asentí como diciendo, sí, sí, ya lo sabía.

—Su pobre familia ha pasado por un infierno. —Papá pasó

a contar cómo el hermano del Sr. Bolívar, un periodista, había sido asesinado. La policía secreta se había llevado a su hijo mayor—. Todavía no saben dónde está. Su hijo de en medio tuvo que esconderse. Ambos hijos participan en un partido nuevo que intenta deshacerse de ese imbécil que una vez pusimos al mando de su país. —Nosotros se refería a los Estados Unidos de América. Habíamos ayudado a algún general a tomar el poder o comenzar una guerra civil o algo. Nunca puedo conectar todos los países del mundo con sus historias. Pero sabía que había muchos dictadores en muchos países latinoamericanos que habían recibido el apoyo de nuestro gobierno—. El Sr. Bolívar se las arregló para salir con su esposa y Pablo, no me preguntes cómo.

Me sentí aún peor por haber rechazado a Pablo ahora que sabía por las qué habían pasado él y su familia. Mamá, mientras tanto, negaba con la cabeza. A veces ella hablaba de cuán optimista se había sentido acerca del futuro de su país anfitrión. Es por eso que había ido allí en primer lugar: para ayudar a difundir las herramientas de la libertad. Se suponía que la dictadura iba a ser algo temporal. Pero aun mientras mamá y papá estaban allí, habían comenzado las redadas.

—El Sr. Bolívar dice que han tratado de conseguir noticias de sus hijos. Están preocupadísimos —prosiguió papá—. No saben a quién recurrir.

Es todo lo que tienes que decirle a mamá, Guardiana del Mundo, porque las siguientes palabras que salieron de su boca fueron:

—Invitémoslos a cenar.

Mi corazón hizo dos cosas simultáneamente: como que remontó al vuelo aliviado porque al fin iba a superar esa etapa de estancamiento con Pablo, y se hundió de miedo al tener que hacerle frente. Sentí como si me estuviera dando un ataque al corazón de la emoción. Mientras tanto, las manos me comenzaron a picar.

Mamá se fijó en que me las estaba rascando. De pronto pareció dudar.

—¿Estarías de acuerdo en eso, Milly?

A partir del episodio con Happy, mamá había rondado a mi alrededor. Yo sabía que simplemente estaba preocupada, pero me sentía como si ella fuera la niñera a mis emociones.

—Claro que sí —me encogí de hombros. Una comida estilo latino podría ser divertida. El verano pasado, los Robles habían regresado a México. Me sorprendió lo mucho yo que extrañaba nuestras reuniones.

Katy, mientras tanto, estaba alebrestada con la idea de mamá.

—¡Por favor, invítalos! —dijo, presumiendo de su español. Había tomado una clase de español avanzado el otoño pasado y ahora tomaba clases particulares con la Sra. Gillespie.

—Quiero mantener *mi español*.

¡*Su* español! En general, me alegraba de que Katy y yo compartiéramos otro idioma y otro país. Pero a veces quisiera adueñarme de lo único que realmente era mío. Katy había nacido allí por pura casualidad. *Yo* había sido una casualidad.

—¿Así que les parece bien que invite a los Bolívar este sábado a cenar? —mamá preguntó a todos los que estaban sentados a la mesa, pero me miró a mí.

—Sí —dijimos Katy y yo al unísono. Nos miramos una a la otra y echamos a reír. La Sra. Robles nos había contado de esa superstición en su región de México: cuando dos personas dicen algo al mismo tiempo se unen de por vida.

Katy extendió la mano y le choqué esos cinco dedos.

—Uno-dos-tres-cuatro-cinco —contó Kenny en español, no queriendo quedarse afuera.

Al minuto que sonó el timbre, grité:

—¡Voy! —y corrí a la entrada. Había llegado a la conclusión de que si me esperaba, ensayando lo que iba a decir, me entraría el miedo de costumbre y pasaría la noche entera sin decirle ni una sola palabra a Pablo.

—¡Bienvenidos! —ofrecí a la pareja a la puerta que me miraba sorprendida. Los Bolívar iban vestidos como cualquier

43

otro habitante de Vermont en el invierno, con sus chaquetones acolchados con capucha y botas macizas. En realidad, a excepción de sus rostros morenos y el hecho de que eran un poco más bajitos de estatura que la mayoría de los amigos de mamá y papá, se veían como las demás personas que yo conocía. Es decir, no unos pobres agachados envueltos en un zarape y con sombrero. No sé qué me había imaginado. A unos refugiados como en las películas, supongo.

Los señores Bolívar entraron, dando gracias, muchas gracias. Pero Pablo se había quedado atrás. ¿Iba a permanecer en el frío toda la noche hasta que yo me disculpara?

—Hola, Pablo. —Las frases que tanto había ensayado brotaron de mi boca—. Qué curioso, verdad, que tu papá y el mío se conozcan. Sí que es un pueblo pequeño. Todo el mundo conoce a todo el mundo. —De tener miedo al público pasé a ser una cotorra parlanchina. ¿Acaso entendía lo que yo le decía? En realidad, Ema había dicho que Meredith había dicho que Pablo sabía mucho más inglés de lo que aparentaba. Lo había estudiado desde que era niño. Pero luego de haber vivido bajo una dictadura, había aprendido a callarse la boca.

Pablo entró. Era más alto que sus padres, pero se encorvaba como si tratara de hacerse más pequeño y esconderse tras ellos.

—Gracias por tu invitación —dijo, como si hubiera sido cosa mía.

La Sra. Bolívar me seguía mirando a los ojos.

—¡Qué ojos tan lindos! ¡Qué linda! —Nadie me había dicho eso de tal manera. *Gracias de nuevo, blusa de Banana Republic*, pensé.

—Entren. Todos quieren conocerlos. —Hice una seña con la mano en caso de que esto fuera más inglés de lo que los señores Bolívar pudieran comprender. Me sentía un poco cohibida hablando español frente a personas cuya lengua materna era el español. Y los cumplidos de la Sra. Bolívar hacían que me sintiera aún más cohibida.

Papá apareció en la entrada. Empezó con todo su rollo de "Mi casa es su casa" . . . Ay, papá, por favor. Luego les dio a los Bolívar sendos abrazos estilo americano que me avergonzaron aún más.

Luego siguió Pablo. Papá como que le lanzó un brazo justo cuando Pablo extendía la mano para un apretón de manos. Hubo un momento incómodo en que ninguno de los dos supo qué hacer. Por último, hicieron una maniobra de mitad y mitad: abrazándose con un brazo y dándose la mano con la otra mano, ambos rieron.

La cena resultó ser como una clase de historia mundial del Sr. Barstow. Mamá y papá y los señores Bolívar comenzaron a hablar de política. Pero primero, me recordó las lecciones de español de la Sra. Robles, con mucho que opinar sobre la comida. Mamá había hecho arroz con habichuelas, tal y cómo había aprendido a cocinarlo cuando estuvo en el Cuerpo de Paz.

—Está tan rico como el de abuelita —aseveró el Sr. Bolívar.

—*Mejor* —protestó la Sra. Bolívar.

Los latinos, me daba cuenta, de veras exageran cuando se trata de hacer cumplidos.

Hablar sobre la comida los llevó a hablar sobre el paisito, como la Sra. Bolívar llamaba a su patria. Cada vez que lo mencionaba, se le llenaban los ojos de lágrimas.

En realidad, tenían algunas buenas noticias que reportar. El nombre de su hijo mayor había aparecido en la lista de prisioneros que la Comisión de Derechos Humanos había entrevistado recientemente. El hijo de en medio había salido de la clandestinidad y había llamado para decirles que reinaba un ambiente cauteloso pero optimista en el país. Estados Unidos había decidido apoyar las elecciones libres. El ex-presidente Carter iría a fines de mayo en calidad de observador.

—Tenemos esperanza —confesó el Sr. Bolívar.

Los ojos de la Sra. Bolívar se volvieron a llenar de lágrimas. Hizo la señal de la cruz.

—Gracias a Dios —susurró.

Mamá le ofreció una alentadora sonrisa.

—Las cosas van a mejorar, Sra. Bolívar.

—Angelita, por favor —insistió la Sra. Bolívar.

Durante la discusión de la situación política, Pablo tomó parte. Pero se quedó callado siempre que hubo mención de sus hermanos.

—Para el verano, puede que las cosas se hayan calmado lo suficiente como para ir de *visita* —dijo el Sr. Bolívar en español. Me pude dar cuenta de que intentaba alegrar el ambiente alrededor de la mesa.

—Espero que sólo sea una *visita* —dijo papá, con cara de preocupación—. No sé qué haría sin mi maestro carpintero.

El Sr. Bolívar inclinó la cabeza ante el cumplido:

—Muy agradecido. —Y en verdad, su plan era quedarse en los Estados Unidos hasta que Pablo acabara con sus estudios, para darle a su hijo una oportunidad.

Pablo frunció el ceño, como si no estuviera de acuerdo. ¿Acaso era tan infeliz en este país? ¿En la escuela? Quizá si la gente como yo fuera más amable, querría quedarse. De pronto, tuve que contenerme. Hace dos meses, ¡yo deseaba que este chico desapareciera! Mis emociones eran como lo que dice la gente sobre conducir por los pueblos pequeños de Vermont, si parpadeas, los perderás de vista.

—¿No le gusta Ralston? —Katy le preguntó en español. También debió haber notado cómo él fruncía el ceño.

La cara de Pablo se deshizo en una encantadora sonrisa.

—Ralston me gusta mucho. Todos son muy amables. —Me hundí más en mi asiento—. *But I am sick for home*, extraño mi país.

—Querrás decir *homesick*, Pablo —ofreció Katy, mirando a Kenny, quien muchas veces encontraba los errores de otras personas muy cómicos.

Pero Ken tenía su propia pregunta para Pablo:

—¿Te gustan los juegos de video?

Pablo cometió el error de decir que sí.

—Vamos a jugar. —Kenny jaló a Pablo del brazo, pero se

detuvo a medio jalón. Mamá le estaba echando esa mirada de pórtate bien—. ¿Podemos ir a jugar? —suplicó—. ¿Por favor? —agregó Kenny en español, acompañado de una sonrisa encantadora.

—Ay, ¡qué niño tan simpático! —exclamó la Sra. Bolívar. Ken no sabía mucho español, pero sabía que esta señora estaba boba con él.

—Muchas gracias —le lanzó, ganándosela por completo.

Antes de que Ken lo pudiera sacar de allí, Pablo me miró.

—¿Quieren jugar? —Alzó la mirada para incluir a Katy.

—¡Ellas no saben cómo! —protestó Kenny—. Anda, Pablo.

Pero Pablo retiraba nuestras sillas, como si nos bastara con asentir la cabeza para adquirir todos los conocimientos necesarios.

Cuando íbamos de salida, escuché a la Sra. Bolívar darle un cumplido a mamá en español:

—¡Qué lindos niños tiene!

Sentí una punzada. Lo que menos se imaginaba la Sra. Bolívar era que sólo dos de esos lindos niños eran realmente de mamá.

A partir de esa noche, comenzamos a ver a la familia Bolívar con mucha frecuencia. Mamá le consiguió un trabajo a la Sra. Bolívar cuidando de nuestra vecina de al lado, la Srta. Billings, quien estaba incapacitada por la artritis pero no quería mudarse a un hogar de ancianos. La Sra. Bolívar resultó ser la salvación de la Srta. Billings, aunque ninguna de las dos hablaba el idioma de la otra. Los días en que su mamá se quedaba hasta tarde a trabajar, invitábamos a Pablo a que pasara a casa después de la escuela. Antes de llevar al Sr. Bolívar a casa, papá pasaba por nuestra casa y recogía a la Sra. Bolívar y a Pablo.

Creo que fue muy bueno para papá que los Bolívar pasaran a formar parte de nuestra familia justo cuando Happy parecía habernos desheredado. Papá le había dicho a Happy que no quería tener nada que ver con que ella desheredara a alguno de sus hijos. No podía hacer nada en cuanto su testamento, pero él ya no aceptaría sus cheques. La abuela quedó impactada. Nunca antes había alguien rehusado su dinero. ¡Ella respondió como si *nosotros* la hubiéramos desheredado! No había llamado.

De vez en cuando papá le recordaba a Ken que llamara a su abuela. Papá se quedaba en la cercanía, como si deseara a medias que Happy pidiera hablar con él. Pero nunca lo hizo. Ken colgaba y papá se quedaba muy callado y bajaba a su taller del sótano, donde pasaba horas, haciendo qué, quién sabe. Durante semanas, escuché muchos martillazos, pero de aquello no resultó ningún taburete o mueble o casa para pájaros.

Una vez, lo seguí abajo.

Papá parecía estar sorprendido de verme. Por lo general era él quien subía al desván para "hablar" conmigo.

—¿Qué pasa, cariño?

—Yo sólo . . . es decir . . . —comencé, pero se me trababa la lengua—. Papá, lo siento mucho —por fin solté.

—Pero, ¿por qué demonios? —papá inclinó la cabeza hacia un lado, como si al mirarme de lado pudiera averiguar lo que yo quería decir.

—La abuela —murmuré—. Siento como si hubieras perdido a tu mamá por mi culpa . . .

—¡No, no, no, Milly! —papá me interrumpió antes de que pudiera acabar—. Ni se te ocurra. Tu abuela quería hacerme daño. Tú sólo eras la excusa en esta ocasión.

—Pero creo que tiene razón. —Yo intentaba con todas mis ganas no llorar—. Estrictamente hablando, no soy una Kaufman. Ni siquiera me parezco a alguno de ustedes. —Hice una lista de todas las cositas que había notado últimamente: cómo todos en la familia eran altos, mientras que yo era más chiquita. Cómo Katy tenía la tez de la abuela. Cómo Ken tenía el pelo rizado como el bisabuelo en el retrato que está encima de la chimenea en la mansión de Happy.

Papá seguía negando con la cabeza.

—¡No me estás escuchando! —me crucé de brazos y entre-cerré los ojos.

—Te pareces mucho a tu mamá cuando haces eso, ¿sabías? —papá me guiñó un ojo.

¡Qúe bien! pensé. Saqué todos sus rasgos malos y mientras tanto me perdí de todo lo bueno, como ser alta, inteligente, la nieta verdadera de la abuela.

Una tarde, mientras Pablo y Ken jugaban juegos de video en el piso de abajo y Katy hablaba por teléfono, me dirigí a la habitación de mamá y papá. Allí estaba, encima de la cómoda alta, donde había estado desde que tengo recuerdo. La Caja. Papá había dicho que no contenía mucha información, pero aun un poquito rellenaría uno o dos espacios en blanco: alguna indicación de quiénes habían sido mis padres, de dónde habían venido, por qué me habían abandonado.

Me picaban las manos como locas. Sentí la tentación de salir como un bólido de vuelta a mi habitación. Pero algo me tenía agarrada, una creciente curiosidad sobre mi propia his-toria. La bajé como si fuera el objeto sagrado de una ceremo-nia. Luego hice algo que me tomó por sorpresa totalmente. Me la acerqué a la cara y la toqué con la mejilla.

De abajo subían los gritos de entusiasmo de Ken:

—¡Gané, gané! —Yo sonreí, pensando en mi victoria silen-ciosa sobre mis miedos.

—¿Milly? —Katy había entrado a la habitación—. ¿Qué haces?

Ni modo que le dijera que *nada*. Literalmente me había cogido con las manos en la masa.

—Nada más viendo mis cosas —dije, poniendo La Caja en su lugar. En realidad no estaba segura de si Katy sabía qué contenía ésta. Era raro cómo nunca hablábamos de mi adop-ción. Y con Katy, sentía que era más bien ella quien se sentía incómoda al respecto.

Katy se dejó caer en la cama de nuestros padres.

—Ven, siéntate —dijo ella—. ¿Te sientes bien, Milita bonita? —me preguntó, una vez que la acompañé.

—Es solamente que ha sido una época bastante rara —comencé. Katy me tomó de las manos para que me las dejara de rascar—. Pablo, los Bolívar . . . todo eso ha hecho que piense en mi . . . adopción —intenté usar la palabra—. Es como si en realidad nunca me hubiera permitido a mí misma tener esos sentimientos—. Pude sentir cómo esos sentimientos me invadían ahora, pero sentí que Katy se ponía tensa a mi lado—. Eso es todo —agregué, como poniéndole una tapa a la inquietud de ambas.

En el silencio que siguió, pensé en un montón de cosas que decirle a Katy. Cómo me gustaría hablar con ella de mis cosas. Cómo siempre sentí que ella me aseguraba con demasiada rapidez que no éramos distintas. Cómo sentía que ella sólo quería que yo olvidara el pasado, aún más de lo que yo quería hacerlo. Pero quizá eso era una consecuencia de tener a una mamá psicóloga. Dejamos que ella desentierre cosas de nosotras pero no hemos aprendido a hacerlo por nuestra cuenta.

Finalmente, Katy habló:

—A veces me gustaría haber sido yo la adoptada. —He de haber tenido cara de sorpresa, porque agregó—: Lo digo en serio. Así no siempre me sentiría culpable, como si yo tuviera algo que tú no tienes.

¡Conque eso era!

—Pero yo tengo otras cosas —me escuché decir a mí misma. A veces dices algo que sabes es cierto, pero que todavía no sientes, como un *déjà vu* en tu cabeza antes de que tu corazón también lo sienta.

Katy alzó la mirada, esperanzada. Pero entonces una nube de duda opacó su cara.

—Mamá me contó lo que pasó con la abuela. Lo siento mucho. La abuela puede ser una cabrona a veces. —A diferencia de mamá, a mi hermana no le costaba ningún trabajo usar palabrotas—. De todos modos, sólo quiero que sepas que eres mi hermana y eso nadie nos lo puede quitar. —El abrazo que me dio fue un estrujón en serio.

—Oye —dije sonriendo cuando nos separamos—. ¿Te acuerdas? ¿Unidas de por vida?

—Tú lo dijiste —dijo Katy, asintiendo con firmeza. Pero su mirada titubeó cuando cayó sobre La Caja.

Siempre que Pablo venía, Ken se adueñaba de él. Durante años, Ken le había pedido un hermano a mamá y a papá, y finalmente se le había concedido su deseo, o mejor aún, un hermano *mayor* que jugaba los juegos del video mucho mejor que sus hermanas.

—Pobre Pablo —Ema lo compadeció una tarde. Ella y Meredith y yo estábamos sentadas a la mesa de la cocina. De la sala llegaban sonidos de una explosión de video.

—Pobres nosotras, dirás —agregó Meredith. Ema me había dicho —aunque se suponía que yo no sabía nada— que a Meredith le gustaba Pablo. Gran secreto. ¿Por qué otra razón andaría Meredith siempre con nosotras últimamente?

—Ay, ay, ay —gritaba Pablo como si lo hubieran herido de muerte. Estaba dejando que Ken le diera una paliza, a leguas se notaba. Debía estar harto de pasar horas jugando juegos de video con un niño de ocho años. Digo, Pablo tiene casi diecisiete. Cumplió años en abril. Es Tauro. Meredith y Ema lo habían estado interrogando sobre la historia de su vida.

—¡Gané, gané! —gritó Kenny.

Meredith suspiró por enésima vez. Su siguiente comentario me tomó por sorpresa.

—Así que, ¿todos en tu país son tan bien parecidos?

—*Éste* es mi país —dije, lanzándole una mirada a Ema. Le había pedido que no le contara a nadie la historia de mi adopción. ¿Por qué se lo había contado a su amiga?

Meredith se puso tensa.

—Digo . . . ya sabes a qué me refiero.

Ema tapaba y destapaba su botella de agua con nerviosismo. La tapa cayó y rodó por el cuarto: la seguimos con la mirada hasta donde estaba Pablo de pie a la entrada. Como que pegamos un brinco. ¿Nos había escuchado hablar de su país natal?

—¡Oye, Pablo! —Ema le hizo señas para que se acercara. Ella sonaba aliviada.

—Así que, ¿te agarró Donkey Kong? —Meredith se puso a coquetear cuando él se sentó.

—Donkey Kong, el Hombre Araña, Zelda . . . perdí en todos los juegos —Pablo anunció en voz alta. Luego, echando una mirada por encima del hombro, bajó la voz—. Por fin conseguí mi libertad. ¡Kenny dice que juego tan mal como una niña!

—¡Oye! —Ema, Meredith y yo gritamos juntas. Era lo que necesitábamos para romper la tensión. Todos reímos.

Más tarde esa noche, Ema llamó.

—Lo siento mucho, Milly. Pero Meredith es mi amiga y pensé que no te importaría.

—Me habría gustado que me hubieras preguntado primero —dije, como si fuera cuestión de protocolo, no de que Ema fuera una bocona.

—No es como si fuera un secreto horrible y vergonzoso. Y éste es un pueblo pequeño, ¿no es cierto? —Ema alegó.

—Entonces, ¿todos lo saben? —pregunté. ¿A eso se refería al decir que Ralston era pequeño?

—Te juro que sólo se lo dije a Meredith, y creo que le dije a Jake . . .

—¡Ema! —¡Qué tonta fui al pensar que mi secreto estaba a salvo con Ema! Siempre ha sido una bocona, pero de todas formas, no pude evitar sentirme traicionada.

—Te dije que lo sentía, ¿okey? —suplicó Ema—. ¿Milly?

—Está bien —le dije finalmente, deseando poder decirlo

con sinceridad—. Tengo que irme. —Colgué antes de que ella pudiera disculparse de nuevo.

Aunque ahora veía a Pablo más seguido, nunca estábamos a solas. Siempre había otra gente a nuestro alrededor, amigos de la escuela, mi familia. Pero una tarde, me encontré a bordo del autobús de regreso a casa con él. Era jueves y la Sra. Bolívar iba a trabajar hasta tarde; Katy tenía ensayo con el coro; Kenny, su práctica de hockey; y Ema, bueno, he de admitir que nada había sido igual desde aquella tarde con Meredith. Todavía nos tratábamos con amabilidad, pero era ese tipo de amabilidad exagerada de cuando te sientes muy incómoda con alguien.

Al frente del autobús, Alfi nos seguía ojeando por el espejo retrovisor.

Me dije a mí misma que no debía ponerme paranoica. Alfi chequeaba con frecuencia por el espejo para asegurarse de que, según él, no se alborotara el pueblo. A veces veía que sucedía algo y cantaba unos cuantos versos alterados de una canción vieja para que nos comportáramos. *"What goes up, must come down, sit your little butts while the wheels spin on,"* cuando alguien se paraba en el pasillo antes de que se detuviera el autobús. O: *"En cada autobús, turn, turn, turn, hay unas reglas, turn, turn, turn, la regla de estar callado, la regla de calmarse,"* cuando estábamos demasiado alborotados. A veces, por diversión, se ponía a cantar y todo el autobús lo acompañaba, *"Todos vivimos en un autobús amarillo, un autobús amarillo, un autobús amarillo,"* con la tonada de "Submarino amarillo".

Hoy, lo escuché perfectamente mientras tarareaba la canción romántica, *"Crees en la pasión en el corazón de una chica . . . "*

Ay, por favor, pensé. Es cierto que a veces me le quedo mirando a Pablo, bebiendo cada detalle. Pero no es porque esté súper enamorada de él como Meredith. Me le quedo mirando, pensando: ¿Acaso mi madre biológica tendría ese color de cabello? ¿Así se expresaría mi padre biológico?

Al menos Alfi no dijo nada que fuera obviamente embarazoso cuando bajé las escaleras. Sólo su acostumbrado:

—Baja con cuidado, Milly.

Pablo negaba con la cabeza mientras íbamos cuesta abajo hasta nuestra entrada de carros.

—¡Dice toda la letra mal!

Le expliqué la teoría de Jake y Ema de que Alfi tenía fritas todas las células de la memoria por tomar tantas drogas en los años sesenta.

—Por cierto, ¿cómo sabes tanto sobre los Beatles?

—Así aprendí inglés en mi país. —Pablo rasgueó su guitarra imaginaria y cantó unas cuantas estrofas de *"Quiero tomar tu mano"*, sacudiéndose el pelo a lo loco como en la época de la manía por los Beatles.

Era la primera vez que había visto a Pablo relajarse por completo. Lo miré, riendo. Pablo había cambiado en los últimos dos meses. Sus bluyines estaban más a la moda, desteñidos (¡que podría ser porque se los había puesto mucho en estos dos meses y medio!) y arrugados (que podría ser porque la Sra. Bolívar ya no tenía tiempo de plancharlos); traía el pelo más largo, no aplastado con una pomada. Y ahora que sonreía más, se le notaban sus hoyuelos. Se veía bien, pero no sólo era eso. Me era más fácil hablar con él, un muchacho a quien estimaba como amigo. ¿Quizá yo había cambiado?

—Supongo que debía gritar y aventarme sobre ti —le dije en broma—. Es lo que las muchachas hacían con los Beatles, ¿sabías?

Pablo sonrió y sus hoyuelos se hicieron más profundos.

—¿Por qué crees que aprendí sus canciones?

Umm, pensé. Habíamos tenido una larga discusión en la clase de la Sra. Gillespie sobre el "machismo". El estereotipo del muchacho latino que cree que todas las mujeres se mueren por él.

—¿Pensé que las mujeres hacían eso automáticamente con los hombres latinos? —traté de aguantarme la risa.

—¿Bueno? —Pablo me miró, como diciendo, *¿Entonces? ¡Adelante!*

—¡Muy gracioso! —me crucé de brazos y entrecerré los ojos—. Puede que te sorprenda mucho, Pablo, pero algunas de nosotras preferimos que los hombres nos traten como a iguales.

—¡Ayyy, una feminista! —Pablo se agachó, tapándose la cara, como si yo le hubiera mostrado un crucifijo a un vampiro, como en una de las películas viejas. Era bastante obvio que él estaba bromeando. Pero no quise que se librara tan fácilmente, por si acaso.

—¿Acaso ser feminista es una mala palabra en tu país?

—A algunos hombres les desagradan las mujeres fuertes —admitió—. Pero eso sólo demuestra lo débiles que son ellos, ¿no?

Le di mi aprobación con el pulgar en alto. Te felicito, pensé.

—A mí me gustan las mujeres fuertes —prosiguió Pablo—. Así me pueden cuidar. —Con una sonrisa así, debía estar bromeando. De todas formas, le di una negativa con el pulgar apuntando hacia abajo.

Mientras caminábamos a la entrada de carros, Pablo recordaba algunas de sus canciones favoritas de los años sesenta.

—Si tanto te gustan los Beatles, puedo conseguirte algunos de los discos LP viejos de papá —ofrecí—. Quizá podamos reprogramar a Alfi.

—¿Reprogramar? —preguntó Pablo, alzando una mano inquisitiva.

Ya lo había notado antes con la Sra. Robles y los videos que veíamos juntos. Los latinos hablan con la cara y las manos, así como con las palabras. Me pregunté si mis padres biológicos habrían sido expresivos. Si las manos de mi madre biológica también se habrían llenado de sarpullido.

—Reprogramar es, bueno, cuando borras lo viejo y luego le llenas la cabeza a alguien con información nueva.

Pablo hizo una mueca como si eso le doliera. ¿Había dicho algo malo?

—Reprogramar —murmuró—. Es lo que la guardia le hace a los prisioneros en mi país.

—Lo siento —dije, tocándole el brazo antes de que pudiera pensar en no hacerlo.

—Quiero pedirte un favor especial, Milly. —Pablo siempre pronunciaba mi nombre como si tuviera dos "i"es fuertes, en lugar de la "i" corta en inglés: Mi-li. Estábamos sentados a la mesa de la cocina, preparándonos para hacer la tarea.

Asentí con la cabeza, aunque no estaba segura de lo que me iba a pedir. Se me ocurrió que quizá Pablo intentaba ligarme. Y a la manera estudiada, bien portada, de estudiante extranjero, ¡probablemente iba a pedir permiso primero! ¿Quizá me malinterpretó cuando bromeaba acerca de que me le iba a aventar?

—Me gustaría mejorar mi inglés —explicó Pablo—. La Srta. Morris me está dando clases extra, pero habla demasiado rápido. —Era cierto, nuestra maestra de inglés hablaba muy rápido. Sus secciones del curso anual de inglés eran las únicas que siempre terminábamos con tiempo de sobra. Digo, ¡abarcamos *Romeo y Julieta* en tres días! Era algo así como R y J se enamoran, luego R y J se acuestan, luego R y J se mueren: pum, pum, pum—. Me gustaría que me ayudaras con el inglés. —Pablo había bajado la voz como si me estuviera pidiendo algo íntimo.

Yo meneé la cabeza, totalmente incrédula. ¡Era como cuando yo estaba "ayudando" a Kenny con su trabajo de ciencias hace dos meses!

Pablo malinterpretó mi reacción como si le estuviera diciendo que no. Se le oscureció la cara de vergüenza.

—Pido demasiado, discúlpame.

—No es eso —expliqué—. Sólo me sorprende porque apenas hace un año, yo era algo así como la Srta. Bartola en inglés. Tenía que tomar clases particulares todos los días. Y ahora aquí estás, ¡pidiéndome que sea tu maestra!

—No entiendo. ¿*Tú* necesitabas clases especiales de inglés?

¿Cuánto debía contarle?

—Tuve algunas dificultades de aprendizaje. Confundía las letras y escribía palabras equivocadas que no tenían sentido. Lo mismo con la lectura. —En realidad, todavía me costaba trabajo. Pero prefería poner mis fracasos en tiempo pasado.

Pablo asintió con la cabeza:

—Yo también tengo problemas de aprendizaje. El inglés es muy difícil, Milly.

—Es porque no es tu lengua materna . . . —Mi voz se fue apagando hacia el final. Es decir, ¿era el inglés mi lengua materna, estrictamente hablando? Mamá y papá no me trajeron a Estados Unidos hasta que tenía casi un año de edad.

—¿Sabes qué? —dije, comenzando a perder el valor—. Creo que sería mejor que le pidieras a alguien más que te ayudara.

Estaba pensando en Meredith. ¡A ella le encantaría enseñarle a Pablo unas cuantas cosas! Aunque recientemente mantenía las distancias. Según Ema, Pablo no le hacía mucho caso. "Meredith dice que lo más probable es que él ya tenga novia en su país".

Ahora era Pablo quien meneaba la cabeza.

—Yo quiero tu instrucción, Milly. Tú hablas de una manera clara que yo comprendo. Tu inglés es muy bueno.

Que nadie te diga que los cumplidos no funcionan.

—Okey —concordé—. Pero tú también me tienes que ayudar con mi español.

—Un día, español. Otro día, inglés —sugirió Pablo—. Hoy, inglés. —Abrió su mochila (una de las mochilas que le habíamos heredado) y sacó su cuaderno de ejercicios de inglés como segunda lengua que la Srta. Morris había pedido especialmente para él. Lo hojeé. Diálogos de conversaciones estúpidas. Con razón no había progresando gran cosa.

—Pablo, ¡esto es tan bobo!

—Por supuesto —concordó—. Pero con lo que necesito ayuda es con la pronunciación.

Asentí. Pablo necesitaba ayuda en esa área, por supuesto. La semana pasada en la clase de álgebra, le había pedido a

Jake una hoja de papel, *"a sheet of paper"*. Pero en lugar de decir *"sheet"*, había dicho *"shit"*, o mierda. Toda la clase había intentado no soltar la carcajada, pero fue imposible. La última clase un viernes por la tarde, qué quieres que te diga. Es la regresión total.

Abrí el primer capítulo: "Haciendo nuevos amigos". Había una ilustración de un hombre con un gorro y una túnica saludando a una muchacha. Se suponía que la cola de caballo la hacía parecer americana, supongo. Pues empecemos aquí de una vez.

—*Hello, my name is Pablo Antonio Bolívar Sánchez. What is your name?* —Pablo leía sus líneas, poniendo su nombre en el espacio en blanco. Cuando me tocaba a mí, le pregunté que cómo estaba. *"I am happy to be here"*, respondió Pablo que estaba contento de estar aquí.

—*Happy*, no *"appy"* —lo corregí—. En inglés, la hache no es muda.

—¿*Jappy*? —intentó Pablo.

Asentí, pensando en la abuela. Nos había enviado una tarjeta para Pascua. Dentro de la tarjeta había tres cheques, uno a nombre de cada niño. En el renglón del memorando, había dibujado un corazón, aun en el mío.

—¿Qué se piensa? ¿Que puede comprar nuestro cariño? —había dicho mamá, cruzada de brazos, los ojos entrecerrados.

Pero la cara de papá se suavizó.

—Está haciendo el intento. Happy no sabe cómo pedir disculpas. Cómo admitir que ella tuvo la culpa.

—Es muy sencillo —replicó mamá—. Lo. Siento. Mucho. —Mamá dijo cada palabra como si fuera una oración completa.

—*Where are you from?* —Pablo leía de su cuaderno de ejercicios. Cuando no respondí, alzó la vista.

—Me hiciste la misma pregunta el día que te conocí —le recordé. Ya era hora de que admitiera que le había entendido.

Asintió, luego repitió lo que había dicho.

—¿De dónde eres?

—Discúlpame por haber fingido . . . yo . . . yo no sabía por qué me preguntabas que de dónde era. —Aun ahora, dos meses después, todavía me costaba trabajo hablar del tema.

Pablo me miraba otra vez con esa intensa mirada suya.

—Te voy a explicar por qué te pregunto. Tus ojos . . . son ojos de Los Luceros.

Menos mal que estaba sentada. Me sentí mareada. Las manos me hormigueaban.

—¿Qué quieres decir, que mis ojos son de Los Luceros? —logré decir.

Cambiando de un idioma a otro, de inglés a español, Pablo me contó de un pueblito en la región alta de las montañas de su país.

—Le llaman Los Luceros, muy remoto. Es por eso que los revolucionarios se esconden allí. La gente de Los Luceros, todos ellos tienen ojos parecidos a los tuyos.

Mientras él hablaba, se me inundaron los ojos de lágrimas.

4
la caja

La cabeza me daba vueltas. ¿Era yo realmente de ese pequeño pueblo en las montañas? ¿Eran mis padres biológicos unos revolucionarios? ¿Vivían aún? Y de no ser así, ¿qué les habría pasado?

Me sentí como esa muchacha, Pandora, la de los mitos griegos que habíamos estudiado en la clase de la Srta. Morris. Ella abrió una caja, aun cuando le habían dicho que no lo hiciera. De ella brotaron todas las penas y los problemas del mundo.

En mi caso, no sólo penas, sino todo tipo de sentimientos y preguntas y pensamientos que daban vuelta a mi alrededor.

Pablo me tocó la mano. Sentí un hormigueo distinto a mis alergias. —¿Qué pasa, Milly?

Supongo que ese hubiera sido un buen momento para contarle sobre mi adopción. Pero todavía no me recuperaba del impacto de esta nueva información.

—Nada —dije, regresando al cuaderno de ejercicios frente a nosotros sobre la mesa. La sección siguiente se llamaba *"Meeting the Family"*: *mother, father, sister, brother, grandfather, grandmother."* El tema de la familia me hizo pensar de nuevo en Happy. Por alguna razón, lo que me vino a la mente no fue su malicia sino la gente que *ella* había perdido: su madre y la familia de su madre en el Holocausto. Eso la había amargado. Yo no quería acabar así.

—*My grandmother*, mi abuelita, aún vive cerca del pueblo que mencioné, Los Luceros —explicaba Pablo. Todos los veranos cuando era niño, Pablo y sus hermanos se quedaban con sus abuelos en las montañas—. Extraño mi país —agregó Pablo en voz baja.

—Me gustaría ir de visita algún día —le dije. Y no lo decía por decir—. Me gustaría ver el país donde se casaron mis papás, donde . . . nació Katy.

—¿Tu hermana, Katy? —Pablo parecía sorprendido. Él había creído que todos habíamos nacido en Estados Unidos después de que mis padres regresaran del Cuerpo de Paz.

—No, sólo Kenny —expliqué—. Mamá tuvo a Katy allá. Luego, unos cuantos meses después de que Katy naciera . . . —aspiré hondo. Okey, Milly, ¡VAMOS! Tuve una imagen de mí misma corriendo por el trampolín de la piscina del club campestre de Happy, lista para saltar hacia la nada, puro aire . . . —. Unos cuantos meses después, me encontraron.

—¿Te encontraron? —preguntó Pablo y alzó las cejas.

Asentí:

—Soy adoptada. *I am adopted.* —Lo dije en inglés y español, como para confirmar ese hecho en ambas lenguas.

Una sonrisa de complicidad se extendió por su cara.

—Somos compatriotas —dijo con orgullo.

¿Compatriotas? Bueno, quizá él exageraba un poco. Pero fue un consuelo que Pablo tratara la noticia como si no fuera algo alarmante. Me dieron ganas de seguir hablando. Así que le dije lo poco que sabía. El orfanato de la capital que mis papás habían visitado unos cuatro meses después de que Katy naciera. El bebé enfermizo que encontraron allí. La decisión de adoptar. El papeleo. La aprobación final. Cuando me trajeron acá. Cómo había tratado de mantenerlo en secreto para que no me sintiera tan distinta de Katy o Ken, quien nació siete años después.

Yo no paraba de hablar . . . las palabras parecían brotar de mí. Pablo seguía asintiendo, escuchando sin interrumpir, como si supiera que lo más importante para mí era contar mi historia.

Cuando terminé, de pronto hubo un gran silencio . . . como si ambos estuviéramos contemplando el interior de esa caja vacía que una vez había abrigado mi secreto.

*   *   *

Sin duda, el que Pablo supiera mi historia nos acercó aún más. Si podía contarle mi secreto más íntimo, entonces podía hablar con él de todo. Bueno, de casi todo. Hay ciertas cosas que prefieres no compartir con muchachos: como el cólico premenstrual o tus nalgotas. Pero sí le dije a Pablo que Ema y yo nos habíamos distanciado.

—Me gustaría olvidar que ella anduvo de chismosa. De verdad que sí —expliqué—. Digo, hasta le dije que eso había quedado en el pasado, pero mi corazón no parece estar de acuerdo con el resto de mí, ¿me entiendes?

Pablo asintió. No respondió ni ofreció consejos de inmediato. Me gustaba como consideraba con atención lo que la gente decía. Como si realmente lo estuviera pensando.

—Las cosas del corazón no se pueden apresurar —dijo en voz baja, como si hablara de su propia experiencia. Me pregunté si Pablo tenía novia en su país, o quizá un montón de ellas. Todas esas letras de los Beatles, supuse—. Cuando era un niño, en el verano de visita con mis abuelos, abuelito y yo acostumbrábamos sembrar una huerta. Yo era tan impaciente y quería que las plantas crecieran rápido. Solía sacar las plantitas para ver si ya les habían brotado raíces.

Tuve que reír al pensar en Pablo rodeado de montones de lo que hubieran sido cebollas, papas, zanahorias.

—¡Tu abuelo debe haber estado encantado contigo!

Pablo sonrió con añoranza.

—Abuelito me decía, "A las cosas de la huerta y las del corazón, hay que darles tiempo, Pablito". Pobre abuelito. Nunca llegó a ver a su patria liberada. Murió cuando yo era niño. De muerte natural —agregó Pablo con alivio. Supongo que en su país eso era algo raro.

En realidad esto era lo más difícil de acostumbrarse con Pablo. Como de pronto pasaba de ser un adolescente normal a ser alguien melancólico y ausente, alguien a quien yo desconocía.

—Planeta Tierra a Pablo —le decía a veces en broma—. ¡Adelante!

La primera vez se quedó perplejo. Supongo que este numerito de la nave espacial no era algo común en su país. A veces Pablo respondía, librándose de cualquier mal recuerdo que se hubiera apoderado de él. Pero a veces se iba a un lugar demasiado remoto y me veía desde tal distancia, como si él mismo no supiera cómo regresar a mi lado.

En esas ocasiones, yo realmente quería consolarlo. Pero todavía no era capaz de tomarlo de la mano. Cuestiones del cuerpo. Supongo que eso tampoco se puede apresurar.

Unos pocos días después de que le hablé a Pablo de ella, Ema me alcanzó cuando íbamos de camino a la clase de álgebra.

—Tengo la sensación de que todavía estás enojada conmigo. Digo, si ya no vas a ser mi mejor amiga, ¿me lo podrías decir? —Parecía que estaba a punto de llorar.

—¡Ay, Ema! —la rodeé con el brazo. Era un alivio sentir cómo el hielo se rompía entre nosotras.

—Ya nunca hablamos —gimió Ema, sus ojos enlagunados. Parecía totalmente ajena al hecho de que estábamos paradas en el pasillo atiborrado de pared a pared, rodeadas de gente que se apresuraba a su siguiente clase. Y dos de ellos, Jake y Dylan, se dirigían en nuestra dirección.

—Ya sé que todavía estás súper enojada conmigo porque fui con el chisme de tu adopción.

—¡¡¡EMA!!! —Al igual que mis primas de Nueva York, Ema creía que al armar un escándalo demostraba su sinceridad.

—¡Oigan! —Jack y Dylan se habían desviado para acompañarnos. Pensé que seguramente notarían los cables de alta tensión enredados entre Ema y yo. Pero no tenían ni idea. ¿Acaso Jake recordaba lo que Ema le había dicho sobre mi adopción?

—¿Qué planes tienen las señoritas este fin de semana?

Ema y yo nos encogimos de hombros. Estábamos demasiado sumidas en nuestra conversación como para pensar en

el fin de semana. De hecho, yo tenía el fin de semana totalmente libre. Mis papás iban a llevar a Kenny a un partido en
Boston. De camino, pasarían a dejar a Katy para que pasara
la noche con su mejor amiga, quien se había mudado al sur
de Vermont el verano pasado. Al principio, mamá había
insistido en que yo acompañara a "la familia", pero al final
estuvo de acuerdo en que me quedara en casa. Los Bolívar
estarían cerca por si yo necesitaba cualquier cosa. De hecho,
yo había ofrecido acompañar a la Sra. Bolívar al centro
comercial el sábado para ayudarla a comprar unos camisones
bonitos para la Srta. Billings.

—Nos vamos a reunir el sábado por la noche para planear la
estrategia de mi campaña —Jake estaba diciendo. El lunes anterior, Jake se había registrado para presentarse como candidato
a presidente de nuestra clase. Las elecciones se iban a celebrar
a fines de mayo para la mesa directiva del próximo año. Jake
era un chico genial y el Robin Hood de los oprimidos. Pero me
parecía que iba a estar muy difícil ganarle a Taylor Ward, todo
un deportista y rompecorazones del noveno grado. Ya sé,
suena como la típica comedia de la escuela secundaria: el
muñeco rubio y bien parecido; el flaquito, tipo intelectual. Pero
como dice la Srta. Morris, los clichés llegan a ser clichés porque
suenan verdaderos. Lo más que podía esperar para Jake era un
final feliz para su historia: el flaquito no consigue la presiden-
cia, pero consigue, qué se yo, una cita con Jennifer Lopez.

—Claro, ahí estaré —dijo Ema. Noté, con un poco de tristeza, como no aceptó la invitación a nombre de ambas como
era su costumbre.

De todas las canciones posibles, la que se escuchó por los
altoparlantes fue una canción de despedida escocesa.

—¿Vienen? —dijo Dylan. A todos nos tocaba álgebra ese
último periodo.

—Un segundito. —Ya sabía que íbamos a llegar tarde a
clase, pero Ema y yo necesitábamos planear cuándo nos íbamos a reunir para hablar. Con suerte llegaríamos a álgebra

antes de que el Sr. Oliver llegara a lo que él llama sus "números negativos".

—Entonces, ¿cuándo podrías venir? —le pregunté. El pasillo se había despejado. Hasta una voz en tono normal sonaba fuerte ahora.

No creo que Ema me escuchó. Estaba llorando de nuevo.

—Ha sido horrible últimamente. He sentido como si no valiera la pena vivir. —Sus padres, quienes siempre amenazaban con divorciarse, esta vez realmente se iban a divorciar. Ella había subido cinco libras de peso. Tenía los muslos enormes. ¿Acaso no pensaba yo que tenía los muslos enormes? Mientras tanto, a su hermano lo habían echado de la preparatoria privada, lo cual era medio injusto porque era una escuela para chicos con problemas. Ella iba a reprobar educación física. Nadie reprobaba la clase de yoga.

—Ay, Ema —seguía repitiendo, a veces consolándola, a veces exasperada de cómo Ema confundía lo realmente mayor con lo que era definitivamente menor. ¿Por qué, ay, por qué será que es tan fácil ver eso en alguien más? Pero a medida que Ema hablaba, me di cuenta de que habían sucedido muchas cosas en su vida de las cuales yo no sabía nada. Por guardarle resentimiento, no me había dado cuenta de lo mucho que ella lamentaba lo que había hecho.

—No te culpo por odiarme con ganas—continuó Ema. Negué con la cabeza, pero Ema no estaba convencida—. Me lo merezco, ya lo sé. Soy una bocona. ¡Pero de veras, de veras, de veras que lo siento mucho! —Ema cerró los ojos con fuerza como para detener las lágrimas que le brotaban de los rabillos de los ojos.

—Ema, escúchame, todo está bien, de veras. —Esta vez era mi corazón el que hablaba—. De veras, ¡tú eres MI ÚNICA Y VERDADERA amiga! Alcé la voz varios decibeles. Quizá si yo armaba un escándalo, ella me creería.

Ema parpadeó, como si le sorprendiera mi arranque.

—¿De veras? ¿Lo dices en serio?

Puse mi cara frente a la suya, hasta que nuestras frentes se tocaron.

—Lo digo en serio, amiga —le dije enérgicamente, mirándola a los ojos.

—¿Estás segura de que todavía me quieres? —A veces Ema era como una niña chiquita. Era algo que a veces me encantaba y otras me exasperaba de mi mejor amiga.

—Nunca dejé de hacerlo —le aseguré. No es que no me hubiera herido. Pero esa es la cosa de querer a alguien, aguantas con ellos durante los momentos difíciles. Para eso sirve el amor, el resto es fácil.

—Si tan sólo me pudieran reducir la boca como lo hacen con las pechugotas —suspiró Ema cuando nos separamos. Me encantaba cuando Ema hacía gala de su sentido del humor.

—Así que, ¿qué tal si vienes este sábado? Mis padres van a estar fuera.

Ema asintió:

—Quizá después de que hablemos podamos ir a casa de Jake, ¿te gustaría?

Pero yo había estado tramando otro plan.

—La verdad es que, Ema, necesito que me ayudes con otra cosa.

La curiosidad encendió los ojos de mi amiga.

—¿Qué?

—Quiero abrir La Caja y quiero que estés allí, ¿okey?

Ema se quedó boquiabierta, parecía totalmente asustada.

—¿*La* Caja? ¿De veras? Pero, es decir, crees . . . ¿tú crees que realmente estás lista, Milly?

Asentí, como si lo supiera. Pero para ser franca, yo también estaba asustada.

La caja había existido durante años antes de que se convirtiera en La Caja.

Estaba hecha de una madera hermosa y oscura, caoba, dijo papá. Un pasador descansaba sobre un aro de hierro. Una vez, cuando éramos chicos, la curiosa de Katy señaló la cómoda y le preguntó a mamá qué había en la caja. Recuerdo que mamá dijo algo así como que ella guardaba unos papeles y documentos privados allí. Con eso bastó. El contenido sonaba aburrido. No había nada que nosotras quisiéramos agarrar cuando ella se descuidara.

Una tarde de verano entre el tercero y cuarto grados, cuando todavía vivíamos en Long Island, mis papás salieron a la entrada de carros. Yo andaba en mi bicicleta nueva de arriba abajo por la sección de la cuadra, a la vista de casa, que nos estaba permitida. No recuerdo que Katy anduviera por allí y Kenny estaba durmiendo la siesta. Ahora que lo pienso, mis papás probablemente esperaron el momento en que nosotros tres pudiéramos estar a solas.

—Milly, cariño—era papá—. ¿Tu mamá y yo quisiéramos hablar contigo, okey?

Al juzgar por sus caras, yo sabía que se trataba de algo importante. Varias cosas me cruzaron por la mente. Yo había hecho algo malo. ¿Pero qué? Siempre procuraba portarme bien para compensar por todos los problemas que tenía en la escuela.

Los seguí a la casa, sintiendo como que me iba a desmayar. Creo que en realidad contuve la respiración hasta la cocina. Todo parecía normal, en su lugar. Pero luego mis ojos se posaron en la caja que estaba al lado de la bandeja giratoria sobre la mesa. Era algo bastante inocente, pero era tan raro verla allí que bien pudo haber sido un arma o un cuchillo ensangrentado a juzgar por como las rodillas me empezaron a temblar.

Me senté en mi lugar de costumbre, mamá y papá frente a mí del otro lado. Cada uno de ellos me tomó de una mano, con esa sonrisa propia de sala de urgencias, como que me iban a dar una mala noticia. Me he de haber visto como que iba a llorar porque mamá dijo:

—Cariño, no te preocupes. ¿Recuerdas que papá y yo te hemos dicho que te encontramos en un orfanato?

Asentí con cautela. Me habían dicho que yo era adoptada, pero realmente no sabía qué quería decir eso. Yo había preguntado si Katy y Kenny también eran adoptados y mamá había explicado que no, que los niños llegan a las familias de distintas maneras. Mi hermano y mi hermana habían salido de su vientre, lo cual sonaba mucho más inquietante.

—De todas formas —prosiguió mamá—. Nada más queremos repasar toda la historia en caso de que tengas alguna pregunta. ¿De acuerdo?

Y entonces me contaron una historia que yo había oído antes en pedacitos sueltos. Escuché. No hice ninguna pregunta. Ni siquiera cuando me preguntaron si tenía alguna duda. De verdad, la única parte que me preocupó fue cuando dijeron que no estaban seguros de mi fecha de nacimiento. El 15 de agosto era sólo la fecha en que me habían registrado en el orfanato. Creí que estaban tratando de quitarme mi cumpleaños.

Papá me apretó la mano.

—¿Alguna otra pregunta, cariño?

—¿Entiendes lo que te hemos dicho? —mamá me apretó la otra mano.

¿Cómo podría no entenderlo? Érase una vez unos padres que habían ido a un país extranjero con el Cuerpo de Paz y habían decidido quedarse un año más en su país anfitrión. Trabajaban en una escuela dando clases de inglés. Nació su primera hija a quien llamaron Katy. Un día, la mamá visitó un orfanato que quedaba cerca de donde ellos vivían. Allí conoció a una hermosa bebé que alguien había dejado en la puerta de entrada. La mamá no pudo resistir; trajo al papá y los dos se enamoraron de esa bebé; ellos sabían que esa bebé estaba destinada para ellos, así que la adoptaron. Una historia maravillosa. Pero no parecía tener nada que ver conmigo.

—Eras una cosita. —Papá sostuvo sus manos a corta distancia, sonriendo con orgullo.

Mamá también sonrió, como si realmente estuviera viendo a esa bebé, no sólo el espacio vacío entre las manos de papá.

—Las monjitas te adoraban. Sobre todo Sor Corita. Fue ella quien encontró la cesta justo afuera de la puerta. Estabas envuelta en un chal y traías un pedacito de papel con tu nombre prendido a tu vestido con un segurito. Y esto también venía en la cesta contigo —mamá empujó suavemente la caja hacia mí.

—Bonita madera, ¿no es cierto? —papá acarició la caja—. Caoba —pronunció—. ¿La abrimos?

Me quedé viendo la caja, que de pronto se había transformado en La Caja, con letras mayúsculas que daban miedo.

—¿Qué hay adentro?

—No hay de qué preocuparse, cariño —mamá me aseguró—. Es únicamente una especie de caja de recuerdos, con algunas fotografías y souvenirs y recortes del periódico. Además, todos tus papeles de la adopción y la nacionalización que pusimos después. ¿Quieres mirar adentro?

Negué con la cabeza y empujé La Caja hacia ellos.

—No tenemos que abrirla ahora —mamá coincidió—. Si alguna vez quieres mirar lo que hay dentro o hablar del tema . . .

—¿Te sientes bien, chiquita? —papá comenzaba a preocuparse.

—Es mucho para asimilar de una vez, te comprendemos —agregó mamá.

Yo sabía que comenzaría a llorar si no salía de ahí pronto. Alcé la vista y de inmediato sus ojos se posaron en mí como si estuvieran deseosos de que yo dijera algo. *Di algo*, me dije a mí misma, *hazlos sentir mejor*. Pero lo único que se me ocurrió decir fue:

—¿Puedo salir a jugar ahora?

Mis papás se miraron el uno al otro sin poder hacer nada.

—Claro, chiquita —dijo papá—. Por supuesto que sí —agregó mamá. Pero tuve que zafarme de sus manos para que me soltaran.

Me levanté, arrimé mi silla como si ésta hubiera sido una especie de sesión formal. Recuerdo haber notado mis manos. Las tenía llenas de sarpullido otra vez. Quizá me picaban, no lo sé. Estaba demasiado paralizada como para sentir cualquier cosa.

Afuera en la entrada de carros, me quedé mirando mi

bicicleta nueva por un rato como si no pudiera adivinar para qué servía o cómo usarla. No sabía qué hacer. De alguna manera parecía como que tendría que ser una persona completamente distinta a partir de ese momento.

Luego recordé lo que había dicho adentro. *¿Puedo salir a jugar ahora?* Eso es. Sigue como antes. Pon esa historia de nuevo en La Caja y aléjala de ti.

Me subí en esa bicicleta y pedaleé con furia por la entrada de carros hasta la calle, donde no me estaba permitido ir. De alguna manera sabía que hoy no me regañarían por desobedecer las reglas. Ahora, al mirar atrás, me doy cuenta de que no había dejado de pedalear desde ese entonces. Hasta el día en que Pablo se me acercó en el comedor y con una sencilla pregunta —¡clic!— se abrió la tapa.

El sábado por la tarde, la Sra. Bolívar y yo tomamos el autobús de regreso del centro comercial. Nos dejó en el centro del pueblo, a media cuadra de donde viven los Bolívar. Yo iba a caminar a casa desde allí, pero la Sra. Bolívar insistió en que ya estaba oscureciendo y que una señorita no debía andar sola. Así que reclutaron a Pablo para que me acompañara. Me sentía como una tonta, ya que en nuestro pueblo pequeño los crímenes consisten en un carro lleno de adolescentes que una noche de sábado derriban los buzones o ponen papel de baño en el jardín de enfrente de la casa de una chica. Pero seguía recordándome a mí misma que estas personas habían vivido bajo una dictadura donde había desapariciones y torturas horripilantes. (El Sr. Barstow acababa de terminar toda una sección sobre historia latinoamericana contemporánea que me estaba produciendo pesadillas).

No es que me molestara que Pablo me acompañara. Al igual que Ken, de pronto yo había adquirido un hermano mayor y un amigo. Más y más, he de admitir, tenía la aguda sensación de que yo no quería que fuera solamente eso para mí.

—Así que, ¿tú eres mi *bodyguard*? —dije, una vez que su mamá ya no nos podía escuchar.

—¿Un *"body" guard*?

Traté de pensar cuál era esa palabra en español pero me quedé en blanco.

—Tú me proteges del peligro —expliqué—. Si alguien me atraca o, digamos, si yo fuera famosa, tú impedirías que mis *fans* se acercaran.

—¿Estás buscando a alguien para ese trabajo?

—¡Sí, cómo no! Corro tanto peligro en Ralston. No, lo que necesito es un hada madrina que agite su varita mágica . . . —Agité la mano. Y en ese momento, fue como cuando espolvoreas la comida en un acuario y un montón de pescaditos salen como bólidos hacia las hojuelas. Todos estos deseos me vinieron a la mente, cosas que deseaba, como el amor de la abuela y la comprensión de Katy y que Ema no fuera tan bocona . . . y otros deseos también, para los que aún no tenía palabras siquiera, inquietudes sobre mis padres biológicos y Pablo y las cosas en los libros disimuladas por un "y vivieron felices para siempre". Pero aunque estos deseos me llenaban la cabeza, no podía pensar en ningún deseo que pudiera decir en voz alta. Supongo que no quería sonar como una adolescente quejumbrosa que no tenía su vida en orden.

—¿Bueno? —Pablo estaba esperando—. ¿Cuál es tu deseo, Milly?

Pensé en decir algo tonto como *la paz mundial*. Pero en lugar de eso, me encogí de hombros. —Nada, nada. Pero no se debe malgastar un deseo. —Le ofrecí un paquete invisible—. ¿Por qué no lo usas?

Me sentía un poco boba jugando a las mentirillas con un muchacho ya mayor. Pero Pablo ni se inmutó. Hizo la mímica de tomar mi paquete, sacudirlo y escucharlo para ver qué contenía. Luego lo abrió y saco algo entre su dedos índice y pulgar.

—¿Qué es? —le pregunté. Me había quedado un poco sin aliento. Él casi me había hecho creer que había encontrado algo en nuestra caja invisible de los deseos.

Negó con la cabeza.

—No podemos nombrarlo o desaparece.

Sentí como si yo hubiera abierto una puerta que conducía a un lugar que nunca antes había visto. Quería que él siguiera diciendo más cosas. Pero también quería que la magia se revelara a su propio tiempo, para que le brotaran pequeñas raíces.

Como era una tarde tibia de primavera, sugerí que tomáramos el camino más largo a casa a través del antiguo cementerio del pueblo. Realmente es un lugar bonito, con grupos de abedules que apenas comenzaban a verdear con ese matiz particular. Algunas de las lápidas tienen inscripciones extrañas. Digo, allí han enterrado gente desde antes que esto fuera Estados Unidos. En el verano, a veces uno puede ver a los turistas frotando las lápidas.

—¿Caminar por el cementerio? —Pablo titubeó.

Estaba a punto de burlarme de Pablo por creer en fantasmas cuando recordé de nuevo las clases del Sr. Barstow: los asesinatos, los cementerios llenos hasta el tope. —Ah, olvídalo, mejor pasemos por el pueblo.

—No, no, Milly —insistió Pablo—. Quiero ir contigo.

—¿Estás seguro? —Lo miré a los ojos, como miras a alguien para ver si está diciendo la verdad. Sus ojos parecían suavizarse, encontrando mi mirada. Me estremecí. Sentí de nuevo esa intensa sensación y aparté la vista.

Entramos por la pequeña reja y caminamos por el camino central, deteniéndonos de vez en cuando para leer los nombres en piedras de aspecto interesante.

—¡Qué curioso! —observó Pablo, agachándose junto a una lápida.

La había visto antes y había pasado de prisa. Ahora me arrodillé junto a Pablo y dejé que él guiara mi mano por encima de las letras como si estuviera ciega, tratando de leer en letra Braille.

—No tiene el nombre, sólo dice MADRE —notó Pablo—. ¿Crees que la familia temía poner el nombre en la lápida?

—No es eso —expliqué—. En realidad, hay una lista de todos los nombres en esa lápida central. Me imagino que es porque cuando un ser querido muere, uno no pierde un nombre, sino una relación.

Pablo asintió distraídamente. Lo podía sentir deslizándose de nuevo hacia sus malos recuerdos.

—Cada víctima en mi país es un padre, una madre, un hermano, un tío . . . —dijo con voz entrecortada. Pablo me había contado acerca de su tío Daniel, un periodista radical, quien había sido asesinado un mes o algo así después de que los Bolívar habían huído a Estados Unidos.

De nuevo, me pregunté sobre mis padres biológicos. ¿Habían sido ellos víctimas también? Los había perdido antes de que tuviera siquiera una relación con ellos. Sin nombre, sin historias. Una lápida en blanco.

Nos quedamos en silencio a medida que caminábamos por el sendero. Había anochecido para cuando llegué a casa.

El teléfono estaba sonando al otro lado del cuarto. Rápidamente le dije adiós a Pablo y corrí a contestarlo antes de que la máquina tomara el mensaje.

—Buenas noches, residencia Kaufman —dije exageradamente, pensando que mis papás estaban llamando, preocupados porque yo todavía no había regresado del centro comercial.

Hubo una pausa. Oh no, pensé. ¡Hay un pervertido al otro extremo y mis papás no están aquí! Todavía había tiempo de correr a la puerta y llamar a Pablo para que regresara.

—¿Quién habla? —era una voz femenina, autoritaria, familiar—. ¿Hola? ¿Eres tú, Sylvia?

¡¿Happy?! ¡¡Happy nos estaba llamando?!

—Ah, hola, abuela . . . —¿Todavía podía llamarla así?—. Sólo soy yo, Milly. —Traté de hacer que mi voz sonara monótona e indiferente, pero no pude. Algo en mi interior aún quería que esta señora mayor me quisiera.

—Milly, querida. No reconocí tu voz. Sonaste como un adulto. ¿Cómo estás, cariño?

¿Acaso era ésta la entrega de los Óscares en hipocresía o qué?

—Kenny no está —le dije de inmediato. Para que lo supiera y no malgastara su dinero hablando conmigo por larga distancia —. Y mamá y Katy y papá salieron este fin de semana.

—¿Y por qué no los acompañaste?

Me encogí de hombros. ¡Cómo si ella pudiera verme encogerme de hombros!

—Quise quedarme, supongo.

—Parece que te sientes un poco sola, cariño. Tal vez pueda mandar a Roger a recogerte.

No lo podía creer. Mi abuela que me había desheredado, ¡¿iba a mandar a su chofer a Vermont, a seis horas de distancia, para que me recogiera?!

—No, no, abuela. Gracias, no te preocupes. Mamá y papá regresarán mañana. Y mi amiga Ema vendrá esta noche.

—Si estás segura . . . —Happy no sonaba muy convencida. Luego pasó a preguntarme que cómo me iba en la escuela y en mis clases. Eran las mismas preguntas que siempre me hacía. Pero ahora parecía que realmente le importaba. Es decir, hacía una pausa entre pregunta y pregunta, como si esperara una respuesta de mi parte.

Parecía que Happy quería saber de todos y cada uno en nuestra familia esta noche, no sólo Ken, aunque sí pasamos unos minutos hablando de una tarjeta muy linda que Ken le había mandado, agradeciéndole la tarjeta que ella le había mandado para la Pascua. (Katy y yo también la habíamos firmado.) Ken había conseguido la imagen en Internet. Un gorila enorme que tenía un gorilita en sus brazos peludos. Dentro del doblez del papel, Kenny había escrito "¡¡¡TE QUIERO MUCHO, ABUELA!!!" Recuerdo haber pensado que era perfecto que este gorila feo que parecía una tarántula fuera mi horrible abuela.

El timbre empezó a sonar espasmódicamente, sin una pausa entre los timbrazos. Ema había llegado. Pero yo no estaba en el portátil como para caminar y abrirle la puerta. Y nunca en la vida le había dado un cortón a la abuela.

—¿Qué es ese sonido? —preguntó Happy finalmente.

—Es sólo mi amiga Ema a la puerta.

—Te espero mientras vas a ver, ¿de acuerdo? Regresa y dime si es ella antes de que yo cuelgue. —Gente de ciudad, de veras.

No le iba a decir a Happy que no teníamos una cámara de vigilancia como la que ella tenía en su mansión o iba a comenzar con las últimas estadísticas de crímenes. Corrí a la puerta, la abrí y Ema apenas alcanzó a decir "¿Dónde has estado . . . ?", cuando la interrumpí.

—Estoy hablando con Happy. Todavía está al teléfono. —No quería que la bocona de mi amiga gritara algo así como *¿QUIERES DECIR TU ABUELA, LA CABRONA?*

—Abuela, es mi amiga como te dije.

—Bien, bien, me alegro. Entonces no estarás sola. De todas formas, ¿puedes decirles a tus padres que llamé? Ve y atiende a tu amiga. —Pero no colgó. En lugar de eso, hubo una pequeña pausa—. Ya sabes que tu abuela te quiere, Milly.

—Yo también te quiero, abuela —respondí automáticamente, pero al decirlo, me di cuenta de que realmente lo sentía. Colgué el auricular con cuidado.

—¡¿Happy?! —Ema parecía incrédula. Cuando asentí, prosiguió—: ¿Así que Happy estaba feliz?

Ya sabía que Ema estaba tratando de hacer una broma a costa de mi abuela malvada. Pero de pronto sentí tristeza porque Happy nunca estaba feliz como su apodo. Se me ocurrió que Happy había llamado porque se sentía sola y necesitaba hablar con alguien dispuesto a escucharla sin recibir dinero a cambio. Pobre Happy. Quizá se estaba dando cuenta de que perdería más que el pasado si seguía desquitándose de su tristeza con el resto de nosotros.

Qué noche estaba resultando ser. La caminata a casa con Pablo. La llamada telefónica de Happy. Luego Ema con las últimas "noticias". Ema había hecho "comillas" en el aire con los dedos. Sus padres habían decidido permanecer juntos después de todo.

—Se comportan como niños —suspiró Ema—. En realidad no están capacitados para ser padres. Yo pienso que quienes quisieran ser padres deberían tomar una prueba o algo así. Digo, uno necesita una licencia para manejar, ¿verdad?

Nos miramos a los ojos como sólo pueden hacerlo las amigas íntimas sin tener que esquivar la mirada. Ambas sabíamos qué tan honda era esa verdad en nuestras vidas.

—¿Tenemos la energía para hacer esto? —dije, conduciendo a Ema al piso de arriba.

—Como tú quieras —dijo Ema. Aunque era obvio que ella iba a estar muy desilusionada si sólo íbamos a casa de Jake en lugar de hacer esto.

Nos sentamos una frente a la otra en mi cama, tomándonos de las manos, La Caja entre nosotras. De una manera extraña, ese momento me recordó aquel día en la cocina cuando mis papás me habían hablado de mi adopción.

—Te ha salido mucho sarpullido en las manos —dijo Ema, dándoles la vuelta—. ¿Te has estado poniendo el ungüento de Mr. Burt?

Para la Navidad, Ema me había regalado una bolsa llena de latas pequeñas, ungüentos de Burt's Bees, que no me había servido de mucho excepto hacer que yo oliera a pastillas para la tos.

—Nada me sirve de mucho —le dije—. El doctor ahora dice que es neuro . . . algo . . . quiere decir que todo es mental.

Ema negó con la cabeza.

—Ese sarpullido me parece muy real. De todas formas . . . —agregó, mirando La Caja como para recordarme la tarea que nos aguardaba.

—Siento que debería pedir un deseo o algo así —dije,

tratando de aliviar mi nerviosismo. En realidad, tenía ganas de llorar. Respiré hondo—. Bueno, allá vamos. —Levanté la tapa, luego me obligué a mí misma a mirar adentro.

No sé lo que esperaba. ¿Un bebé diminuto? ¿Las extremidades de un cadáver? ¿O qué? Lo que había adentro se veía muy normal y aburrido: un fajo de sobres, unos recortes de periódico doblados. Empecé a sacar cosas, luego nada más boté el contenido sobre mi colcha.

Examinamos minuciosamente cada cosita.

—Mira esto —seguíamos diciéndonos entre sí.

Ema sacó una moneda con una estrella de un lado y la imagen de alguien famoso en la historia del país del otro.

—Se parece a Pablo —observó ella. Por lo general no estoy de acuerdo con Ema sobre los parecidos de la gente, pero esta vez tenía razón. Esta persona famosa tenía el mismo mentón pronunciado y los mismos ojos intensos.

Dentro de un sobre, encontré un mechón de cabello color trigo trenzado con uno negro oscuro. ¿De mi madre y padre biológicos? Otro sobre estaba lleno de fotos viejas, las cuales yo esperaba/temía fueran de mis padres biológicos o del lugar donde yo había nacido. Pero la mayoría resultaron ser fotos de una bebita en brazos de una monja bajita y gorda de hábito blanco con lo que parecía ser una gaviota posada en su cabeza. Había otras fotos posteriores de mamá con un aspecto más juvenil, cargándonos a Katy y a mí en sus piernas. Katy se veía enorme comparada conmigo. Luego otra foto que mostraba a mi papá cargándome, llegando a Estados Unidos, con una banderita americana en mi mano.

—¡Ay, Dios mío, eras como una hermosa bebita de un anuncio de Benetton! —Ema se deshizo en elogios—. ¡Qué linda eras!

—Umm—. Estudié la foto. Me choca cuando la gente habla de lo linda que solías ser.

Al fondo de La Caja, descubrí un sobre pequeño como de una floristería. Saqué un pedazo de papel que parecía como si hubiera sido doblado y vuelto a doblar con frecuencia. MILAGROS, decía, escrito en letras grandes de molde.

Ema estaba alargando el cuello, tratando de descifrar lo que estaba escrito en el papel.

—¿Qué quiere decir? —la mamá de Ema había insistido en que Ema tomara clases de francés, debido a que sus antepasados una vez habían formado parte de la nobleza allá en Francia antes de que se volvieran franco-canadienses pobres viviendo en Vermont.

—Milagros —dije—. Milagros quiere decir *miracles* en inglés.

—Mi-la-gros —enunció Ema—. Qué bien. Es como si fuera un milagro el que hayas sobrevivido.

Lo que Ema no sabía era que Milagros había sido mi nombre en el orfanato. Pero cuando mis padres me adoptaron, decidieron usar Milagros como mi segundo nombre y ponerme Mildred. No sólo sería éste un nombre más fácil para mi vida americana, pero mamá quería que una de sus hijas llevara el nombre de la abuela que nunca llegué a conocer. No puedo decir que me encantaba Mildred —Milly está bien— pero lo cierto era que Milagros me chocaba, así que nunca usé mi segundo nombre. Lo último que quería era que alguien me preguntara, "¿Cómo fue que te pusieron un nombre como Milagros?".

Antes de que Ema y yo guardáramos todo, leí por encima todos los documentos oficiales del orfanato. La *madre* figuraba como desconocida, al igual que el *padre*. El lugar de nacimiento también aparecía en blanco. Tenía la esperanza de encontrar el nombre de Los Luceros en algún sitio entre todos estos documentos.

Cargamos la caja —ya no era la temible Caja en letras mayúsculas— de vuelta a la cómoda de mis papás.

—Gracias, Ema —le dije mientras nos mirábamos a los ojos—. No podría haberlo hecho sin ti. —Y luego, no sé exactamente por qué, ambas nos echamos a llorar. Fue una sensación tan grata estar allí, sollozando y abrazándonos. Cualquier distancia entre nosotras se había evaporado. Amigas íntimas y mejores amigas. Nosotras juntas podíamos con cualquier cosa.

5
elecciones

DALE UNA OPORTUNIDAD A JAKE. CON JAKE SÍ SE PUEDE. Al caminar por Ralston High, sentía como si estuviera en un video de rap malo. ¡Había carteles con el nombre de Jake por todas partes!

Un cartel mostraba una foto de Jake mirando hacia las Montañas Verdes: JAKE, POR AMOR A LA TIERRA. (Esto era para ganar el voto de los "verdes" aficionados a la granola.)

Pablo hizo uno que mostraba a Jake con un sombrero puesto y una pañoleta atada al cuello: JAKE: UN HOMBRE SINCERO. (Todo el mundo le preguntaba qué quería decir eso, así que Pablo escribió la traducción al inglés en letras pequeñas bajo la leyenda: *Jake: an honest man.*)

Ema y yo hicimos uno juntas. Tomamos una foto de Jake rodeado de sus carteles y calcomanías para el carro con varias de sus causas favoritas: SALVA LAS BALLENAS. NO TE RÍAS DE LOS AGRICULTORES CON LA BOCA LLENA. LA PAZ NO ES RAZÓN PARA MORIR. EL AMOR HACE LA FAMILIA. CON VERMONT HACIA EL FUTURO. Nuestro lema rezaba: ARRIBA CON JAKE.

Cada que miraba uno de los carteles de Jake, miraba uno de Taylor: Taylor con su camiseta fina de Abercrombie & Fitch, con esa expresión de, *oye, chico, mira, si quieres, vota por mí, si no, no hay problema . . .* y pensé, pobre Jake, trabajando tan duro.

En realidad, todos estábamos trabajando duro. Me refiero a los fronterizos. Jake se las arregló para convencer a la mayoría de sus amigos que se presentaran como candidatos junto con él. Hay que comenzar un movimiento, ¿por qué no? Alfi hasta había modificado la canción "Revolución" de los Beatles para la campaña.

La cuestión en Ralston era que cualquiera que se presentara como candidato tenía que conseguir una petición de veinticinco firmas. Luego te podías registrar para ser candidato y poner carteles y esas cosas. Había un período de tres semanas para entrar a la planilla. Además de presidente, cada clase votaba por un vice presidente, un tesorero y un secretario, así como dos senadores, quienes básicamente hacían casi todo el trabajo del consejo estudiantil y recibían una pizca de reconocimiento.

Jake consiguió sus firmas y se registró de inmediato. Luego los demás fronterizos se treparon a su tren. Dylan, el geniecillo para las matemáticas, era el candidato obvio para tesorero. Además, su papá es dueño de la concesión de carros del pueblo y ser rico no puede ser un impedimento cuando intentas conseguir un puesto a cargo del dinero. Ema quedó de secretaria, porque, a decir verdad, ninguno de los chicos quiso presentarse para un puesto que sonaba como que era para una chica. Will se iba a presentar para vice presidente, pero luego lo arruinó todo, fumando en el baño durante uno de los bailes de la escuela (sólo lo *cacharon* por eso), así que ya no pudo participar.

De pronto todos me miraban a mí.

—Ni se les ocurra —les repetía. Mis amigos saben que me choca hablar enfrente de mucha gente.

Pero Jake no es de los que se dan por vencidos; era obvio, o de otra manera no se enfrentaría a Taylor Ward. Una mañana, me arrinconó cerca de mi casillero.

—Mira, Milly, la cosa es que de veras, de veras te necesitamos. —Jake me puso una mano en cada hombro: como un entrenador a su boxeador antes de que entre al cuadrilátero y le den una paliza. Sus ojos azules rebosaban de convicción. No pude evitar recordar que él me gustaba en el séptimo grado. En ese entonces, yo probablemente hubiera hecho cualquier cosa que Jake Cohen me pidiera.

—¡Serías perfecta! Todos te tienen un gran respeto.

Eso era una novedad para mí. —¿Y por qué?

—Ah, ya lo sabes, tuviste que tomar todas esas clases particulares y nunca te quejaste ni nos dijiste por qué, para que no te tuviéramos lástima.

Dentro de este panorama deprimente, yo intentaba escuchar la razón por la cual la gente supuestamente me respetaba. Por fin, caí en cuenta.

—Jake, quieres decir, ¿porque soy . . . adoptada?

Jake suspiró aliviado.

—No sabía si tú sabías que yo sabía. Ema nos dijo . . .

Asentí.

—Ya lo sé. Sólo me pesa que no te lo haya dicho yo misma.

—Te comprendo —me aseguró Jake—. Este lugar es de gente blanca. —Extendió los brazos, queriendo decir Ralston High, nuestro pueblo, Vermont . . . no me quedaba claro—. Pero a eso me refiero, Milly. Nunca has usado tu adopción como un pretexto, en lo absoluto. De verdad te admiro por eso.

Ese era un nuevo giro sobre mi secreto: valor en lugar de vergüenza e inseguridad pura y simple.

—Así que, amiga mía —la voz de Jake de pronto se volvió paternal. Ay no, pensé. Aquí viene el discursito después del giro—. Te ruego que te unas a nosotros. Milly, ¡vamos a cambiar este lugar! Más y más personas dicen que votarán por nosotros. Tenemos muchas posibilidades, ¡de veras que sí! Pero necesitamos a los mejores de nuestra clase. Ya sé, ya sé . . . —Jake levantó ambas manos—. Vice presidente es más de lo tenías pensado. Así que, ¿qué te parece si te presentas como uno de los senadores? —Por la manera en que Jake presentó esta opción, era como si Jake me estuviera haciendo un favor.

—Déjame pensarlo, Jake, ¿de acuerdo? —ya tenía esa sensación de hormigueo tan familiar en las manos.

—Claro que sí —dijo Jake, agitando la mano con un gesto

de "no hay problema". Pero cuando se dio la media vuelta para irse, agregó—: Ya tengo tus veinticinco firmas. Mañana es el último día. Avísame si quieres o no.

—No puedo hacerlo —le dije a Pablo esa tarde. Ahora que el tiempo había mejorado, caminábamos a menudo de la escuela a casa. A veces Alfi nos pasaba en el autobús y nos pitaba alguna melodía que nosotros tratábamos de adivinar.

Pablo había estado hablando sobre las próximas elecciones en su país . . . cómo sus padres deseaban que ganara el Partido de Liberación . . . cómo sus hermanos se habían postulado para cargos locales. Yo había dejado de escucharlo. Lo único en lo que podía pensar era nuestra elección en Ralston.

—Jake de veras no entiende —le dije a Pablo—. No soy de esas personas que pueden pararse enfrente de la gente y dar discursos.

—Sí, sí lo eres —dijo Pablo en voz baja, como si ya lo supiera.

—¡*No way, José*! —Sólo después de haber dicho esa típica frase me pregunté si Pablo iba a creer que había olvidado su nombre. Pero parecía estar familiarizado con esa expresión americana y sólo siguió sonriendo como para animarme.

Yo estaba molesta. Necesitaba que Pablo me apoyara para que pudiera hacerles frente a todos nuestros amigos.

—¿Cómo sabes de lo que soy o no soy capaz? —Me crucé de brazos, metiendo las manos para esconder la piel irritada.

Pablo se encogió de hombros y me sostuvo la mirada. Probablemente él era una de esas veinticinco firmas.

—Es decir, sólo se trata de una elección tonta en una escuela secundaria. Ya sé que Jake lo hace sonar como si fuéramos a cambiar el mundo . . .

Pablo tenía una mirada como si estuviera de acuerdo con Jake.

—Eres tan afortunada de vivir en este país, Milly. Siempre has tenido libertad. No la valoras.

Suspiré al escuchar el sermón.

—¿Por qué no te presentas *tú* entonces? —le hice frente.

—No estoy seguro de que vaya a estar aquí el año próximo, Milly.

Asimilé ese pensamiento. La tristeza de que Pablo se fuera antes de que yo supiera lo que él realmente significaba para mí: ¿hermano, amigo . . . algo más?

—¿Milly? —Pablo trataba de hacer que yo lo mirara. Algo tierno en su voz lo logró. Era la misma mirada que yo había visto en el cementerio. Esta vez, cuando traté de evitar su mirada, no pude—. Cuentas con mi voto —dijo él. Luego, haciendo una pequeña reverencia, agregó—: Y me gustaría ofrecerle mis servicios como *guardbody*.

—*Bodyguard* —le corregí. Me sentía ceder.

—Guardaespaldas a su servicio. —Extendió los brazos como para protegerme de las multitudes enardecidas.

No pude evitar sonreír.

—Está bien, está bien —suspiré—. Me doy por vencida. Me presentaré como candidata. Cambiaré al mundo. Salvaré las ballenas. No me reiré de los agricultores con la boca llena.

Pablo dejó caer los brazos. Parecía desconcertado.

—Milly, lo único que estás haciendo es postularte como senadora, ¿no?

—¿Ah sí? ¿*Sólo* eso?

Pablo asintió con sinceridad. Supongo que no siempre es fácil comunicar el sarcasmo en otro idioma.

Justo entonces, cuando íbamos saliendo por el lado norte del cementerio, Alfi pasó en el autobús. *Bip, bip, bip-bip-bip, bip bip*, pitó cuando nos vio. Podría jurar que escuché el tema de nuestra campaña en esos bocinazos.

La noche de las elecciones nacionales en su país, fuimos a casa de los Bolívar. Habían conectado la tele vieja que les regalamos a cable para conseguir los canales en español y estar al tanto de las noticias en su región del mundo. Papá dijo que el Sr. Bolívar había estado hecho un manojo de nervios todo el día, colgando una puerta del lado equivocado, recogiendo una tabla antes de que la pintura se secara. La seguridad futura de sus dos hijos así como la de su país dependía del triunfo del Partido de Liberación. ¿Cómo podría el pobre hombre pensar en una "despensa remodelada" en un momento como este?

Hasta esta noche, yo no había pensado en sus elecciones. Como todo el mundo en Ralston, yo estaba totalmente absorta en nuestras propias elecciones. Tan increíble como hubiera sido en un principio, ahora parecía como si los fronterizos tuvieran la oportunidad de ganar. El entusiasmo de Jake era contagioso. Como una medida de desesperación, Taylor y sus partidarios iban a dar una gran fiesta con *disc-jockey* en la casa del lago de sus padres el sábado antes de las elecciones escolares. Todo el mundo —menos nosotros— estaba invitado.

El apartamento de los Bolívar estaba situado encima de la ferretería cerca del centro del pueblo. Mamá y papá y Katy y yo habíamos desfilado escaleras arriba cargando refrescos, una botella de vino y un flan que mamá había hecho usando la receta infalible de la Sra. Robles. Kenny, quien se quejaba de no entender el español rápido de los Bolívar, se había quedado a dormir en casa de un amigo. Un Sr. Bolívar, preocupado pero gentil, nos recibió a la puerta. Podíamos escuchar la voz exagerada del locutor en español detrás de él.

Cuando entramos, la Sra. Bolívar y Pablo se estaban levantando del sofá. La pequeña sala parecía aún más pequeña con tantos de nosotros tratando de encontrar un lugar dónde sentarnos. A excepción de nuestras cosas heredadas, los Bolívar casi no tenían muebles. Un pequeño crucifijo de madera colgaba de la pared a un nivel raro, probablemente donde antes había habido un clavo. Me entristecía esta escena, las paredes desnudas, los escasos muebles, los Bolívar que se deshacían en disculpas y parecían tan desamparados. Me recordó uno de esos programas especiales de la tele sobre la pobreza en el Tercer Mundo: una madre escuálida y sus hijos agachados dentro de una chocita, con caras de susto. Había comenzado a pensar en mi familia biológica. ¿Quizá ellos también se estaban muriendo de hambre? ¿Quizá ellos habían dormido en un piso de tierra sin nada que ponerse más que harapos? Muy pronto comenzaría a sentirme culpable, como si yo los hubiera abandonado a ellos, ¡en lugar de ser al revés!

Mientras los Bolívar hablaban con mamá y papá frente a la tele, Katy y yo nos sentamos con Pablo en unos cojines al otro lado de la sala, que era como su cuarto.

—¿Qué pasaría si no gana el Partido de Liberación? —preguntó Katy.

Pablo sumió la cabeza en sus manos. Nunca había visto a alguien de nuestra edad hacer eso.

Katy me lanzó una mirada de pánico. Me di cuenta de lo mal que se sentía.

—Es decir, estoy segura que todo va a salir bien.

Pablo negó con la cabeza, ignorando las palabras tranquilizadoras de Katy.

—Si el Partido de Liberación no gana, habrá un baño de sangre. Así se dice, ¿*a bath of blood*?

—*Bloodbath* —ofreció Katy en una voz suave.

El Sr. Bolívar había estado cambiando los canales para buscar noticias de las elecciones. De pronto, dio con un canal en inglés donde hablaban en detalle sobre las elecciones del país.

—Vengan, vengan —nos llamó.

El presentador estaba dando una perspectiva general de la historia del país. Cosas que el Sr. Barstow había explicado, pero que había hecho de una manera tan extensa, como de libro de texto, que era difícil de seguir. Pero ésta era la historia en fragmentos fáciles de digerir. El presentador explicó cómo la dictadura había sido puesta en lugar por los militares, apoyados por operativos y fondos de la CIA. No sé qué querrá decir.

Pero hace como diecisiete años, un movimiento popular había surgido en las montañas, continuó el presentador. El dictador trató de eliminarlos. Reinaba un estado de terror.

Hubo unas secuencias filmadas, viejas y borrosas, de helicópteros disparando hacia un poblado; una iglesia en llamas; hombres con las manos atadas a quienes metían a empujones dentro de camiones. Las manos me ardían. El corazón me latía aceleradamente. Quizá alguno de esos muchachos era mi padre biológico. ¿Pero cómo podría saber que era él?

Finalmente, el movimiento consiguió la atención y el apoyo de varios senadores estadounidenses. Sus caras aparecieron en la pantalla detrás del presentador. ¡Un aplauso para los senadores! pensé. Un proyecto de ley fue aprobado para suspender cualquier ayuda adicional. Bajo presión, el dictador había acordado celebrar elecciones libres. Los rebeldes salieron de su escondite para hacer una campaña. El apoyo para el Partido de Liberación era abrumador.

Juro que casi brinqué y aplaudí. Estaba tan absorta en la historia de esa lucha.

El presentador miraba ahora hacia una pantalla que estaba a su lado para mostrar un reportaje en vivo. Un reportero de piel curtida con acento británico fingido entrevistaba a un funcionario de la comisión electoral. Este tipo parecía estar muy incómodo.

—Parece que un gran número de votantes ha acudido a las urnas para apoyar al Partido de Liberación —observó el reportero. Realmente no era una pregunta, pero puso el micrófono frente al funcionario.

—Actualmente, ambos partidos han recibido muchos votos. Estamos mostrando al mundo que aquí hay una democracia.

—¿Cuándo podemos esperar noticias de los ganadores? —el reportero quiso saber.

El funcionario miró por encima del hombro con nerviosismo. La cámara tomó a un flanco de generales de lentes oscuros de pie detrás de él.

—Nosotros, en la comisión electoral . . . se han perdido algunos de los resultados . . . debemos hacer un recuento . . . un retraso de varias semanas.

La Sra. Bolívar se lanzó contra el televisor.

—¡Criminal! ¡Mentiroso! —gritaba. Parecía haber olvidado que estaba sentada en un apartamento en un pequeño pueblo de Vermont, no en la comisión electoral frente a este oficial. Pero luego, si hubiera estado allí, probablemente no se hubiera atrevido a llamarlo así.

—Ya, ya, Angelita, cálmate —el Sr. Bolívar le decía. Pero él no parecía estar tan calmado.

La cámara recorría ahora los tanques que avanzaban lentamente por las calles de la capital.

—Veremos si esta nación realmente está lista para la democracia —el reportero se despidió.

Mamá había puesto un brazo alrededor de la Sra. Bolívar, quien ahora lloraba discretamente. El Sr. Bolívar había apagado la tele y caminaba impacientemente por la habitación. El pobre de papá miraba sus botas de trabajo como si éstas fueran a instruirle qué decir.

—Hay que tener fe —dijo finalmente el Sr. Bolívar—. Por el bien de nuestros hijos, por el bien de nuestro país. ¡El paisito se liberará!

La Sra. Bolívar lanzó una mirada adonde estaba su marido, su cara como la de una niñita que ansiaba creer la historia que le habían contado. Pero las lágrimas le seguían rodando por las mejillas.

—Sí, mamá —coincidió Pablo, su voz apenas un susurro—. Como dice tía Dulce, "los milagros ocurren".

No sabía quién era la tía Dulce, pero quizá porque Milagros era mi nombre original, sentía como si Pablo me estuviera hablando directamente. Los milagros ocurren, me repetí a mí misma. Todo lo que tenía que hacer era mirar a mi alrededor. Había encontrado a un amigo en la persona que yo había creído iba a arruinar mi vida. Después de años de mantenerlo en secreto, yo era más abierta en cuanto a mi adopción. Mi intolerable abuela, medio trataba de pedir disculpas a su manera, y a mi manera, yo medio trataba de olvidar que me había rechazado. Pablo y su tía Dulce tenían razón. Los milagros ocurren. Pero a veces, como la aguja en el pajar, hay que encontrarlos.

❦

El fin de semana antes de las elecciones en la escuela, fuimos en carro hasta Long Island por invitación de Happy. Por primera vez en la vida, íbamos a quedarnos en su mansión, aunque aún no habían terminado las renovaciones.

Papá se puso a cantar todo el camino a casa de la abuela. Uno no podía culpar a papá por estar de tan buen humor. La abuela se había disculpado . . . algo que ella nunca había hecho en la vida, que papá pudiera recordar. Les había dicho a papá y mamá, cada uno en una extensión, que todos nosotros éramos sus nietos. Que nos quería a todos por igual. Reconocía que ella había sido muy obstinada y lo sentía mucho. Creo que papá trató de echarle la culpa a los malos consejos del Sr. Strong, pero la abuela asumió toda la responsabilidad.

—En absoluto, Davey. Elías Strong me dijo que me estaba comportando como una tonta y debí haberle hecho caso.

Supongo que yo también debí haberme alegrado. Pero ahora, con todo el mundo de tan buen humor, como si después de todo fuéramos una gran familia unida, mis antiguos sentimientos regresaron. Yo no podía olvidar que la aceptación incondicional de Happy había ocurrido sólo después de haberlo pensado bien. Durante todo el transcurso del viaje, contemplé el día soleado por la ventana. Milla tras milla, los árboles aparecían más frondosos y verdes, el aire se volvía más tibio, el cielo más azul. Pero las nubes grises e invernales seguían pesando en mi corazón. Me rasqué las manos una y otra vez.

Creo que mamá y papá se daban cuenta de que yo todavía estaba rumiando, y por eso comenzaron con sus historias sobre el Cuerpo de Paz. Los orígenes felices de nuestra familia. *Su* familia, pensé, su familia de la misma *sangre*. En cualquier momento, escucharíamos todo sobre el orfanato, el bebé en su cesta, la caja de los recuerdos, sor Corita con el gorro como de gaviota. Por favor, pensé. Por alguna razón, hoy no quería que mencionaran *mi* adopción.

—¡Fue amor a primera vista! —papá recordaba la primera vez que conoció a mamá—. Llego y ahí está esta chica sexy en el Aeropuerto Internacional con un letrero que dice CUERPO DE PAZ, ¡y vaya que si tenía buen cuerpo!

—¿Qué es un "cuerpo"? —Kenny quería saber qué quería decir esa palabra que papá había dicho en español.

Mamá y papá y Katy soltaron la carcajada.

—¡QUIERO QUE ALGUIEN ME DIGA QUÉ ES UN "CUERPO"! —gritó Kenny, el labio inferior le temblaba. Le molestaba que lo excluyeran.

Mamá estaba de tan buen humor que no quería regañar a Ken por gritar en el carro.

—Cariño, cuerpo es lo mismo que *body*. En español, el *Peace Corps* se conoce como el Cuerpo de Paz.

—Pero su cuerpo no me dio nada de paz, no señor —continuó papá—. De día y de noche, fue lo único en lo que podía pensar . . .

—Es posible que el Cuerpo de Paz regrese pronto —mamá interrumpió, sus remilgados genes mormones habían tomado la delantera. Justo antes de que saliéramos, los Bolívar habían llamado. Los generales habían tratado de frenar el conteo de los votos, pero la comisión de observadores internacionales había amenazado con imponer sanciones. Las multitudes aparecían por todos lados para demostrar su apoyo a que siguiera el conteo. Todo parecía indicar que el Partido de Liberación iba a lograr una victoria arrolladora.

—El Sr. Bolívar ya me dijo que quizá vayan allá en agosto por varias semanas —explicó papá—. Quizá yo también debería tomarme unas vacaciones entonces. ¿Qué tal si vamos todos a la playa de Maine? ¿Qué dicen, muchachos?

—Yo quiero ir a Disney World —rogó Kenny. Para su cumpleaños el año pasado, él había ido allá con Happy, y todavía hablaba de ese viaje con tanto detalle que resultaba insoportable.

—Bueno, tendremos que someterlo a votación —dijo papá de modo diplomático—. ¿Katy? ¿Milly?

Katy se encogió de hombros.

—Me da igual. —Nunca le daban lo que ella realmente quería de todas maneras: una semana de compras en Nueva York con las primas.

Yo por lo general me conformaba con el plan de los demás, o sea que no sé ni por qué dije lo que dije. No es que lo hubiera pensado mucho.

—Quisiera acompañar a los Bolívar en su viaje.

De pronto, se hizo el silencio en el carro. Mamá y papá se miraron y luego mamá se dio la media vuelta en su asiento.

—Cariño, entiendo que quieras ir de visita. Pero las cosas están tan inestables en este momento . . . —Se paró en seco, su aprendizaje de psicóloga entró en acción—. ¿Quizá podamos ir todos juntos de visita el próximo verano?

—¡Excelente idea! —papá miró por el espejo retrovisor para observar mi reacción.

Yo me quedé allí como una niña desobediente de cuatro años, con los brazos cruzados, negando con la cabeza.

—Quiero ir ahora. Y no quiero ir con ustedes. Quiero ir sola.

—Pero, ¿por qué? —la voz de papá delataba que le había dolido—. Cariño, estás demasiado joven para viajar tú sola a un país extranjero.

—No es un país *extranjero*, es mi tierra *natal*. —Me sentí como una hija horrible y desagradecida, pero no pude evitarlo. Hasta la noche de la elección en el apartamento de los Bolívar, ni siquiera había pensado mucho sobre el país. Pero ahora, de alguna manera, su lucha por la libertad me parecía algo mucho más personal—. Y no iría sola —insistí—. Iría con los Bolívar. La Sra. Bolívar me invitó. —Hacía meses, una de las veces que fuimos de compras, la Sra. Bolívar había mencionado que algún día le gustaría llevarme a los mercados de su tierra natal. Esto escasamente contaba como una invitación formal. Pero por alguna razón, en este momento me pareció suficiente.

Katy, quien había estado mirando por la ventana durante nuestra discusión, de pronto volteó a verme, la cara enrojecida y enojada.

—También es mi tierra natal, ¿lo sabías?

Estuve a punto de pelearme con ella . . . una lucha por ver quién tenía derecho a decir que ésa era su tierra natal. Pero la cara de Katy se descomponía y unos sollozos horribles salían de su boca. Me sentí muy mal, como si le hubiera lanzado una piedra a una manzana en un árbol y de pronto hubiera escuchado un vidrio romperse. ¿Qué había hecho para hacer llorar a mi hermana de esa forma?

—Yo . . . yo . . . —Katy apenas podía hablar—. Siento como si estuvieras renunciando a nosotros como familia.

Era como escuchar un eco de mi propio corazón: ¡Katy también tenía miedo a ser abandonada! Antes de darme cuenta, yo estaba llorando, y luego todos en el carro estábamos sollozando, y ya estábamos llegando por el camino de entrada a la casa de Happy, y ella misma bajaba los escalones del frente hacia nosotros, saludándonos con la mano y sonriendo feliz.

Hicimos el papel de la familia feliz al llegar a casa de la abuela. Más tarde, mamá y papá entraron a la habitación que Katy y yo compartíamos, y todos nos desplomamos en un gran abrazo familiar lleno de lágrimas.

—Te comprendemos, te comprendemos —seguían diciendo y yo seguía pidiendo disculpas—: Losientolosientolosiento —aunque no sabía el porqué de mis disculpas. Seguía sintiendo lo mismo, sólo que ahora estaba decidida a no mostrarlo.

En la cena, Happy me sentó a su lado como para demostrar que yo no era en nada distinta a cualquiera de sus otros nietos. A excepción de Della, el ama de llaves de la abuela, quien nos servía la comida, la noche entera podría haber sido una repetición de la cena de cumpleaños de Happy. La tía Joan, el tío Stanley y las primas vinieron de la ciudad. El Sr. Elías Strong estaba de vuelta. De saber que él me había defendido me daban ganas de abrazarlo. Pero como los dos éramos tímidos, hubiera sido el doble de vergonzoso hacerlo. En lugar de eso, le hice un cumplido por sus mancuernas, unas caritas sonrientes de oro como ésas amarillas que la gente pega en los sobres. Hasta eso hizo que se sonrojara y tartamudeara al darme las gracias.

Esa noche, Katy se unió a las primas en el cuarto adjunto para el maratón acostumbrado de chismes. La abuela nos había puesto en tres habitaciones contiguas, y Ken tenía su propio sofá cama en el cuarto del billar . . . ese lugar de verdad *es* una mansión. De cualquier forma, anuncié mi retirada.

—Estoy rendida, chicas —expliqué. Ellas intercambiaron miradas por el cuarto.

Me quedé acostada en la cama sin poder dormir, escuchando las risas esporádicas o el subir y bajar de las voces a través de la pared. Un rato después, Katy entró a nuestra habitación. Se sentó a la orilla de su cama en la oscuridad como si quisiera decirme algo.

—¿Qué? —pregunté.

—Nada.

Estupendo, pensé. Por lo menos yo tenía una excusa para no ser buena en eso de las charlas íntimas. Yo no era la hija *verdadera* de una psicóloga.

—Katy —dije, sentándome en mi cama—. ¿Quieres hablar de eso?

La podía ver negar ligeramente con la cabeza. Luego, después de un poco más de silencio tenso, habló.

—Sólo quiero decirte una cosa, Milly. No tenemos una familia perfecta, ¿okey? Pero tampoco es la peor, ¿okey? Así que por favor, por favor, por favor, piensa en lo que estás haciendo antes de ir y . . .

—¿Y qué? —la cuestioné—. ¿Qué crees que voy a hacer, Katy?

—¡No quiero hablar de eso! —Katy sonaba feroz y asustada, ambas cosas—. Yo no sé tú, pero a mí me gustaría tratar de dormir un poco esta noche.

—Katy, te lo juro, nada va interponerse entre nosotras . . .

—¡Dije que no quería hablar de eso! —levantó la voz. Un segundo después alguien tocó a la puerta. Las primas—. ¿Qué pasa aquí?

—No pasa nada —gritó Katy. Estoy segura de que las primas no estaban muy convencidas. Pero en un gesto poco característico, no entraron sin permiso. Quizá Katy les había dicho algo. Magnífico, pensé. Eso me hace sentir aún menos como parte de esta familia.

Me quedé allí acostada, sintiéndome impotente y también enojada. Quería decirle a Katy que ella era quien estaba creando una separación entre nosotras al negarse a dejarme hablar siquiera. Pero es como lo que Pablo dijo que le había dicho su abuelo. Las cosas del corazón, no se pueden apresurar. Katy entrará en razón cuando esté lista. Sólo deseaba que yo también estuviera lista para entonces.

Estuvimos dando vueltas en la cama. Creo que ninguna de las dos durmió mucho esa noche.

El domingo por la mañana, mientras todo el mundo se relajaba en la gran sala, recuperándose de uno de los enormes desayunos de Della, yo me escabullí a la biblioteca para estar a solas. Alcé el brazo para tomar un ejemplar de *Matar a un ruiseñor* —lo habíamos leído en la clase de inglés el otoño pasado— y todo un panel de libros pintados se botó. Lo intentaba meter de nuevo en su lugar cuando escuché pasos detrás de mí.

—¡Me preguntaba dónde te habías metido! —Happy llevaba puesta una bata colorida que ella llama un caftán. Le daba una apariencia elegante aunque básicamente es sólo un camisón largo. Se sentó en su silla Reina Algo de terciopelo rojo y dio unas palmaditas en el sillón para que me sentara frente a ella.

Me senté, sintiéndome torpe, sin saber para dónde mirar. Cuando por fin alcé la vista, los ojos de la abuela me miraban de frente.

—Tienes los ojos más hermosos, ¿lo sabías, Milly? No ocultan nada. Me dicen lo triste que estás.

¡No se atrevan a llorar! Les ordené a esos ojos. *¡O voy a estar furiosa con ustedes!*

—Me siento bien, abuela, de veras —logré decir.

Happy dio un suspiro de preocupación:

—Nadie en esta maldita familia me dice la verdad. Pero yo te voy a decir la verdad, Milly. Tu abuela puede ser una cabrona.

El impacto de escucharla decir eso detuvo cualquier lágrima que se hubiera estado congregando en el rabillo de mis ojos. ¡Abuela! Casi se me sale la carcajada.

—He cometido muchas estupideces —prosiguió la abuela—. Nada más pregúntale a tu papá. Él te dirá. —Se detuvo como si contemplara toda una vida de errores—. No me lo vas a creer, Milly, pero tenemos mucho en común. Yo realmente no tuve padres. Pobre mamá, perdió a toda su familia. No podía permitirse sentir, mucho menos ser la madre de alguien. Papá estaba siempre tan ocupado. Yo tuve padres pero en realidad no los tuve. ¡Y todos se preguntaban por qué nunca sonreía! —sonreía ahora, una sonrisa sabia y triste. Luego se inclinó hacia adelante, tomó mis manos entre las suyas y susurró ferozmente—: ¡Tú eres uno de mis bebés y punto!

No pude evitarlo. Las lágrimas se me rodaron por la cara.

La abuela se secó las suyas, luego me dio su pañuelo. Yo no quería sonarme los mocos en algo que tenía sus iniciales bordadas, así que lo seguí haciendo bola en mi mano y sorbiéndome la nariz. Happy pasó a decir que si alguna vez yo necesitaba algo, que recurriera a ella. ¿Se lo prometía?

Asentí, sólo para que supiera que la había perdonado.

—Vamos, usa ese pañuelo, querida. No puedes salir y enfrentarte al mundo con una nariz que moquea. Recuerda que eres una Kaufman. No importa qué nos salga al paso, le hacemos frente con estilo.

Cuando salíamos del cuarto, la abuela señaló las repisas.

—Mi papá patentó esos, sabes, los paneles de libros. Es mucho más fácil mantenerlos limpios.

El regreso a casa el domingo ya tarde parecía el doble de largo que el camino de ida. Ninguno de nosotros había dormido mucho la noche anterior. Katy y Kenny se echaban una cabezada de vez en cuando. Pero yo no podía echarme una siesta. Seguía pensando en Happy. ¿Sería cierto que tenía sentimientos parecidos a los míos?

También estaba pensando en la elección al día siguiente en Ralston. Todos los candidatos tenían que dar un discurso en la asamblea temprano por la mañana. Sólo unas palabras para resumir por qué todos debían votar por nosotros. No sólo me chocaba hablar en público, tampoco se me ocurría qué decir más que *Porfavorporfavorporfavor no voten por mí.*

No que alguien fuera a votar por mí. A pesar de lo que Jake había dicho, no podía creer que todos esos años de clases particulares de recuperación no iban a perjudicarme. Y aunque en realidad yo no quería ganar y estar en el consejo estudiantil —todo un año de hablar en público, ¡uf!— aun así, la idea de perder frente a toda la escuela era algo demasiado horrible en qué pensar.

Adelante, mamá y papá rememoraban el fin de semana. ¿Puedes creer que la tía Joan seguía hable que hable sobre la vasectomía del tío Stanley? ¿Qué te parece que Happy le haya dado esas mancuernas con las caritas sonrientes a Elías? Umm. ¡Quizá el viejo Elías esté limando las asperezas de Happy! De aquí para allá, mamá y papá repasaban la visita, buscando yo qué sé.

De vez en cuando, mamá volteaba hacia atrás y, al verme

despierta, extendía la mano para que yo se la tomara. Papá seguía mirando por el espejo retrovisor. Su manera de asegurarse de que yo estaba bien, supongo.

La verdad era que me sentía mejor. Acerca de la abuela, de cualquier manera. Y Katy y yo medio nos habíamos contentado con un abrazo de oso dormilón esta mañana. Pero es curioso cómo uno puede salir de un estado de ánimo pesado, pero gracias a éste, uno comprende algo que antes no comprendía, como algo que dejó atrás la ola. Yo *realmente* quería volver al país donde había nacido. Para ver si se sentiría como el lugar a donde yo pertenecía.

Mamá cambió de canal a NPR, el noticiero de la radio pública esa tarde. Había comenzado un informe sobre las elecciones.

—¡Ganamos! —gritó mamá, subiendo el volumen. Katy se despertó. Ken dio un gañido diciendo que ésta lo había pateado.

—Otro gran paso para la democracia —concluía el locutor. El dictador había abandonado el país con sus generales. La gente estaba en las calles, celebrando. Podíamos oír gritos y música en el fondo.

Mamá, papá, Katy y hasta un Kenny malhumorado comenzaron a dar vivas.

Me desplomé en el sillón trasero, sintiendo una mezcla de alivio y, cosa sorprendente, tristeza. ¿Estarían celebrando . . . *mis* padres biológicos? Ahora que eran libres, ¿se arrepentirían de haber abandonado a su bebé? ¿O el ser libres incluía librarse de *mí*?

Lunes Negro. No podía recordar lo que el Sr. Barstow había dicho acerca de éste . . . un lunes en la historia cuando alguien había sido decapitado o una batalla importante había sido perdida. Lo único que sabía era que éste era mi Lunes Negro: el día de votación en Ralston High.

—Cada quien tiene cinco minutos —nos advirtió el Sr. Arnold, el director de la secundaria. Nos mostró sus cinco dedos como si fuéramos niños de kinder.

Los alumnos del noveno grado comenzaron a desfilar al interior del auditorio. Nuestra clase parecía más pequeña hoy. Yo había escuchado al Sr. Arnold decir algo de un número sin precedentes de faltas de asistencia. Quizá habían sorprendido a algunos muchachos derribando buzones de correo o tumbando vacas este fin de semana.

Cuando todos estuvieron sentados, el Sr. Arnold dio una breve bienvenida, que duró más de cinco minutos, y luego los candidatos desfilamos por el escenario para aguardar nuestro turno para hablar.

Ojalá pudiera repetir lo que dijo cada quien, pero yo realmente estaba aterrada. Recuerdo que Taylor y sus partidarios parecía que traían resaca. Quizá se habían emborrachado en su fiesta el fin de semana pasado. Quizá por eso había tantos asientos vacíos. Recuerdo que Jake sonaba como diciendo que si votabas por él, no sólo iba a salvar a Ralston, sino también al planeta. Un poco después, recuerdo que Ema estaba hable que hable que hable, el Sr. Arnold le susurró que ya le había acabado el tiempo, Ema por fin lo escuchó, se puso toda nerviosa, y luego pasó otro minuto disculpándose ante nuestra clase antes de volverse a sentar.

Luego me tocaba a mí. Estaba sudando tanto que se me había pegado la parte trasera de las piernas al asiento. Magnífico, pensé. Cuando me levante va a sonar como si me hubiera tirado un pedo.

Pero no hice ningún ruido. En realidad, caminé hasta el podio sin desmayarme o tropezarme. Hasta conseguí desdoblar mi pequeño discurso, que no era más de dos oraciones si quitaba todos los agradecimientos. Pero cuando bajé la vista, las palabras comenzaron a nadar en ese pedazo de papel.

Aterrada, alcé la vista y mis ojos encontraron a Pablo. Él me dio una mirada radiante como si estuviera sacando de mí un valor innato que yo desconocía. El boletín informativo de NPR apareció en mi cabeza. ¡Su país era libre! Aún no había tenido la oportunidad de felicitarlo.

—Hoy es un día especial para un miembro de nuestra clase —comencé, mi voz temblorosa pero audible. Les dije que la democracia había obtenido una victoria ese mismo fin de semana en el país de Pablo. La asamblea estalló en una ovación.

—También es un día muy especial para mi familia —continué cuando se habían apagado los aplausos—. Pues han de saber que nosotros tenemos una relación muy cercana con el país de Pablo. Mis padres se conocieron allí cuando estuvieron en el Cuerpo de Paz. Mi hermana Katy, que algunos de ustedes conocen, nació allí. Y yo . . . yo fui . . . adoptada allí.

Ema me dijo después que el público se veía como un coro cantando en la televisión sin sonido. Un mar de bocas se abrió en un ¡oh! de sorpresa. Ni me enteré. Lo único que pude ver fue que Pablo me estaba mirando. Seguí a duras penas, mis manos ardientes aferradas al podio.

—No se los digo para que me den un voto por lástima. Lo digo porque realmente me siento muy afortunada. No estoy bromeando. Mucha gente en el mundo ni siquiera tiene la oportunidad de votar. Ya sé que sólo se trata de la elección en una escuela secundaria. Yo también me lo he dicho a mí misma. Pero en realidad estamos practicando ser libres. Así que voten . . . incluso si no votan por mí. Todos salimos ganando cuando hay una democracia.

Finalmente, mi valor se agotó. Me sentía como uno de esos personajes de las caricaturas que corren más allá del precipicio, miran abajo y ay caray, ¡ya no hay suelo! Me di la vuelta, preguntándome cómo iba a navegar de vuelta a mi asiento. Recuerdo encontrar mi silla, Ema poniéndome un brazo alrededor, Jake dándome un apretón de manos de solidaridad. Recuerdo que el público aplaudió. Un poco después, salimos del escenario y desfilamos por los pasillos mientras los muchachos gritaban los nombres de sus candidatos favoritos. Quizá mi nombre estaba entre ellos, no sabría decir. Me sentía atontada, como si estuviera descendiendo por unos rápidos, arrastrada por la corriente de lo que fuera que iba a suceder después. Era un esfuerzo mantenerme a flote.

Hasta que escuché la voz de Pablo. Él estaba parado en su fila, saludándome con la mano y gritando.

—Milly, Milly. —A su alrededor mis amigos coreaban con él. Y de pronto, mi Lunes Negro se volvió —como esa canción que Alfi siempre nos canta— "de un tono más brillante que pálido".

Una especie de excitación nerviosa me ayudó a sobrellevar el resto de ese día. Pero a la mañana siguiente, escondí la cabeza bajo la almohada. ¡Ay, Dios mío! ¿Qué había hecho? Hoy tendría que enfrentar las consecuencias de ser una bocona.

Algo bueno de haber revelado mi secreto era que ya no me preocupaban las elecciones. Me había dado pavor anticipar el anuncio de los ganadores por el sistema de altoparlantes esta mañana. Pero ahora tenía algo más de qué preocuparme. ¿Realmente estaba lista para que todos supieran que yo era adoptada?

Estaba pensando qué excusa funcionaría mejor hoy para no ir a la escuela —el cólico o una gripe instantánea— cuando escuché sonar el teléfono en el piso de abajo. Unos instantes después, mamá me trajo el teléfono portátil.

—Es para ti.

—Hola, Milly—. Era Pablo. ¿Podía verlo a la entrada hoy antes de clases?

Me senté en la cama.

—¿Pasa algo malo?

—¿Malo? No, no, Milly —Pablo me aseguró—. Para mí es algo muy bueno. Espero que lo sea para ti también.

—Dame una pista, Pablo, por favor —le supliqué. Apiádate de mí hoy, pensé.

—Mis padres están aquí conmigo, Milly. Te mandan saludos.

Capté lo que me quería decir. Pablo no podía hablar con franqueza. ¿Pero qué demonios me quería decir que era tan urgente y no podía ser mencionado enfrente de los Bolívar? Me había asegurado que se trataba de algo bueno. Y fue su promesa y mi curiosidad lo que finalmente me impulsó a levantarme y ponerme mi blusa de Banana Republic y mi mejor par de bluyines desteñidos. Me pinté un poco los labios, me puse un poco de rímel, mientras me daba ánimos diciendo, *¡Vamos, Milly, vamos! Ya sea que ganes o pierdas, ¡hazlo con estilo, chica!*

Pablo me esperaba en la puerta de enfrente de la escuela, caminando de un lado al otro, tal como su padre lo había hecho la noche de las elecciones nacionales. Se le iluminó la cara cuando me vio. Asintió en dirección a la mesa de picnic frente a la oficina principal. Casi siempre estaba vacía.

—Nunca te felicité como es debido —comenzó Pablo. Era cierto. Ayer, había estado abrumada con tantas personas felicitándome. Ema seguía diciendo:

—Debiste haberte presentado para vice presidenta, Milly. Hubieras ganado.

—Fue un discurso muy lindo, Milly —continuó Pablo—. Les conté a mamá y papá. Están tan orgullosos de que seas de nuestro país. —Dijo que montones de gente se le habían acercado después. El Sr. Arnold hasta mencionó la idea de organizar un grupo de Ralston para que el año próximo hiciera un viaje de beneficencia—. Todo esto gracias a ti, Milly —agregó Pablo.

No es que no me gustara que me alabaran, pero muy pronto iban a tocar el himno nacional.

—¿Querías decirme algo urgente, Pablo?

Pablo asintió.

—Tu mamá, ella llamó a mi mamá anoche acerca de la invitación.

—¿La invitación?

—Para acompañarnos este verano en nuestro viaje de regreso a casa.

¡Había olvidado por completo que me había invitado a mí misma a su viaje! Escondí la cara entre las manos, demasiado mortificada para preocuparme del sarpullido tan feo que siempre me salía y se extendía por mi piel.

—No, no, Milly, no seas así —se quejó Pablo, zafándome las manos—. Te dije que estaba bien. Mi mamá, ella me preguntó si yo te había invitado. Le dije a mi mamá, sí, claro, yo la invité.

Alcé la vista y, aún en un estado de shock, miré la cara de Pablo. Él sonreía, pero cuando me quedé allí parada con la boca abierta, su sonrisa se desvaneció.

—¿Espero que aceptes mi invitación? Vas a venir, ¿no? Mamá y papá dicen que eres bienvenida.

—Oigan, Pablo, Milly, entren, ¡ustedes dos! —Era el Sr. Arnold gritando por la ventana—. Hace cinco minutos que tocamos el himno nacional. No quieren que les de un pase por llegar tarde el primer día como senadora de tu clase, ¿o sí? —Me sentía como esos recién nacidos en la tele cuando les dan una nalgada. Justo antes de echarse a llorar, siempre se ven tan sobresaltados, como sorprendidos de que el aire les entre por los pulmones. Bueno, yo estaba sobresaltada por todas estas noticias inesperadas. Realmente me sorprendió que las piernas me pudieran llevar por el césped de enfrente hasta las puertas de entrada. Y claro, tenía ganas de ponerme a berrear. Pero no tenía un pañuelo de papel y traía rímel puesto, y no quería acabar con ojos de mapache y una nariz llena de mocos enfrente de toda la clase. Seguí recordando lo que la abuela había dicho sobre los Kaufman, "No importa qué nos salga al paso, le hacemos frente con estilo".

SEGUNDA PARTE

—¡Allí está! —dijo Pablo señalando hacia abajo.

Me asomé para mirar por su ventana. Las nubes se habían separado. Abajo había montaña sobre montaña de selva verde, tal como mamá y papá lo habían descrito. Pero yo seguía buscando algo más. No sé que esperaba, ¿una mamá y un papá diminutos afuera de una casita haciéndome señas con las manos?

Cualquiera hubiera creído que los Bolívar acababan de ver la Isla del Tesoro.

—¡El paisito, el paisito! —comenzaron a gritar.

El Sr. Bolívar señaló hacia la tierra.

—¿Qué te parece, Milly? ¿Bonito país, no?

Asentí y sonreí.

Ya echaba de menos mi hogar.

No es que el hogar que había dejado atrás esa mañana fuera un nido cálido y acogedor. Todos habían estado tan disgustados conmigo, excepto mamá. Ella había querido venir al aeropuerto, pero el carro iba demasiado lleno con papá, yo, los Bolívar y todo el equipaje. Mamá ofreció venir en su propio carro si yo quería que me acompañara, pero supe que eso sólo haría que fuera más difícil la despedida enfrente de todo el mundo.

Después del impacto inicial, mamá me había apoyado mucho.

—Creo que debes ir —me alentaba—. Es obvio que éste es el momento adecuado. Sólo pensé que ocurriría cuando ya estuvieras un poco más mayor. Y quizá yo esperaba estar allí tomándote de la mano.

—¡Ay, mamá! —gemí—. ¡No es como si me fueran a torturar! —Se me ocurrió que no hacía mucho allí habían torturado a gente.

—Ya lo sé, ya lo sé —dijo mamá, abrazándome. Parecía que últimamente, cada que se le presentaba la oportunidad, mamá me envolvía en sus brazos—. Haz lo que tienes que hacer, cariño. Confío en tu juicio. —Su única condición fue que le contáramos a los Bolívar de mi adopción. Era un secreto demasiado grande para ocultárselo a ellos.

—Mamá, ya lo saben. —Le expliqué sobre mi discurso en la escuela, de cómo Pablo le había contado a sus papás. Cómo el sábado pasado cuando yo había ido al centro comercial con la Sra. Bolívar para ayudarla a comprar los regalos para su familia, ella había comentado lo orgullosa que estaba de que yo fuera de su país. Lo que no compartí con mamá fue lo que la Sra. Bolívar había dicho sobre mis ojos. Cómo se parecían a los de su cuñada, cuyo nombre yo había oído antes, Dulce, la viuda del hermano asesinado del Sr. Bolívar, Daniel. Dulce venía de Los Luceros, el lugar que Pablo también había mencionado. Al escuchar todo esto, mamá pudo haber pensado que yo estaba intentando dar con mi familia biológica. Y la verdad es que yo pensaba en este viaje como una oportunidad de familiarizarme con el país donde yo casualmente había nacido. Eso era todo. Me hubiera dado miedo pensar en cualquier otra cosa.

Para cuando terminé de contarle a mamá acerca de mi discurso, ella meneaba la cabeza.

—La verdad es que has madurado mucho últimamente, Milly. Me siento muy orgullosa de ti. —También me abrazó en ese momento.

No todos en la familia fueron tan comprensivos. Al principio, papá no quería ni que le mencionáramos mi viaje. Estaba preocupado por mi seguridad, dijo. Durante varias semanas estuvo llamando al Departamento de Estado para averiguar si recomendaban viajar a un país que hace poco había sido liberado. Le aseguraban que la embajada estadounidense seguía abierta, que el nuevo gobierno había obtenido un triunfo arrollador, que su récord en derechos humanos durante los últimos tres meses era impecable. De hecho, la Comisión de la Verdad de la nueva administración estaba llevando a cabo juicios para investigar y castigar todos los abusos del pasado.

Una vez que tuvo que reconocer que la seguridad no sería un problema, papá puso como pero el costo del boleto. No tenemos con qué pagarlo, argumentó. Debíamos ahorrar para las colegiaturas de la universidad.

—¿Qué tal si yo misma pago el boleto? —lo reté, cruzándome de brazos.

—¿De dónde vas a sacar setecientos dólares? —papá me retó a su vez, cruzándose de brazos. Algunas veces, por lo menos en nuestros gestos, todos nos comportábamos como familia.

—Tengo a quien pedirle —dije vagamente—. Así que, ¿me dejarías ir si yo lo pago?

Papá estaba en un aprieto.

—Supongo . . . bueno . . . quizá tu mamá no . . . —Volteó a mirar a mamá con una mirada de desesperación.

Mamá se mantuvo al margen, con los brazos cruzados, esperando a que papá terminara su oración.

Papá levantó los brazos. Se dio la media vuelta y se dirigió a su taller del sótano, demasiado molesto como para pensar en otro pretexto. Casi salí corriendo detrás de él, dispuesta a renunciar a mi viaje. No valía la pena sufrir tanto por esto. Pero mamá me detuvo.

—Ya se le pasará —me aseguró—. Recuerda, él también tuvo que decepcionar a Happy para poder madurar. Ya lo comprenderá.

Pasaron los días y papá no parecía comprender mejor mi decisión. Finalmente, mamá habló con él—una de esas conversaciones a puerta cerrada en la habitación— que al principio es como una lavadora sobrecargada, sonidos estruendosos, desequilibrados. Luego unos sonidos suaves, persuasivos (ciclo de enjuague) y finalmente, ¡sonidos de besos como una leve brisa secando la ropa!

No era que papá hubiera salido y dicho sí, Milly, te doy mi bendición para que hagas este viaje. Pero de pronto pasó a hablar sobre qué tipos de mochilas eran las mejores para viajar. Sobre cómo necesitaba un cinturón para llevar el dinero cuando estuviera caminando por la capital. Qué tipos de medicinas llevar en caso de que me diera disentería, malaria, tifoidea . . . ¿Qué tal el SIDA, papá? casi le pregunté. Pero sé que le hubiera dado un ataque.

Luego estaba Ken. Durante semanas, mi hermano menor me había estado siguiendo por la casa, jalándome para que me quedara, que no me fuera. Katy, mientras tanto, se rehusaba a hablar de mi viaje. La mañana de mi partida, se negó a salir de su cuarto para despedirse. Bueno, eran las seis de la mañana, pero aún así. Más tarde, me encontré una nota metida dentro de mi cartera: "¡¡¡MÁS TE VALE QUE REGRESES O TE MATO!!!" Katy firmó con una carita sonriente; bueno, la sonrisa parecía más bien una línea recta y en vez de su nombre había firmado, "TU HERMANA MAYOR PARA TODA LA VIDA".

En el aeropuerto, papá platicaba con los Bolívar, pero cuando llegó la hora de despedirnos, se quedó mudo. Magnífico, pensé, un padre con miedo al público durante una de las escenas más importantes de mi vida.

Cuando atravesé la sección de seguridad, más allá de donde papá tenía permitido ir, tuve una sensación aguda. ¿Qué tal si mi familia no volviera a recibirme? Me di la vuelta, lista para correr y pedir que me llevara a casa, pero para cuando miré atrás, papá se había ido.

Estuvimos cerca de dos horas y media en la sala de espera. La Sra. Bolívar había insistido en estar en el aeropuerto con muchísima anticipación. Como si fuéramos de safari para cazar un avión, no sólo abordarlo.

—Es la costumbre en nuestro país —explicó ella.

—La costumbre de la gente nerviosa en nuestro país —Pablo bromeó.

Esperamos sentados, la Sra. Bolívar buscaba cosas en su cartera, preocupada porque yo no había desayunado.

—¿Un chocolatico? ¿Una mentica?

—No gracias —me seguí rehusando. Mi estómago tenía una crisis nerviosa. No por nada me había saltado el desayuno.

—Ya, ya, mamá —Pablo vino a mi rescate—. Milly se va a arrepentir de haber venido con nosotros. —Pablo sabía lo exasperante que podía ser su madre. Pero yo admiraba lo paciente que él siempre parecía ser con ella.

—Recuerda que no comeremos hasta que lleguemos al paisito —le recordó su madre.

El paisito. Yo había estado estudiándolo en una guía turística de la serie *Lonely Planet* que papá me había comprado para el viaje. En el mapa que ocupaba toda la página del frente, el paisito tenía forma de amiba desparramada, como si escapara de las fronteras dibujadas con regla por algún rey en Europa. Y en realidad, "el paisito" no se veía tan pequeño. Pero claro, no sólo el paisito iba con diminutivo para la Sra. Bolívar. Muchas cosas eran pequeñas: un viajecito, una comidita. La Sra. Robles nos explicó una vez que en español la gente le agrega un diminutivo a las palabras para mostrar cariño.

—¡Tus manos! —exclamó la Sra. Bolívar. Había notado mis manos. Durante meses, yo había tratado de ocultárselas a Pablo. Ahora él, también, las miraba fijamente—. ¡Pobrecitas!

—Es sólo una alergia —alcancé a decir, mi cara tan roja como mis manos.

Lo cierto es que se veían bastante mal. Con todo el alboroto de las últimas semanas, mi sarpullido había empeorado. Mamá me había llevado a ver a un nuevo dermatólogo en el pueblo donde yo había tenido que llenar un formulario médico. ¿Había algún historial de enfermedades de la piel o alergias en mi familia? Le pasé la tablilla con sujetapapeles a mamá, quien lo leyó, lo firmó y me puso un brazo alrededor. Ella comprendió.

—Me da la misma dolencia en este país —explicó la Sra. Bolívar en español, mostrándome sus manos agrietadas. Buscó en su cartera y sacó un latita. En cierto modo esperaba ver el ungüento de Burt's Bees al que Ema me había convertido. Pero no, ésta era una pomada verdosa, lo que le quedaba de una poción que había traído de su tierra—. Esta yerbabuena te quitará la comezón. ¿Te ponemos un poquito? —Ya la había destapado y metido los dedos antes de que yo pudiera decir sí o no.

—Mamá —Pablo le recordó a su mamá.

—Está bien —le aseguré a él.

Mientras la Sra. Bolívar me frotaba las manos, no pude evitar pensar en papá y su loción de calamina. *Papá . . . mamá . . . Katy . . . Kenny . . .* Volví a echar de menos mi hogar. Una última llamada a casa por si acaso el avión se estrella, me prometí.

Cuando lo intenté un poco más tarde, la línea en casa seguía ocupada. No podía llamar a Ema, ya que estaba fuera en un campamento especial para futuros líderes patrocinado por el gobernador para los integrantes de consejos estudiantiles. En realidad a mí también me habían invitado, pero ya tenía planeado este viaje. Le había prometido a Ema que le mandaría montones de postales y que le traería un contrabando vivo: un latino guapísimo en mi maleta, ¡siempre y cuando me lo dejaran pasar por la aduana!

La única otra persona a quien se me ocurrió llamar fue a Happy. (555-HI HAPPY, Hola Happy, fácil de recordar según un truco que me enseñó Kenny). Lo sorprendente fue que, a pesar de que era tan temprano, la abuela contestó.

—¡Milly, querida! He estado pensando en ti. ¿Es hoy que sales de viaje?

—Estoy en el aeropuerto. Ya me dejaron pasar por seguridad.

—¡Qué bueno! —me felicitó, como si tuviera de qué preocuparme.

—Abuela, muchas gracias por haberme ayudado a realizar este viaje. —Cuando papá había tratado de usar el precio del boleto como razón para que no acompañara a los Bolívar, llamé a la abuela para pedirle ese favor que ella me había prometido.

—Ni lo menciones. ¿Estás un poco nerviosa, querida?

—No —le hice creer, pero luego al recordar cómo la abuela había dicho que nadie en nuestra familia le decía la verdad, añadí—: Sólo que Katy ni siquiera quiso despedirse. Y Ken hizo un berrinche en la puerta.

—No te preocupes por ellos. Ya se les pasará. Invité a Katy a visitarme e ir de compras a la ciudad. Roger va a recoger a Kenny cuando éste termine su campamento de los boy scouts el viernes, y vamos a ir todos juntos a un partido de béisbol de los Yanquis.

De pronto, estar con Happy en Long Island me parecía mucho más divertido que estar en un lugar donde la gente todavía se estaba recuperando de una dictadura.

Pero ésta había sido mi propia decisión. La abuela hasta había ofrecido pagar los boletos de toda la familia. Pero yo no había estado tan segura de que quería que me acompañaran. Mamá había sugerido que lo decidiera sobre la marcha, que viera cómo me sentía y una vez que estuviera allí, si me decidía, sólo tenía que llamar y mi familia vendría a acompañarme. El ofrecimiento de la abuela seguía en pie. —Yo ya despejé mi horario. Tengo libre todo el mes de agosto y papá se iba a tomar dos semanas de todas maneras.

De pie allí en ese teléfono público, estuve muy tentada de decirle a Happy que comprara los boletos de una vez. Pero yo sabía que si ellos venían, todo este asunto se hubiera convertido en un viaje familiar. Mamá andaría rondando a mi alrededor. Papá estaría obsesionado con la seguridad. Kenny se quejaría de no entender a la gente que habla español rápido. Y Katy estaría tratando de demostrar que éste también es su país natal. No, en realidad no quería que vinieran. Quería que este fuera mi viaje, mi historia, mi país, antes de que se conviertiera en el nuestro.

Después de que había pasado la emoción de ver tierra, Pablo notó mi silencio.

—¿Estás preocupada, Milly? —Pablo quiso saber.

Asentí:

—No por lo que pueda encontrar allí —pasé a explicar. Bueno, quizá era algo de eso—. Sino por lo que dejé atrás. Algunos miembros de mi familia lo están pasando mal porque yo estoy haciendo este viaje. —No había querido que Pablo o sus papás se sintieran mal, así que no había mencionado nada, hasta ahora—. Es como si temieran que la verdad fuera a dividir nuestra familia.

—*The truth*, la verdad, —Pablo repitió la palabra lentamente, como si intentara comprender su significado en inglés y, a falta de eso, en español—. En el paisito, ahora tenemos la Comisión de la Verdad para que paguen su culpa aquellos que ayudaron a la dictadura. Algunos dicen que hay que olvidar el pasado y construir el futuro. Otros dicen que no podemos construir el futuro si desconocemos el pasado. —Era extraño que ahora que estábamos en este viaje donde se suponía que yo iba a practicar el español todo el tiempo, Pablo siempre hablaba en inglés—. Para no olvidarlo —había explicado.

—Creo que la verdad es lo más importante de todo —agregué de inmediato.

Pablo estaba pensativo.

—Yo también creo en la verdad, Milly. Pero yo tenía un tío. Yo quería a mi tío. Era un tío muy bueno. Pero también era un general. Quizá no era tan buena gente cuando era un general. Yo no quisiera castigar nunca al tío bueno. Pero, ¿qué hacer con el general cruel?

Me sentía totalmente confundida. ¿Quizá para mí también la verdad era más de lo que quería saber? ¿Qué tal si mi padre biológico resultara ser un general horrible como esos militares de lentes oscuros que había visto en la tele? ¿Quizá había heredado sus genes y es por eso que estaba hiriendo a mi familia con mi egoísmo?

—Así que, ¿qué le pasó a tu tío?

Pablo miró por la ventana una masa de nubes por la que estábamos entrando. Se oscureció la cabina.

—Mi tío está muerto —murmuró—. Él mismo castigó al general malo. Se pegó un tiro varias semanas después de que huyera el dictador.

—Ay, Pablo, lo siento, no lo sabía. —Nunca había oído a los Bolívar mencionar a este pariente. ¿Quizá se avergonzaban de él? De quien hablaban con frecuencia era el hermano del Sr. Bolívar, Daniel, el periodista que había trabajado para un periódico que publicaba artículos en contra de la dictadura. Una noche, casi un mes después de que los Bolívar habían abandonado el país, Daniel desapareció. Días después, su cuerpo fue encontrado en un arroyo junto con los cuerpos de los demás periodistas del mismo periódico. La viuda de Daniel, Dulce, y su hija, Esperanza, vivían ahora en la casa de los Bolívar con Camilo y Enrique, los hermanos de Pablo. De pronto, se me ocurrió que quizá éste fuera un mal momento para visitar a una familia que lloraba tantas muertes.

—Es un momento feliz, y al mismo tiempo triste en nuestra historia —Pablo me aseguró, como si me leyera el pensamiento—. Nuestra nación es una cuna y una tumba.

Nuestra nación, le llamó. Todavía no la sentía como propia. Mi país era EE.UU. Sentí una oleada de añoranza por mi hogar. Papá y mamá intentaron protegerme. Me los imaginaba sentados en la cocina en Vermont, tomados de la mano, preguntándose si yo estaría bien. Al mirarme las manos, me di cuenta de que no me habían picado desde que la Sra. Bolívar me había puesto la pomada. Pero todavía estaban enrojecidas.

Al momento que entramos a la terminal, nos tragó la multitud. Era la primera vez que yo había estado cerca de tanta gente de mi país natal. No podía dejar de mirar a mi alrededor.

La guía turística tenía razón, éste era un país de mezclas: gente morena con cabello castaño lacio, gente blanca con cabello negro azabache y pómulos salientes, gente negra con ojos asiáticos. Una mujer blanca que llevaba en brazos a un bebé moreno estaba de pie junto a un hombre negro quien tomaba de la mano a un niño pálido de cabello ensortijado. ¡Que cantidad de mezclas en las familias! Me pregunté sobre mi propia familia. ¿Qué apariencia tendrían? Seguí mirando a mi alrededor, esperando encontrar a alguien que se pareciera a mí.

La cabeza me daba vueltas. Un par de veces, quedé separada de los Bolívar cuando la multitud me empujaba hacia las casetas abiertas del área de Inmigración. La gente aquí parecía no saber cómo hacer una fila.

Algo que me espantó fue ver a tantos soldados parados por allí en su ropa de camuflaje y con sus ametralladoras. Quizá debido a que el país había sufrido una dictadura, seguía pensando que iba a estallar una revolución. Pero Pablo explicó que los soldados estaban aquí para vigilar que no hubiera pasajeros cuyos nombres aparecieran en la lista de la Comisión de la Verdad, que intentaran meterse a escondidas al país.

—No entiendo. ¿No tratarían de salirse a escondidas?

—También eso. Pero muchas veces regresan para causar problemas.

Finalmente, era nuestro turno en la caseta de Inmigración. El joven funcionario tenía muchos deseos de practicar su poco inglés.

—¿Dónde le dieron esos ojos tan hermosos? Parece una de las muchachas de Los Luceros. —Pablo y yo intercambiamos miradas—. Es de donde vienen las mujeres más hermosas —agregó el muchacho, guiñándome el ojo.

—Debes tener cuidado —Pablo me aconsejó cuando habíamos salido de la fila—. Los hombres de este país siempre coquetean con una chica bonita.

¡De modo que yo le parecía bonita a Pablo! Nunca había

notado que *él* coqueteara conmigo. En Ralston, nunca había parecido tener interés en algo tan frívolo como el coqueteo. De vez en cuando me lanzaba esa mirada, o se relajaba, pero luego se volvía a ensimismar, como sobresaltado ante algún recuerdo.

Tuvimos que esperar eternamente por nuestro equipaje; de hecho, esperé cerca del carrusel mientras los Bolívar estaban de pie junto a la salida, asomándose cuando se abrían las puertas. De pronto, comenzaron a hacer aspavientos. Habían visto a algunos familiares en el lobby.

Se les acercó un funcionario. Pensé que les iba a decir que se alejaran de las puertas. Parecía como si él hubiera reconocido a los Bolívar. Se echaron los brazos al cuello, abrazándose. Luego el funcionario salió por las puertas y regresó con dos muchachos bajo los brazos. La Sra. Bolívar se apresuró a su lado.

—¡Camilo! ¡Riqui! ¡Mis hijos! ¡Mis hijos! —gritó. La gente volteaba a ver. Muy pronto todos los Bolívar se abrazaban y lloraban.

El equipaje comenzó a llegar. Las maletas de los Bolívar eran fáciles de diferenciar, enormes y retacadas y amarradas con listones rojos, el color del Partido de Liberación. Para que no se confundieran con las de alguien más, explicó la Sra. Bolívar. Cuando me acerqué para alzarlas, un montón de muchachos se acercaron para ayudarme. ¡Ah! ¡Si Ema me pudiera ver ahora!

La Sra. Bolívar debe haber visto a todos esos muchachos a mi alrededor. Se apresuró a mi lado, seguida por el resto de su familia. Comenzaron las presentaciones. Era tal como las familias que yo había visto dentro del área de Inmigración. El funcionario, quien resultó ser un primo, era de piel morena oscura y ojos rasgados. Él había estado en el movimiento con los hermanos Bolívar y ahora era supervisor en la aduana. Luego estaba el segundo hermano, Camilo, alto y delgado, de tez morena clara como la de Pablo, pero en lugar del cabello lacio de Pablo, Camilo tenía un afro ensortijado. Riqui, el apodo de Enrique, el hermano mayor, era muy moreno y de estatura baja como el Sr. Bolívar, con el cabello negro y lacio y unos hoyuelos como los de Pablo, aunque a él se le notaban más en sus mejillas rechonchas cada vez que sonreía, y ¡vaya que sonreía mucho!

Me sorprendió lo gordito y bromista que era. Supongo que durante meses yo había tenido una imagen de él como de tortura y cárcel, hecho un esqueleto con cicatrices feas que te hacían estremecer de sólo pensar en cómo las había conseguido. Pero Riqui seguía contando chistes, bromeando con la Sra. Bolívar de lo buenamoza que se veía en su traje de dos piezas americano. Más valía que papá tuviera cuidado, ¡o esos gringos se la iban a robar!

—Milly, ¡qué placer! —dijo, abrazándome como si fuera una hermana perdida—. Gracias por ser una familia para mi familia. —Sentí vergüenza al pensar en cómo había rechazado a Pablo en un principio.

Una vez que nuestras maletas estuvieron en varios carritos, el primo nos condujo por la salida señalada NADA QUE DECLARAR. ¡No hacía falta ninguna inspección para la familia de dos héroes de la liberación!

—¿Y yo qué? —le pregunté a Pablo. No quería meterme en problemas por no haber hecho lo que se suponía que debía hacer una americana.

—Tú eres de la familia —dijo Pablo, poniéndome el brazo alrededor. Me dije a mí misma que él sólo estaba imitando a su hermano mayor, pero me puse colorada. Desde que habíamos aterrizado, Pablo se veía mucho más relajado y feliz.

—¿Pero si quieres declarar algo, Milly? —bromeó Pablo, señalando las largas filas bajo un letrero que decía, ALGO QUE DECLARAR.

—¿Qué tiene que declarar una chica tan linda como ella? Nosotros somos quienes debemos declarárnosle a ella. —Riqui se puso la mano en el corazón y suspiró como un actor afectado y anticuado. Me di cuenta de que iban a estar bromeando conmigo bastante en las próximas dos semanas.

—Mi hermano olvidó lo poco que sabía de las mujeres

cuando estuvo en la cárcel —observó Camilo secamente. Traía una cara tan larga y seria que al principio no me di cuenta de que estaba bromeando—. Todas las mujeres tienen sus secretos, Riqui —sermoneó a su hermano mayor.

Pablo me lanzó una mirada indirecta como si conociera mi secreto: que éste también era mi paisito.

Pero ése no era el secreto que yo ocultaba en mi corazón. Yo estaba decidida a no declararlo, aun ante mí misma. ¡Ya estaban pasando suficientes cosas en este viaje! El secreto de Pablo. Amigo, hermano o . . . ¿algo más?

Afuera, había aun más parientes esperando para saludar a los Bolívar. Tías y tíos y primos, así como la tía-madrina de Pablo y la comadre de la Sra. Bolívar: parientes para quienes en realidad no tenemos nombres en inglés. Sólo Dulce se había quedado en casa, preparando la comida, todo el mundo explicó.

Al verlos todos juntos, sentí esa conocida y aguda sensación de no pertenecer a esa familia. Me quedé aparte, en la acera, con las maletas, deseando poder meterme dentro de una de ellas. Pero Pablo me localizó y se apresuró a mi lado.

—Ven, ven, Milly —insistió, acercándome al círculo de su familia.

La gente seguía tomando mi cara en sus manos. ¡Mis ojos se parecían tanto a los de Dulce!

—¿De dónde viene tu familia? —querían saber.

¿Qué decirles? Gracias a Dios, todo el mundo hablaba a la vez, de modo que no notaron cuando no contesté. ¡Era tal como una reunión de los Kaufman!

Una muchacha como de mi edad se acercó a Pablo. Estaba pálida y se veía tan triste, toda vestida de negro. Al instante que la vió, Pablo la abrazó, cerrando los ojos con mucho sentimiento. Ella se le colgó, la cabeza anidada en su pecho. Era como una escena de *Romeo y Julieta*, lo juro. Sentí una punzada de celos. Recordé lo que Meredith le había dicho a Ema acerca de que Pablo probablemente tenía una novia en su país. Cierto, él nunca me la había mencionado. Y sabiendo de todas las cosas horribles que les habían pasado a sus hermanos y a su familia, nunca le había hecho muchas preguntas sobre su vida anterior.

Finalmente, Pablo y esa muchacha se separaron. Fue cuando ella volteó a verme que noté sus ojos. Se parecían mucho a los míos: ¡amarillo pálido salpicados de motas color café! Con razón los míos le habían fascinado a Pablo. Le habían recordado los ojos de su novia.

Pablo me presentó a la muchacha. La hija de tía Dulce.

¡La prima que tanto había sufrido!

—Hola —alcancé a decir, mi voz tan insignificante como yo me sentía.

—Bienvenida. *My name is* Esperanza —se presentó en inglés como si no estuviera segura de que yo entendiera español.

—Soy Milly —me presenté. Por un instante, me pregunté qué se sentiría decir—: Soy Milagros.

Esperanza me miró, sorprendida de escucharme hablar en español.

—¿Hablas español?

—Un poquito. —Sólo el poquito que cabía entre los dedos que le mostraba.

Pablo negó con la cabeza.

—Milly habla muy bien el español. —No pude evitar pensar en nuestro primer encuentro en febrero. Por lo menos ahora yo admitía que hablaba un poco de español.

La reunión en el aeropuerto pudo haber durado otra hora, pero Dulce nos esperaba en casa con nuestra comida de bienvenida. Estaba haciendo un puerco asado, me dijo Esperanza, el platillo especial para todas las celebraciones en este país. Mi dieta, que era principalmente vegetariana, iba a sufrir un poco estas dos próximas semanas. Mamá ya me lo había advertido.

—Nunca rechaces un plato. La gente lo toma como un insulto personal. A menos que digas que eres alérgica a algo, más te vale que te lo comas y pidas más.

¿Quizá podía ser alérgica a la carne durante las dos próximas semanas? Al pensar en las alergias, me miré las manos. ¡Realmente habían mejorado! La Sra. Bolívar tenía razón. Mi cuerpo sabía que estaba de vuelta en el paisito de donde había salido.

Pero el resto de mí seguía aturdida.

Cuando veníamos en carro desde el aeropuerto, tuve esa sensación de estar suspendida en el aire. Como si todavía no hubiera aterrizado en ningún lado.

Tantas cosas estaban sucediendo a la vez, tantas personas, nombres y relaciones nuevas que asimilar; tantas conversaciones en curso, la mayoría de ellas en un español tan rápido que —tuve que estar de acuerdo con Kenny— no siempre eran fácil de seguir. Todo era tan distinto: la luz, el calor, los sonidos, los olores penetrantes que se metían por las ventanas abiertas, como estar cerca del recipiente del abono vegetal en la huerta de Vermont en pleno verano. De nuevo sentí una oleada de añoranza por mi hogar.

De camino a su casa, los hermanos Bolívar me dieron un recorrido relámpago por la capital. Esperanza, Pablo y yo íbamos en el asiento trasero; yo estaba en una de las ventanas para poder ver los lugares de interés. Los señores Bolívar nos habían puesto a nosotros, los jóvenes, en un carro, mientras ellos se habían ido directamente a casa en otro carro.

Pasamos la plaza con la estatua del padre de la patria, un tal Estrella. Reconocí su cara: ¡el hombre de la moneda que estaba en mi caja! Allí, señaló Riqui, está la catedral nacional, junto al fuerte donde los colonos habían luchado para liberarse de España. ¿Podía ver la llama eterna de la libertad justo a la entrada?

—Eterna desde ayer —comentó Camilo con sequedad.

El Teatro Nacional, el Palacio de Justicia, el Congreso . . .

(no sé por qué la gente cree que los monumentos son la mejor manera de mostrarte su país). Riqui hasta se desvió del camino para que pudiéramos ver el Palacio Presidencial, que supongo alguna vez fue blanco y que ahora era de un rojo sangre repulsivo.

—La gente, ellos enloquecieron de alegría cuando se fue el dictador —explicó Riqui—. Querían que el palacio fuera del color del Partido de Liberación. La gente no dice que lo pintaron; dice que lo liberaron.

Sentí que debía comentar algo, así que dije:

—Bueno, es fácil encontrarlo.

¡Qué multitudes! No sólo carros sino mulas y carretas, bicicletas y motocicletas y gente atestaban las angostas calles. Las aceras estaban bloqueadas con sillas y puestos y mesas pequeñas con grabadoras grandes tocando salsa y música de rock americano a todo volumen. Había gente pasando el rato como si se tratara de una fiesta para la cuadra, sólo que seguía cuadra tras cuadra tras cuadra.

—Antes de la liberación, la gente tenía miedo de reunirse —explicó Riqui—. Era contra la ley. Ahora tienen su libertad.

—Libertad de una tiranía —agregó Camilo. Él parecía menos efusivo—. La tiranía de la pobreza todavía nos acompaña.

Me di cuenta a qué se refería. Había gente pobre por todas partes. Digo, no es como si no tuviéramos pobreza en Estados Unidos, pero aquí saltaba a la vista. En los semáforos, los limosneros se amontonaban alrededor del carro. Niños en harapos lanzaban esponjas mojadas al parabrisas, con la esperanza de ganarse unos centavos limpiándolo. Cada vez que lo hacían, Riqui les gritaba porque habían ensuciado su carro.

Supongo que los revolucionarios también tienen su genio, pensé.

Un niño empujó a un hombre sin brazos en un carrito de ruedas hasta mi ventana en el asiento de atrás. El hombre traía puesta una cachucha de béisbol de los Yanquis y una camiseta andrajosa con las mangas cosidas. Su cara estaba llena de cicatrices, como si se hubiera quemado o algo así. Busqué en mi mochila, pero no había cambiado dinero y el billete más pequeño que traía era de veinte dólares.

—Toma —dijo Camilo, dándome un billete grande y de colores brillantes que no parecía dinero de verdad—. Luego te pago. —dije tontamente. Ni siquiera sabía cuánto dinero era.

Cuando bajé la ventana, me entró un pánico. El hombre no tenía brazos. ¿Cómo se suponía que le iba a dar el dinero? Antes de que yo supiera qué hacer, el niño había puesto la visera de la cachucha del hombre en su boca. Tan pronto como deposité el dinero, el hombre movió los labios de modo que le dio vuelta a su cachucha y se la volvió a poner en la cabeza, como si fuera un mono haciendo un truco. Sonrió, luego me colmó de bendiciones:

—Dios la bendiga.

Me quedé pensando en eso mientras subía la ventana lentamente, esperando que se secara la humedad de mis ojos. No eran exactamente lágrimas. Sólo ese ardor que sientes cuando ves una injusticia que no puedes remediar.

Pablo habló a mi lado:

—Es la triste realidad de nuestro paisito, Milly. —Por su mirada me di cuenta de que a él también le dolía la pobreza a nuestro alrededor.

—Es que no estoy acostumbrada —le expliqué.

Desde el asiento delantero, Camilo suspiró.

—Nunca te acostumbres a ello, Milly, o muere la ilusión.

Guardamos silencio el resto del trayecto.

—¿Dónde han estado? —nos regañó la Sra. Bolívar cuando entramos en casa—. Dulce ha estado esperando para servir la comida—. Todos habían estado sentados a la mesa en el patio interior por media hora.

—¡Me da gusto verte como eras antes, mamá! —Riqui le siguió la corriente—. Nada más le estábamos mostrando a Milly nuestra hermosa capital.

Eso puso fin a los regaños de la Sra. Bolívar. ¿Cómo podía

enojarse con sus hijos cuando ellos sólo estaban siendo amables con su invitada?

Una mujer salió corriendo de la cocina. Dio un grito de alegría cuando vio a Pablo.

—Tía Dulce —alcanzó a decir Pablo antes de que ella le diera un abrazo fuerte. Ella era como una versión más madura de Esperanza, pálida y delgada, con *nuestros* mismos ojos, que es como ahora yo pensaba en ellos. Al igual que su hija, iba toda vestida de negro, pero de alguna manera el negro parecía aun más negro en ella, quizá porque contrastaba con su delantal blanco. Traía una cruz de plata al cuello. Recuerdo que Pablo había dicho que tía Dulce era muy religiosa.

—¡Pablito, Pablito! —dijo entre sollozos, lo mantuvo a cierta distancia para poder asegurarse de que era él. Ella no podía parar.

—Ya, ya, tía Dulce —dijo Riqui, dándose palmaditas en el estómago—. Nos morimos de hambre. ¿Donde está ese exquisito puerco asado que nos prometieron?

¡Gente hambrienta! ¡Con eso bastó! Tía Dulce se dio media vuelta y desapareció en la cocina para llevar la comidita a la mesa.

¡¿Comidita?! ¡Esto era un festín! Me moría de ganas de contarle a mamá acerca de todos los platos distintos —mamá cocinaba algunos de ellos, recordando sus días en el Cuerpo de Paz— o al menos hablaba de ellos, quejándose de que no podía conseguir ingredientes como plátanos grandes en Vermont. Me serví tanta comida que no creo que nadie se haya dado cuenta de que no me serví puerco.

—Dejen lugar para el postre —advertía Dulce, pero ella fue la primera en insistir que nos sirviéramos una segunda y tercera vez al instante en que el plato estaba medio vacío.

Los platos seguían dando la vuelta hasta volver a llegar a mí. Todo el mundo parecía estar muy preocupado de que yo no me muriera de hambre mientras estaba en su país.

—¡Ya! Dejen a la pobre Millly tranquila—. Pablo intentaba

protegerme de la avalancha de hospitalidad de su familia. Pero era imposible detenerlos.

Una vez que recogieron los platos, Esperanza trajo el postre: un pastel con una forma rara, desigual, como si un niño pequeño lo hubiera hecho. Me preguntaba quién estaría cumpliendo años, cuando todo el mundo se puso a cantar el himno nacional. Entonces me di cuenta de que el pastel era un réplica del mapa del país. Estábamos celebrando su liberación. Una sola vela ardía en el centro.

Incluso después de que dejaron de cantar, nadie se quería animar a soplarla. La miramos arder hasta que casi llega al pastel. Finalmente, el Sr. Bolívar alargó la mano y presionó la vela entre el pulgar y el índice. Todos se abrazaron y lloraron, recordando a los ausentes.

Yo me sentía triste, sobre todo por Dulce. En un momento dado salió para la cocina; por un cuchillo para partir el pastel, dijo. Cuando regresó un poco después, las raíces del cabello alrededor de su cara estaban húmedas, como si se hubiera lavado la cara después de una buena llorada a solas.

Las rebanadas de pastel dieron vuelta y vuelta y vuelta por la mesa. Todos estábamos demasiado llenos como para comer otro bocado.

La Sra. Bolívar se deshacía en disculpas por los malos comensales. ¡Después de que Dulce se había esmerado tanto!

—No se echará a perder, no te preocupes —le aseguró Dulce—. Se lo voy a mandar a las monjitas para los niños. Quizá los muchachos lo puedan llevar en el carro.

Las monjitas . . . los niños . . . Era verano, así que no podía tratarse de una escuela. ¿Un orfanato? Me quedé mirando a Pablo, quien asintió como para confirmar lo que yo estaba pensando.

Mire a mi alrededor por el patio interior como alguien que llega a un lugar extraño, tratando de adivinar dónde diablos está. Una enredadera de flores de un rojo brillante descendía de un enrejado, las flores tan grandes como mi plato. Colibríes pequeñísimos y tornasolados metían sus picos en los pétalos. Un perico solitario montado en su percha, cambiaba de una pata a otra, observándonos. Su pico se abría como si fuera a decir algo, pero luego se cerraba como si se hubiera arrepentido. Yo estaba rodeada de caras morenas y blancas, algunas extrañas, algunas conocidas. El aturdimiento en que había estado desde que salí de casa por fin se disipó. ¡Realmente me encontraba aquí!

Habían pasado horas desde que los Bolívar habían llegado a su paisito. Pero apenas en este momento yo también aterrizaba en el mío.

una cuna y una tumba

En realidad no llegamos al orfanato ese mismo día. Los visitantes se quedaron hasta bien entrada la noche, cuando los apetitos comenzaron a despertar de nuevo. La cena consistió de una rebanada del pastel de tía Dulce y un té dulce hecho de hojas de yerbabuena.

—Esto te ayudará a dormir tu primera noche aquí, Milly —recomendó la Sra. Bolívar.

—¿No fue yerbabuena lo que me puso en las manos en el aeropuerto?

—¿Por qué crees que le dicen "hierba buena"? —se jactó la Sra. Bolívar—. Cuando regresemos, me voy a llevar tanta como pueda cargar.

Dulce, quien acababa de envolver el pastel que había sobrado, se dejó caer pesadamente en la silla.

—¿Piensas regresar a los Estados Unidos, Angelita?

La Sra. Bolívar se veía inquieta. Se quedó mirando su taza humeante como si ésta fuera a aconsejarle qué decir.

—Antonio dice que es lo mejor para la educación de Pablo —murmuró. Yo sabía que la estancia en los Estados Unidos era más difícil para la Sra. Bolívar. Aunque le encantaba trabajar para su viejita, la Srta. Billings, la Sra. Bolívar echaba mucho de menos su tierra natal. Se quejaba del frío. Siempre tenía la piel irritada. Pero el sacrificio siempre había sido su destino, me había dicho. A diferencia del Sr. Bolívar, cuya familia había vivido holgadamente en tierra propia en la montaña, la familia de la Sra. Bolívar había sido pobre.

—Pobre, pobre —dijo la Sra. Bolívar, repitiendo la palabra como para redoblar la fuerza de su significado—. Esto es sólo por unos años, Dulce —agregó la Sra. Bolívar—, hasta que Pablito se gradúe.

—Tanta ausencia —suspiró Dulce, secándose los ojos con la esquina de su delantal—. Quizá entonces . . . si no piensas volver, yo regrese a Los Luceros con Esperanza.

—Ay, no, mamá —se lamentó Esperanza.

—Ya veremos. —Dulce hizo la señal de la cruz y besó el crucifijo alrededor de su cuello—. No tenemos que decidir nada esta noche.

Más tarde, mientras me preparaba para dormir en el cuarto que compartía con Dulce y Esperanza, Dulce rezó en voz alta:

—Dios Nuestro Señor, ilumínanos para que podamos reconocer y aceptar tu divina voluntad, amén. —Hundió su cabeza entre sus manos.

Esperanza estaba arrodillada frente a su madre, de cara a mí. Yo no sabía si, como buena invitada, yo también debía rezar con ellas, pero me parecía como una hipocresía, ya que yo no estaba acostumbrada a rezar de rodillas. Cuando su mamá le pidió al Señor que la guiara, Esperanza me volteó a ver y alzó los ojos al cielo.

Agaché la cabeza, tratando de ahogar las risillas que se me saldrían si Esperanza y yo nos volvíamos a mirar.

La mañana siguiente, Dulce me ahuyentó de la cocina. De ninguna manera iba a permitir que la ayudara con el desayuno.

—¡Esta es tu casa! —me regañó con dulzura. No quise decírselo, pero ¡en mi casa yo tenía que ayudar con las comidas!

Entré distraídamente al patio donde nos habíamos reunido ayer para la comida. En un extremo, vi a Pablo de espaldas. Andaba descalzo, vestía bluyines y una camiseta arrugada que se veía como si hubiera dormido con ella puesta. Miraba lentamente a su alrededor, captándolo todo. Me quedé quieta, sin querer importunar este momento privado de su regreso a casa.

Debe haber sentido mi presencia, porque se dio la vuelta abruptamente. Sonrió al verme.

—Debe ser lindo regresar a casa —dije, acercándome.

—Hemos vivido en esta casa desde que nací —explicó—. Todo me trae un recuerdo: La cepa de ese viejo mango, la vieja ceiba más allá. Este arbusto fue sembrado el día de la boda de mis padres—. Rompió un tallo y me lo ofreció para que lo oliera. Dos florecitas diminutas brotaban del mismo tallo.

—¿Y tú, Milly? —se preguntó Pablo—. Cuando ves cosas aquí, ¿te parecen algo . . . familiares?

Negué con la cabeza. ¿Cómo podría recordar cosas de cuando era un bebé? Pero no recordarlo parecía una especie de fracaso.

—Ese orfanato que tu tía mencionó ayer. ¿Crees que podríamos ir a verlo? —titubée mientras lo decía. Nuestra discusión en el avión me había vuelto recelosa de la verdad.

—Yo mismo se lo recordaré a tía Dulce —prometió Pablo. Su mirada se detuvo en mi cara—. ¿Espero que te esté gustando aquí, Milly?

No estaba segura de lo que sentía. Un momento me sentía totalmente en casa. Al otro, me sentía completamente extraña. De alguna manera, ¡nada había cambiado mucho!

—Me cae muy bien tu familia —dije—. Tus hermanos son muy divertidos.

Pablo rió, como si recordara la escena que yo había alcanzado a escuchar anoche. Sus hermanos habían estado bromeando con él por la novia que había traído de Estados Unidos. Novia, según recordé de la Sra. Robles, quiere decir tanto *amiguita* como *prometida* en español. "¡No tengo nada que declarar!", había respondido Pablo, riéndose.

—Les caes muy bien, Milly —Pablo decía ahora—. A todos.

¿A todos? De pronto, no pude mirarlo a los ojos. Se daría

127

cuenta, se daría cuenta. Bajé la vista a la florecita doble que Pablo me ofrecía. Había dicho que se llamaba "tú-y-yo". Un nuevo recuerdo.

Cuando estábamos terminando el desayuno, Pablo le recordó a su tía enviar el pastel al orfanato.

—Quizá debíamos olvidarlo. —Dulce intentaba decidirse al mirar las sobras del pastel—. No queda mucho y allí hay tantos niños.

—Compraremos un poco de fruta en el mercado de camino allá —ofreció Pablo.

—¡Qué angelito es mi sobrino! —Dulce lo abrazó y lo bañó de besos. Pablo la esquivó, fingiendo resistencia, pero me di cuenta de que le encantaba que su tía favorita le prestara atención. Más tarde, en el carro, Esperanza bromeaba con Pablo sobre qué angelito era.

—Quizá tú puedas convencer a mamá de que no nos mudemos a Los Luceros. Sería tan . . . deprimente —agregó ella, con la voz entrecortada.

Debido a que Los Luceros había sido un gran escondite para los rebeldes, el ejército había llevado a cabo las peores masacres allí.

—Ese pueblo es un cementerio —explicó Esperanza. Ella y su mamá no habían regresado desde la liberación—. Mamá dijo que sería demasiado difícil. ¡Ahora quiere irse a vivir allá! —Las hermanas de Dulce y su madre, todas ellas viudas, estaban reconstruyendo el negocio familiar, una tiendita llamada El Encanto que había sido destruída cuando los militares pasaron por allí.

Esperanza me daba lástima, no sólo por haber perdido a su padre, sino al parecer también a un montón de familiares por el lado de su mamá.

—Quizá puedas venir a visitarnos en Estados Unidos algún día, ¿crees que sí?

Esperanza levantó la vista, optimista, pero luego negó con la cabeza.

—Mamá nunca me dejaría. —Se apartó, ocultando sus lágrimas.

Le lancé una mirada de impotencia a Pablo, esperando que él supiera qué decir. Sólo con Ema había yo intentado comunicarme por telepatía antes.

—Ay, primita, no seas pesimista —Pablo la consoló—. Como siempre dice tu mamá, los milagros suceden. Sólo tenemos que encontrar uno que funcione con ella.

Se nos ocurrieron todo tipo de milagros, incluso la clásica voz del cielo: ¡*Mi Esperanza debe ir a Vermont para predicar la Fe Verdadera a todos esos protestantes!* Muy pronto todos reíamos. Daba gusto ver a Esperanza contenta para variar.

En el mercado cargamos el baúl de fruta: costales de piñas, naranjas, pequeños mangos rosados. Todos los vendedores insistían en que probáramos sus mercancías, lo cual era una especie de gancho porque una vez que probábamos sus muestras gratis, nos sentíamos obligados a comprar por lo menos una docena. Ir de compras era en realidad salir a comer.

En cada puesto, Pablo y Esperanza seguían rememorando: estos mangos les recordaban aquellos deliciosos mangos del árbol que había sido talado en el patio; aquellas naranjas, las más dulces que solía cultivar el abuelito . . .

Terminé deseando que Ema estuviera conmigo, para tener a alguien con quien compartir las sorpresas de regresar a una tierra natal que no podía recordar. En el último puesto, le compré un souvenir, un collar de semillas rojas y negras. El anciano que las vendía dijo que éste le traería buena salud y una larga vida. Mejor que ocho vasos de agua, pensé.

—¿Y qué tal amor? —Esperanza quiso saber—. ¿Sirve para atraer a un marido? —indagó.

—Los maridos que quiera —la complació el anciano.

Pablo frunció el ceño. —¿Acaso no basta con uno?

—Si él le trae buena salud y le da buena vida —sonrió el anciano, dejando ver una boca sin dientes.

Reímos y acabamos comprando cuatro: los dos que compré yo, uno para Ema y otro para Katy (supuse que si estas semillas podían atraer maridos, buena salud y una larga vida, quizá podrían alivianar a mi neurótica hermana para toda la vida); y dos más que compró Pablo, uno para Esperanza y otro para mí. Nuestras miradas se encontraron cuando me deslizó el collar por la cabeza.

—Feliz viaje —me deseó. Mi mano volvía una y otra vez a mi cuello, tocando las pequeñas semillas.

El orfanato era un edificio largo y deprimente pintado de un verde militar, con barrotes en la ventana como una prisión. CENTRO DE REHABILITACIÓN INFANTIL rezaba el letrero sobre la puerta. Hasta el nombre era deprimente. Antes de salir de Vermont, había copiado toda la información de mis documentos de adopción. El nombre del orfanato había sido La Cuna de la Madre Dolorosa. Bastante deprimente también. (¿Quién nombra estos lugares? me pregunté). Pablo y yo habíamos tratado de buscarlo en el directorio esta mañana, pero no aparecía en la lista. Dulce nos había dicho que todos los orfanatos y hospitales católicos habían sido clausurados cuando el dictador nacionalizó la propiedad de la Iglesia. Pero ya que el CRI era propiedad del estado, había permanecido abierto. Después de la liberación, el nuevo gobierno había conseguido a unas monjas para que lo administraran.

La mujer que abrió la puerta nos comenzó a abrazar antes de que entráramos siquiera. Era alta, de cabello corto color blanco platino, que parecía un halo alrededor de su cabeza. Se presentó como Sor Arabia, aunque vestida de falda azul marino y blusa blanca más bien parecía una azafata. Dulce había mencionado que muchas monjas ya no usaban hábito, ¡una medida de protección durante la dictadura que ahora se había convertido en un hábito!

—Dulce llamó y dijo que venían en camino —explicó Sor Arabia—. ¡Válgame Dios, mira toda esa fruta! ¡Dios los bendiga! Sor Teresita, venga a ver.

El único problema con llamar a Sor Teresita fue que vino seguida de una estela de niñitos, todos ellos deseosos no sólo de ver, sino de comer lo que habíamos traido. Oscilaban en edad desde niños pequeños hasta niños de nueve o diez años, aunque era difícil adivinar su edad; todos se veían escuálidos y más pequeños de lo normal. Traían el pelo muy corto, tanto niños como niñas (Parecía que la única diferencia era que las niñas traían fleco con sus cortes a ras). En sus uniformes idénticos color aguamarina, se veían como pequeños prisioneros. No obstante, tenían unas caras alegres y llenas de picardía. Arrebataban la fruta, mientras la gordita de Sor Teresita trataba de meterla de nuevo en los costales. Ellos parecían, bueno, si no contentos, como que tenían una vida bastante buena, es decir, no como esas historias de horror que he visto en el programa *60 Minutes*.

—¿Quién les dio permiso de entrar aquí? ¡Fuera! ¡Fuera! —Sor Arabia dio una patada en el suelo como si estuviera espantando unos gatitos. Los niños salieron corriendo con su botín, atacados de la risa. Obviamente, sabían que no había que tomar muy en serio el mal genio de Sor Arabia.

Esperanza fue con Sor Teresita para servir a los niños las sobras del pastel. Resulta que ella venía aquí a menudo con su madre. Más que nada, ayudaba con los niños mayores, entreteniéndolos con juegos: cartas, lotería, damas. Los *jacks* eran muy populares con las niñas, piedritas mezcladas con *jacks* de metal, las cuales siempre se perdían.

Sor Arabia ofreció darnos a Pablo y a mí un visita guiada del Centro. Estábamos a punto de comenzar cuando se apareció un joven a la puerta de la oficina. Nos pidió disculpas, nos hizo una reverencia a mí y a Pablo, pero tenía un problemita que reportar.

Sor Arabia le lanzó una mirada impaciente.

—Sólo será un minuto —se disculpó y fue a averiguar.

Sor Arabia regresó, suspirando. El inodoro del ala de la guardería había estado goteando toda la noche. El joven había tratado de arreglarlo, pero todo el cuarto de baño se había inundado.

—Hipólito es uno de nuestros muchachos —Sor Arabia nos

confió, bajando la voz—. Tiene un buen corazón. Ay, que Dios me perdone, pero en la cabeza no le cabe ni un pensamiento. —Me imaginé que todo lo que Hipólito reparaba quedaba peor que antes. ¿Pero qué iban a hacer? Los ayudantes calificados cobraban tan caro. El plomero que ella había llamado la última vez cobraba como un americano, por hora.

—Déjeme echar un vistazo —ofreció Pablo. Él había agarrado algo de experiencia en la plomería de ayudar a su papá y al mío en trabajos de construcción.

Sor Arabia negó con la cabeza. ¡Ella no iba a permitir tal cosa! ¡Pablo era un visitante! ¡Ensuciaría su ropa buena! Siguió con sus negativas por todo un minuto. Pero yo sabía, por las clases de español de la Sra. Robles, que así respondía una dama a un favor que le daba demasiada vergüenza aceptar a la primera. Supongo que esto se aplicaba aun a las monjas.

—Sería un honor —insistió Pablo. Sor Arabia suspiró, cediendo al fin. Cuando ella miró a Hipólito para que nos guiara, los ojos de Pablo se encontraron con los míos. ¡Uf! pensé. ¡Qué exagerado!. A veces al escuchar cómo la gente hablaba aquí, con todas esas disculpas y cumplidos extra, me sentía como una visitante maleducada, de otro planeta, con mis palabritas: "disculpe" e "increíble" que eran mis únicas formas del elogio.

Caminamos por el pasillo hasta unas puertas dobles decoradas con calcomanías de pollitos y conejitos. Sor Arabia volteó a vernos, con un dedo en los labios. Teníamos que atravesar la guardería para llegar al inodoro. Los pequeños tomaban la siesta matutina.

La guardería era una habitación larga y oscura llena de cunas, de esas de barrotes altos de hierro, pintados de blanco, como las que siempre se ven en los orfanatos y los hospitales de las películas viejas. Habían cerrado las cortinas, pero a través de las rasgaduras de la tela, se colaba una luz brillante que caía sobre el piso de madera. El piso olía a talco y a limpiador fuerte para ocultar el olor a caca y orines, una combinación que me recordaba a cuando Kenny era bebé. De nuestro alrededor provenían los sonidos suaves de las respiraciones de los pequeños dormidos y, de vez en cuando, un gemido, un balbuceo, o el roce de sábanas.

Al pasar por allí, no pude evitar echar un vistazo. Algunos de los bebés se veían tan diminutos, otros como que muy pronto estarían andando, robándose mangos, queriendo jugar a los *jacks*. Escudriñé sus caras. Realmente no sé qué es lo que buscaba. ¿Una pequeña versión de mí misma a quien poder confortar? *No te preocupes, muy pronto tendrás a una mamá y a un papá, te lo prometo.* Esperanza había dicho que mientras más pequeños los bebés, mayor posibilidad tenían de ser adoptados. Era más difícil para los mayores. Algunos se quedaban aquí hasta cumplir los dieciséis años. Algunos hasta se convertían en ayudantes del Centro.

Cuna tras cuna tras cuna, ¡tantos bebés! Debo haberme quedado atrás, porque la siguiente vez que levanté la vista, Sor Arabia e Hipólito y Pablo habían desaparecido. Yo estaba sola en la habitación. Más adelante, un niño pequeño se acababa de parar en sus dos piernas y me miraba desde un extremo de su cuna. Sus ojos —me parecía que era varón— eran de esos ojos grandes y tristes que se ven en esos anuncios de niños que uno puede patrocinar en países del Tercer Mundo. Hacía pucheros y las comisuras de sus labios apuntaban hacia abajo.

—Todo está bien, chiquito —dije en voz baja al acercarme. Tenía la intención de plantarle un beso en su cara dulce.

El bebé me vió acercarme y lanzó un grito. Fue como haber hecho sonar una alarma. Por todo el cuarto, los bebés comenzaron a berrear. Miré a mi alrededor, presa del pánico. ¿Adónde ir? ¿Dónde esconderme para detener esta avalancha de llanto?

Sor Arabia entró apresurada por la puerta trasera del cuarto.

—¡Ya, ya! —dijo, dando unas palmadas. Al instante, disminuyó el sonido del llanto. Levantó al bebé inconsolable que había causado ese revuelo y le dio unas palmaditas en el trasero—. ¡Qué criatura esta, llorando de esa forma!

—No te preocupes —Sor Arabia me aseguró—. Es casi

hora de que despierten. Mariana, Socorro —llamó. Un par de muchachas como de mi edad aparecieron, cada una cargando una canasta llena de biberones, y comenzaron a distribuirlos entre que podían sostenerlos. A los bebés más pequeños había que darles de comer de uno en uno.

—¿Puedo ayudar? —ofrecí. Me sentí tan mal de haber interrumpido la siesta de los bebés.

—Como no te conocen, quizá sea mejor que continuemos la visita por el Centro —sugirió Sor Arabia, entrelazando su brazo en el mío y llevándome fuera de la guardería. Ella explicó que Pablo había descubierto cuál era el problema con el inodoro, y que Hipólito y él estaban tratando de repararlo. ¡Ese joven era un ángel! Era la segunda vez hoy día que Pablo había sido alabado como un regalo de Dios al mundo. Me pregunté si toda esta cuestión del machismo del que había oído hablar tanto no era simplemente el resultado no sólo de elogiar a los muchachos, sino de adorarlos. Gracias al cielo parecía que Pablo no iba a dejar que toda esta efusividad se le subiera a la cabeza.

Caminamos por un largo pasillo lleno de ecos hasta un ala lateral, asomándonos a cuartos alineados con catres en lugar de cunas. Los niños mayores dormían aquí, explicó Sor Arabia. Más allá quedaban las habitaciones de las hermanas, estrechas celdas mucho más pequeñas que el vestidor de Happy. Las paredes estaban desnudas excepto por un crucifijo y una percha con otra falda azul, otra blusa blanca colgadas de un gancho de metal. Parecía haber cinco monjas en total. Algunas de las niñas mayores que habían sido residentes se quedaban como ayudantes.

—No podemos pagarles mucho —suspiró Sor Arabia—. Pero les damos ropa y comida y un hogar. —Qué vida, pensé.

No era como si el lugar fuera una pocilga ni mucho menos. Todo estaba limpio, sólo viejo y desgastado. Las paredes de yeso se estaban derrumbando. En el patio había unos juegos infantiles de metal oxidados y un poste de básquetbol sin red en el aro. Los asientos de unos columpios habían sido acondicionados con pedazos de llanta de hule. Pensé en todas las cosas que había en el centro de reciclaje adonde llevábamos nuestras botellas y plástico una vez al mes, los cuales podrían haber equipado este lugar en forma.

Nos dirigíamos de nuevo al frente del edificio cuando por fin tuve el valor de preguntar.

—Sor Arabia, ¿oyó hablar alguna vez de un orfanato que había antes en la capital, llamado La Cuna de la Madre Dolorosa?

Sor Arabia se detuvo en seco.

—Claro que conozco La Cuna. Yo misma trabajé allí por muchos años.

—He estado intentando encontrar la dirección . . .

Sor Arabia negó tristemente con la cabeza.

—El edificio quedó hecho cenizas por culpa de esos criminales, que Dios los perdone.

Había esperado que el edificio todavía existiera, que por lo menos pudiera caminar por los pasillos del primer lugar que había sido mi hogar.

—¿Se parecía a este lugar? —me pregunté en voz alta.

—No, no, no —Sor Arabia negó con la cabeza—. Esto no tiene nada que ver. La Cuna estaba ligada a nuestra residencia, así que era como si tuviéramos a los niños en nuestra propia casa. Teníamos huertas con árboles frutales y flores y verduras. Sor Corita tenía buena mano para las plantas.

—¿Usted dijo Sor Corita?

—Sor Corita, sí, nuestra madre superiora. Murió hace más de diez años, Dios la tenga en su gloria.

Puse cara larga. ¡Sor Corita estaba muerta! ¡El orfanato había quedado hecho cenizas! ¡Lo poco que quedaba de mi pasado había desaparecido! Me sentí como Gretel en el bosque, mirando atrás sólo para descubrir que su rastro de migajas había desaparecido.

Ahora Sor Arabia me miraba de cerca.

—¿Cómo es que sabes de La Cuna y de Sor Corita?

Me quedé mirándola, preguntándome dónde comenzar y creo que esa fue la primera vez que notó mis ojos. Reaccionó tardíamente, como si apenas se diera cuenta de quién era yo, como si ya supiera lo que estaba por contarle. De cómo había sido adoptada casi dieciséis años atrás cuando una pareja de americanos que estaban en el país con el Cuerpo de Paz me encontraron en La Cuna.

—¡Ay, Dios santo! —dijo Sor Arabia, levantando las manos en asombro y alabanza—. ¡Milagros!

¿Recordaba mi nombre o decía que era un milagro que nos hubiéramos encontrado? De cualquier forma, en ese instante, ambas cosas me parecían iguales.

En el comedor adyacente a la cocina, los niños apenas terminaban su pastel. Estaban sentados en bancas sobre largas mesas, los mayores junto a los menores, quizá para ayudarlos a cortar lo que había que cortar. Sor Arabia le tenía muchas noticias a Sor Teresita. ¡Esta niña americana era una de sus bebés de La Cuna!

Me llamó la atención la diferencia que había en cómo la gente aquí trataba el tema de la privacidad. Sor Arabia ni siquiera me había preguntado si me importaba que anunciara mi historia ante todo el cuarto. Digo, yo ni siquiera le había contado a Esperanza.

La volteé a ver y por la manera en que ella esquivó la mirada, me di cuenta de que ya sabía lo de mi adopción. Quizá la Sra. Bolívar le había contado a Dulce, quien le había contado a Esperanza. Dudé que Pablo hubiera dicho algo. Él sabía que para mí esto era algo muy íntimo.

—Siéntate, siéntate —insistió Sor Teresita. Yo debía comer un pedazo de pastel. Y necesitaba un tenedor "bueno" al que no le faltaran dientes. Ambas hermanas hacían gran bulla en mi honor, como si fuera una especie de heroína regresando a casa. Los niños me miraban. Quizá se preguntaban quién de ellos tendría algún día tanta suerte como yo. Un niñito que había estado sentado varios lugares más allá consiguió colarse a mi lado. Creí que él quería estar cerca de mi historial triunfal, hasta que lo vi pellizcando pedacitos del pastel que yo ignoraba.

—¡Se está comiendo el pastel de la señorita! —gritaron varias voces a la vez. Una de las niñas ayudantes se apresuró hacia él con la mano en alto.

—No, no —me interpuse—, yo le pedí que me ayudara. —Pensé en cómo Pablo me había salvado el pellejo recientemente pagando el pato cuando yo me había invitado a este viaje.

—Ay, Dios mío —dijo Sor Arabia, recordando de pronto—. ¡Pablo! —El niñito que se había comido mi pastel se ofreció para irlo a buscar. ¿Quizá quería congraciarse con las hermanas? ¿O quizá sólo quería la oportunidad de sentarse al lado del otro visitante para conseguir un pedacito más de pastel?

Pablo regresó con no tan buenas noticias para Sor Arabia.

—Por favor —Sor Arabia lo paró—. Siéntate primero a comer tu pastelito.

Pero Pablo insistió en dar un informe primero. Pensé en cómo Kenny siempre nos tenía que contar sobre sus triunfos en el entrenamiento al instante que entraba por la puerta. El inodoro había sido reparado temporalmente pero necesitaba . . . Pablo recitó un montón de partes distintas que estaban desgastadas.

Mientras hablaba, Sor Arabia seguía negando la cabeza ante el gasto que eso representaba, o al menos eso creí. Pero cuando Pablo había acabado con su inventario, ella suspiró. ¡La verdad es que Pablo era un genio!

¡¿Un genio?! Le lancé una mirada a Pablo, tratando de no reírme. Él me contestó con una sonrisa y una ceja arqueada. ¿Bueno? ¿Acaso no estaba yo de acuerdo?

Finalmente se rió, sacándome de apuros.

—Recogeré las partes y luego volveré a repararlo —le dijo a Sor Arabia.

—¡No, no, no! —Ella no podía aceptar eso—. Estaría encantado de hacerlo —insistió Pablo. Ella que no y él que sí, dos veces más.

—Éste ha sido un día de milagritos —concluyó Sor Arabia—. Dios nos manda una visita para resolver nuestros problemas y uno de nuestros niños de La Cuna regresa.

Pablo me echó una mirada como inseguro de que ese tema se pudiera discutir abiertamente.

—Le pregunté a Sor Arabia sobre La Cuna —le expliqué—. Resulta que ella trabajaba en La Cuna cuando yo estuve allí.

—Recuerdo el día en que Sor Corita te encontró —dijo Sor Arabia, sonriendo ante el recuerdo distante. Los niños se habían quedado en silencio, como si estuvieran oyendo un cuento de hadas—. Lo recuerdo porque era el Día de la Asunción, el santo de Sor Corita, Corita Asunción era su nombre completo. Ella se había levantado temprano para preparar el altar de la capilla para la misa de madrugada, teníamos nuestra propia capillita muy linda. Cuando escuchó que tocaban a la puerta, le dió miedo abrir. Imagínense, con todas las desapariciones y redadas que había en ese entonces. Pero tocaban cada vez con mayor desesperación. Recuerdo que nos despertó a todas. Estábamos listas para evacuar a los niños por la parte trasera, pero entonces escuchamos a un bebé llorar y supimos que había un nuevo huérfano en el mundo. Al minuto en que Sor Corita abrió la puerta, un carro se marchó de allí. Alguien había estado esperando para cerciorarse de que el niño estaría a salvo.

Sentí un arrebato de tristeza, por aquellos padres, quienesquiera que fueran, por ese momento de angustia; por esa pobre, despistada bebé que apenas comenzaba a sentir su ausencia. Pero no podía precisamente llorar enfrente de estos niños y preocuparlos. Después de todo, ellos compartían la misma triste historia . . . sin mi final feliz, por lo menos hasta ahora.

—Esa bebita estaba tan debilitada —prosiguió Sor Arabia—. Nos imaginamos que la pobre criatura había estado viviendo bajo condiciones adversas. Quizá oculta, quizá encargada a extraños, ¿quién sabe? No supimos quiénes eran sus padres, de dónde era, nada. Pero aunque esta niña no tenía historia, traía prendido un papelito con su nombre, Milagros. Cada día se ponía un poco más fuerte.

—¿Y qué hay de la caja que me acompañó? —La moneda, las dos hebras de cabello entrelazadas. Quise saber cualquier detalle que Sor Arabia pudiera contarme.

—Ay, ay, —se lamentó Sor Arabia—. No me cabe tanto en la memoria.

—¿Quizá recuerda qué edad tendría? Es decir, ¿aproximadamente? —Los documentos de la adopción daban el 15 de agosto, el día en que me habían encontrado en el umbral de la puerta, como mi cumpleaños.

—Estabas tan chiquitica —las manos de Sor Arabia se extendieron un poco— . . . y tan, tan débil. Pues diría que como unos cuatro meses, pero no estoy segura.

El niñito, quien ahora se había colado al lado de Pablo, miró el espacio entre las manos de Sor Arabia y luego a mí.

—¡Cóntrale! —dijo. Yo no tenía idea de lo que eso significaba, pero sabía que él estaba impresionado.

Si yo realmente había tenido cuatro meses de edad en agosto, entonces eso pondría mi fecha de nacimiento en abril. Tendría la misma edad de Katy o hasta sería un poco mayor. (Pero todavía voy un año atrás de ella en la escuela. ¡Magnífico!). Pablo también cumplía años en abril, un Tauro, recordé de las sesiones de chisme de Meredith y Ema. ¿Los Tauro se llevaban bien con otros Tauro? Ema lo sabría. Sobra decir que Ema estaba metida en esos rollos y me tenía medio creyéndolos también.

—Y luego un día una norteamericana vino a regalar una ropa —Sor Arabia prosiguió con su historia—. Esta americana tenía a una chiquitica a quien la ropa ya no le quedaba. La señora se enamoró de todos los niños, pero sobre todo de Milagritos. Ella comenzó a venir todos los días y a traer a su propia bebé. La señora americana hasta trajo a su esposo varias veces. Luego un día, estaba decidido. Adoptarían a Milagritos. Les tomó tres meses más, había que preparar tantos documentos, ya que no teníamos ningunos papeles tuyos. El día que finalmente te fuiste de La cuna, Sor Corita lloró y lloró. Estaba muy molesta consigo misma. Ya sabía que no había que encariñarse tanto con un solo niño. Pero ella te tenía un cariño especial. Te había encontrado el día de su santo. Murió, como te dije, hace más de diez años. Que en paz descanse.

—Que en paz descanse —Sor Teresita le hizo eco, persignándose.

La frase debe haber sido el equivalente de decir El Fin. Los niños comenzaron a inquietarse y a hacer ruido. Varias niñitas le jalaron el brazo a Esperanza para que viniera a jugar con ellas.

—Tengo que atender a mis invitados —explicó Esperanza. Además, ¡cinco juegos de *jacks* era suficiente para un día!

—Pero no se pueden ir todavía —Sor Teresita señaló el plato de Pablo—. Tienen que dejar que Pablo termine su bocadito.

Pablo miró la rebanada de pastel que le habían puesto enfrente.

—Me va a disculpar, Sor Teresita —dijo. En el mercado, se había llenado de fruta que no había podido disfrutar en ocho meses—. Pero estoy seguro de que no se desperdiciará aquí. —Cometió el error de mirar a su alrededor para ver si alguien más lo quería. Esto provocó un pequeño motín. Los niños se lanzaron por encima de la mesa o arremetieron por los lados. En un santiamén, había pastel embarrado en una docena de manos.

—¡Qué modales son esos! No volveremos a tener pastel jamás —anunció Sor Teresita enojada, formándolos y haciendo que desfilaran fuera del cuarto. Ellos la seguían con las cabezas agachadas. Sor Teresita no era regañona por naturaleza y de verla disgustada, pues, también les causaba un disgusto a ellos.

—Si quisieras saber cualquier otra cosa —dijo Sor Arabia— estoy a tus órdenes.

Había docenas de cosas que hubiera querido preguntarle. Pero justo en ese momento, mi corazón se sentía suficientemente lleno. Negué con la cabeza.

Sor Arabia se agachó y me hizo la señal de la cruz en la frente.

—Que Dios siga haciendo milagros.

—¡Hola, cariño! —mamá estaba en una extensión—. Milly, ¿cómo te va? —papá en la otra. Una llamada internacional en estéreo. ¡Estupendo! La línea también tenía un eco. Tampoco ayudaba que el único teléfono de los Bolívar estuviera en la sala, donde la televisión siempre estaba prendida con los juicios de la Comisión de la Verdad. Riqui estaba sentado frente al televisor ahora. Le había bajado el volumen como muestra de cortesía.

—¿Recibieron mis recados? —pregunté. Yo había llamado la noche anterior para avisarles que había llegado bien, pero la máquina había tomado el mensaje. Como Kenny andaba de campamento y Katy iba de camino a casa de la abuela, mis papás probablemente se estaban tomando un descanso de su vida como padres. Yo me sentía encantada por ellos, pero me preocupaba que no me hubieran llamado. ¿Acaso ya habían comenzado a olvidarme?

—Recibimos tu mensaje, amor. Fuimos a ver esa película nueva . . . ay, ya olvidé el nombre. Querida, ¿cómo era que se llamaba? Bueno, de todas formas, ya era tarde cuando regresamos así que no quisimos llamar. Lo intentamos esta mañana, pero Dulce dijo que ya habías salido. Has estado ocupada, ¿eh?

(Al menos creo que eso fue lo que dijo mamá; entre que papá recordaba el nombre de la película y luego mencionaba algo sobre llamar a la aerolínea para ver si mi avión había llegado bien y toda la estática, no estoy 100 por ciento segura de haber pescado todo lo que mamá decía.)

—Dulce dijo algo sobre los preparativos para una ceremonia en memoria del tío Daniel. Nos encantaría mandar unas flores. ¿Podrías comprarlas a nuestro nombre? Te podemos mandar más dinero si lo necesitas. —Mamá siempre pensaba en todo.

Yo había escuchado que iba a haber una ceremonia en memoria del tío Daniel. La familia había estado esperando a que los Bolívar regresaran de los Estados Unidos para que toda la familia pudiera estar presente. El juicio de los asesinos había durado meses, y al fin los oficiales involucrados habían confesado y habían sido sentenciados. Era hora de seguir adelante. Los Bolívar habían salido esta mañana para encargarse de los detalles de última hora de la ceremonia. Querían evitarle a la pobre de Dulce las dolorosas preparaciones. Había que revisar la placa que iba a ser develada por una delegación gubernamental, había que mandar a pedir las flores la misa en su honor en la catedral. Era deprimente pensar que un funeral requería de tanta atención a los detalles como una boda, y sin un final feliz que te ayudara a seguir adelante.

—Compraré unas flores —prometí—. Lástima que no lo supe antes. Estuvimos en el mercado esta mañana, recogiendo la fruta para el orfanato que visitamos. —Mis noticias se encontraron con un silencio total—. ¿Mamá? ¿Papá? —Pude escuchar mi propio eco: *¿Mamá? ¿Papá?*

—¿Qué orfanato? —papá habló por fin—. Milly, teníamos entendido que . . .

—Una búsqueda es un paso emocional muy grande . . . —interrumpió mamá.

—Para llevarlo a cabo tú sola . . . —papá continuó por encima de la interrupción de mamá.

—Nos encantaría acompañarte . . . —la voz de mamá era una versión más suave de la de papá.

—¡Ay, oigan! —grité. Riqui, quien había estado absorto mirando el testimonio de dos coroneles en la tele, lanzó una mirada en mi dirección y le bajó aún más al volumen. Jalé el cordón del teléfono lo más lejos que daba por el angosto pasillo. Con tanta calma como me fue posible, expliqué que el orfanato en cuestión era uno donde Dulce hacía trabajo voluntario. Yo había ido con Pablo y Esperanza a entregar unas sobras—. ¡No estoy haciendo ninguna búsqueda! ¡Déjenme en paz! —Se me entrecortó la voz. Me sentía a la defensiva. Me estaban acusando de algo que ni siquiera había planeado. Pero en parte tenían razón. Yo había comenzado a buscar en este cementerio de país la cuna de mi nacimiento, sólo para descubrir que cualquier rastro de mi vida había desaparecido.

—Reaccionamos de forma exagerada —admitió papá. Pero parecía aliviado.

—Es porque te queremos —agregó mamá.

—Yo también los quiero —dije, y escuché mi eco repetir, *yo también los quiero.*

En la televisión, el juez daba con el mazo ante el caso de dos acusados más.

Después de la llamada con mis padres, quise estar sola, un concepto que no iba a funcionar muy bien aquí, como pronto me di cuenta. La sola mención de ir a dar una vuelta yo sola ocasionó un pequeño revuelo.

—Una señorita no debe andar sola por la calle —me recordó la Sra. Bolívar. A decir de ella, ir a dar una vuelta era como ser una prostituta abordando a posibles clientes.

—Sólo quiero dar una vuelta —me defendí.

La Sra. Bolívar negó con la cabeza.

—Ay, no, que te acompañe uno de los muchachos, Milly.

—Camilo salió —Esperanza le recordó. Todos sabíamos que Pablo estaba en el orfanato cumpliendo con su angélica misión—. Yo la acompaño —ofreció Esperanza, su cara iluminada ante tal posibilidad.

Dulce le lanzó a su hija una de esas miradas que sólo en familia se sabe qué significa.

—Yo misma iré —se ofreció la Sra. Bolívar, levantándose de su asiento—. Necesito el ejercicio.

—¿Ejercicio? ¡Necesitas descansar! —le recordó Dulce—. Todos esos meses allá. —Hizo un gesto con el mentón. Su frase sonó como si el sólo vivir en Estados Unidos fuera agotador.

Parecía que no iba a salir a caminar después de todo.

—Que la lleve Riqui. ¡Riqui! —llamó la Sra. Bolívar, pero nadie contestó en el patio. Riqui le estaba dando clases de recuperación al perico, supongo que uno podría llamarlas así. Pepito había dejado de hablar cuando Riqui había sido tomado prisionero. Aun después de que dejaron salir a su amo, Pepito se negaba a decir una palabra. En realidad había sido un alivio para la Sra. Bolívar y para Dulce, ya que más que nada Riqui le había enseñado a Pepito puras palabrotas.

Justo entonces, Pablo nos sorprendió al entrar a la cocina.

—¿Ya? —su tía dio una palmada—. ¿Tan pronto resolviste el problema?

Pablo negó con la cabeza.

—Resulta que el inodoro no era el problema después de todo. El orfanato necesita todo un sistema nuevo de drenaje. Pero Sor Arabia dice que no hay plata para eso.

—Dios mismo mandará un ángel a su debido tiempo —su tía le aseguró.

No sabía acerca de los inodoros, pero Dios me había enviado lo que necesitaba en este preciso momento.

—¿Quieres ir a dar una vuelta? —le pregunté a Pablo antes de que pudiera surgir otro plan.

—¡Qué buena idea! —la Sra. Bolívar aceptó en su nombre. No es que Pablo necesitara que lo animaran, a juzgar por la sonrisa en su cara.

—Pero el pobre muchacho está cansado —tía Dulce estaba preocupada—. ¿Un refresco primero? —Ella abrió el refrigerador y sacó una botella de lo que parecía ser una cerveza. Pablo negó con la cabeza.

—¿Cansado? ¡Ja! —discrepó la Sra. Bolívar—. Debías ver

cómo trabaja este muchacho allá con su papá y el Sr. Kaufman. —La Sra. Bolívar comenzó con su explicación de la rutina diaria de su hijo en Ralston.

Pablo me lanzó una mirada que no hacía falta ser de la familia para saber qué significaba. *¡Vámonos de aquí!*

—Es difícil ser mujer aquí —Pablo se compadeció mientras nos encaminábamos al zócalo. Le había contado de la mala llamada a casa con mis papás, de mis intentos vetados de ir a caminar después—. Y a las muchachas les va aún peor en el campo. ¿Por qué crees que Esperanza no quiere mudarse a Los Luceros?

—Le hubiéramos pedido que nos acompañara —dije, sintiéndome culpable. Se me había ocurrido, pero la verdad es que quería estar a solas con Pablo.

—No te preocupes —me aseguró—. Su mamá nunca dejaría a Esperanza salir a la calle así nada más. Sólo a la iglesia o al orfanato. No bromeaba cuando dije que se necesitaría de un milagro para hacer cambiar a mi tía. Quiero a tía Dulce, pero es demasiado estricta. Y como puedes ver, mamá sería igual si tuviera hijas. —Pablo arqueó las cejas. Yo ya sabía que sus hermanos apodaban a su mamá "la Inquisición".

—Uno creería que gente que ha estado encerrada por años a causa de una dictadura . . . —me quedé callada. No quería criticar a su familia—. Digo, se entiende. Han pasado por tantas cosas. —Asesinatos, desaparecidos, suicidios. De pronto me sentí como una niña mimada, toda alterada debido a mis padres—. Mis problemas son tan estúpidos, en comparación.

Pablo se detuvo a medio paso.

—No son estúpidos, Milly. Nada es pequeño si tu corazón lo siente. —Su mirada se detuvo en mi cara. Parecía querer decir algo más, pero se arrepintió.

A medida que nos acercábamos al zócalo, las aceras se llenaban cada vez más de gente y de ruido. Los mercaderes pregonaban sus mercancías desde puestos montados en ruedas. Los radios tocaban música a todo volumen. Parecía que todo el país todavía estaba de fiesta. Pablo y yo tuvimos que caminar en fila india para atravesar por ese gentío.

Me tocó el hombro y se inclinó para que yo pudiera escucharlo.

—Conozco un lugar especial cerca del mar. ¿Quieres ir?

Asentí, aliviada.

Caminamos varias cuadras, trepamos por un malecón bajo y allí estaba: ¡el mar! Me descalcé y eché a correr. El mar siempre tiene ese efecto en mí. Estoy de acuerdo con papá en ir cada año a la costa de Maine. Nada se compara con el mar. Para mí, es mejor que una iglesia o un templo. El llamado de las gaviotas y las velas inflándose en días de viento y el maravilloso sonido del oleaje cuando rompe sobre la arena. Dios repitiendo una y otra vez, *aquí estoy, aquí estoy*.

Pablo me alcanzó, riendo. Caminamos por la playa, las olitas rompiendo sobre nuestros pies y borrando nuestras huellas. Las multitudes de bañistas disminuyeron. Allí donde terminaba la playa, nos pusimos de nuevo los zapatos y escalamos por un acantilado rocoso. Al otro lado yacía una hermosísima playa que me dejó sin aliento, del tipo que uno ve en tarjetas postales y carteles de agencias de viaje, con palmeras y una pareja romántica caminando tomados de la mano. Esos podríamos ser nosotros, pensé. El secreto en mi corazón se elevó a mis pensamientos, luego se alejó, como una ola.

Al lado opuesto del acantilado, a un extremo de la caleta, pudimos distinguir un monumento de piedra, su placa de metal brillante bajo el sol.

—No estaba aquí la última vez que vine —observó Pablo.

Una vez en la playa, no pudimos resistirlo. Las olas tibias y tentadoras nos salpicaban las piernas. De pronto, ambos corríamos al mar, ¡con todo y ropa! ¡Vaya! ¡Si la Sra. Bolívar y Dulce pudieran vernos ahora! Nadamos hasta cansarnos, luego nos acostamos para secarnos bajo el sol hacia el final de la tarde.

En el mar, mi camiseta y mi falda que se adherían a mi cuerpo habían estado ocultas. Pero ahora me sentía cohibida al estar acostada sobre la arena caliente junto a Pablo.

Cuando salimos del agua, sorprendí sus ojos contemplándome toda. Empecé a preguntarme si Pablo también sentía algo por mí. Pero me dije a mí misma que lo olvidara. Por ahora ya tenía bastante de que preocuparme.

Estuvimos tendidos así por un rato, mirando en silencio las nubes tomar forma y deshacerse, sintiendo como arreciaba la brisa, como ondeaban las palmeras. Mamá, papá, la llamada . . . todo se derretía en ese gran cielo azul. Una y otra vez, las olas rompían sobre la playa, mojándonos primero los dedos de los pies, pero según pasaba el tiempo, los tobillos, las pantorrillas. Lentamente, mi corazón se ensanchó hacia ese enorme misterio de donde venimos todos. ¡Qué tonta había sido al preocuparme por mi pequeñísima parte!

Nada es pequeño si tu corazón lo siente, había dicho Pablo.

—Creo que será mejor que regresemos —dijo Pablo finalmente, poniéndose de pie. La marea subía de noche y la mayor parte de la caleta quedaba sumergida—. Pero primero, vamos a ver qué dice esa piedra.

Es curioso cómo yo había querido hacer lo mismo antes de irnos.

Nos volvimos a poner los zapatos y nos dirigimos al monumento. Fue fácil subir. Había escalones tallados en el costado del acantilado hasta la parte superior del monumento. Ya arriba, nos detuvimos un instante, recobrando el aliento, mirando el mar, una paleta de azul turquesa, azul aguamarina, azul marino, todos los tonos azules imaginables. Sobre el agua, la paleta cambiaba a tonos rojos —escarlata, naranja, dorado-carmesí— a medida que el sol descendía por el horizonte.

—*En este lugar* —Pablo leyó la placa conmemorativa en voz alta en español— *cayeron los nobles mártires y con su sangre dieron nacimiento a una nueva nación.* —Había una lista con ocho nombres. El dictador en persona les había dado un tiro antes de abordar su yate con casi todo el dinero del país empacado en una bóveda de seguridad instalada abordo.

Qué tranquilos y felices habíamos estado ahí, sin saber lo que había sucedido en este lugar sólo meses antes. Sentí que

147

la cabeza me daba vueltas como siempre lo hace cuando trato de asimilar demasiadas cosas a la vez y no sé dónde ponerlas. Algunas cosas, pensé, quizá sean demasiado grandes para que el corazón pueda sentirlas de una sola vez.

O para que el corazón las sienta por sí solo. De pronto, me sentí tan contenta de que Pablo estuviera a mi lado. Me di la vuelta para agradecérselo y me sorprendió ver que su secreto asomaba por sus ojos. *¿Ahora?* preguntaban mis ojos. *¡Sí!* contestaron los suyos. Aunque suene extraño decir esto acerca de una tumba, fue el lugar ideal para lo que sucedió después: sus labios se encontraron con los míos y nos abrazamos.

los luceros

Un milagrito, ¡había sucedido un milagrito! ¡Yo estaba enamorada de alguien que estaba enamorado de mí!

¡Me moría de ganas de contárselo a Ema! Compré una de esas postales cursis de una pareja paseando por una playa tropical y anoté: ¡Los milagritos suceden! La firmé: "Milagros."

Ema lo adivinaría. Después de todo, ella siempre decía que iba a requerir de un milagro para que yo me enamorara. Para empezar, soy mayor que la mayoría de los muchachos de mi clase: un obstáculo para ellos, pero no para mí. Oh, me había enamoriscado aquí y allá, una vez andaba loca por Jake en el séptimo grado; el otoño pasado Dylan y yo habíamos medio salido juntos. Pero nunca había estado realmente enamorada. Como la misma Ema dijo, era difícil tomar en serio a muchachos con los que uno ha crecido, a quienes has visto cambiar de voz, usar frenos, con la cara llena de barros. Por supuesto, ¡nunca se nos ocurrió que quizá ellos tenían la misma opinión de *nosotras*!

Pero ahora yo estaba enamorada enamorada enamorada. La mitad del tiempo, me sentía como si estuviera en una obra musical y quisiera ponerme a cantar una canción ridícula. La otra mitad, me preocupaba resbalar muy hondo y que nadie pudiera sacarme. Es decir, que tal si esto o que tal si aquello. De alguna manera, había heredado los genes de la preocupación de papá, sin duda.

Entre mis preocupaciones se encontraba que los Bolívar se

fueran a enterar y se pusieran tan estrictos conmigo como tía Dulce con Esperanza. Pero todo el mundo estaba demasiado absorto con los preparativos de la ceremonia en memoria de Daniel para notarlo.

Casi a diario, Pablo y yo encontrábamos alguna manera de escaparnos a nuestra caleta. Salíamos a hacer un mandado y la Sra. Bolívar le sugería a Pablo que me mostrara este o aquel lugar de la capital. Nos apresurábamos con nuestra misión, sea lo que fuere, luego nos dábamos un chapuzón en el mar. Le encontré un buen uso a mi mochila y mi traje de baño y me volví experta en cambiarme detrás de una mata de uva de playa, envuelta en una toalla. Ema me hubiera hecho burla por no meterme al agua encuerada, pero de por sí soy tímida en un traje de baño entero. La influencia mormona de mamá, supongo.

Cuando regresábamos, nuestra ropa de calle siempre estaba presentable y seca, pero francamente, ¿nadie notaba que traíamos el pelo enredado? Bueno, Esperanza sí se dio cuenta. Una vez, en mi mochila, encontré un peine y un cepillo que yo sabía que no había empacado. Ese día, le traje una concha todavía espolvoreada de arena.

Esperanza se quedó boquiabierta fingiendo sorpresa:

—¡Así que ahora venden estas conchas históricas en el museo nacional!

No era sólo que quisiera estar a solas con Pablo. Necesitaba alejarme de los testimonios de la televisión. Los escuchaba por un rato. Todos los hombres del pueblo atados juntos, puestos boca abajo y asesinados a balazos. Las mujeres violadas enfrente de sus familias. Los niños golpeados con bayonetas. Yo tenía que salir de ese cuarto. Mis pesadillas comenzaron de nuevo, unos sueños horribles como los que había tenido cuando el Sr. Barstow presentó el segmento sobre historia latinoamericana reciente.

No me explicaba cómo los Bolívar podían estar sentados allí, hora tras hora, escuchando cosas tan horribles. Pero era como si necesitaran hacerlo. Una forma de ser testigos, como decía Pablo. Él mismo se quedaba despierto hasta tarde con sus hermanos. Una vez que entré inesperadamente a la sala los vi con las cabezas agachadas, rodeándose con los brazos uno al otro. Fue la noche en que los asesinos del tío Daniel recibieron una reducción de su sentencia. Sólo habían estado siguiendo órdenes, creo que fue su excusa.

Al día siguiente, Pablo estaba muy callado mientras caminábamos por la playa. No íbamos a nadar ya que el día estaba nublado. En lugar de eso, subimos al monumento y nos quedamos mirando hacia el mar.

—Sin ti . . . —comenzó Pablo, pero no pudo terminar la oración. Los ojos se le llenaron de lágrimas. Así que hice lo que me pareció apropiado: lo abracé fuertemente.

A medida que se aproximaba la ceremonia, comenzaron a llegar más y más visitantes para darles el pésame. Me abrazaron igual que a los demás y me dijeron que no hay mal que dure cien años, que rezarían por mí. Nadie se preguntó si yo era de la familia. Me miraron a los ojos y pensaron, Ah, sí, ella es de la gente de Dulce, de Los Luceros.

Y cada vez que lo mencionaban, yo sentía grandes deseos de visitar ese lugar.

Parecía que la casa estaba llena de visitas día y noche. La pobre de Dulce se veía agotada, atendiendo a todo el mundo.

—¡Es mucha carga para ti! —se preocupaba la Sra. Bolívar—. La verdad es que, ¡esta gente no tiene modales!

—¡Ay, Angelita! Es señal de lo mucho que querían a Daniel —Dulce le recordó a su cuñada—. Y tengo más ayudantes que tareas. —Indicó con un gesto hacia donde Esperanza y yo estábamos poniendo la mesa con los bocaditos que ella había preparado temprano esa mañana. Pablo metía al perico adentro por miedo a que se robara los pastelitos—. Dios siempre manda un ángel cuando un alma lo necesita —exclamó Dulce, alzando la vista en sincero agradecimiento.

—¡Serán los únicos ángeles que verás por aquí! —refunfuñó la Sra. Bolívar.

Tuve que concordar con la Sra. Bolívar. Dulce se veía más y más acabada. En la noche, entre mis pesadillas y las de ella, yo no dormía bien. Estoy segura de que mi mamá le hubiera recomendado antidepresivos y terapia.

En cuanto a mí, yo tenía mi terapia: Pablo, alguien con quien hablar y con quien estar. Y estaba tomando muchísimo té de yerbabuena.

La oportunidad de ir a Los Luceros surgió por ser buena invitada.

Resulta que la ceremonia en memoria de Daniel ocurriría en dos partes: una ceremonia pública el viernes en la capital, que incluía la develación de una placa en el parque cerca de donde había sido asesinado, seguida de una misa mayor en la catedral; luego el sábado, los restos de Daniel serían llevados para un entierro privado en el cementerio cercano a la vieja finca familiar, donde su mamá aún vivía, junto al pueblo de Los Luceros.

Al principio, la Sra. Bolívar no quería saber de ningún plan de llevar a su invitada a un viaje tan triste y agotador.

—Este viaje no ha sido vacaciones para ti, Milly. —Ella había hecho arreglos para que me quedara el fin de semana con unos amigos que vivían cerca de la playa. Me he de haber visto súper desilusionada, porque agregó—: Claro que si quieres acompañar a la familia, Milly, eres más que bienvenida.

—Sería un honor —le dije. Estaba empezando a sonar como la gente del lugar.

Fue una caravana lenta y triste, subiendo por la sinuosa carretera de montaña detrás de la carroza fúnebre. Cuando pasábamos a la gente que iba a pie, los hombres se quitaban el sombrero, las mujeres caían de rodillas y hacían la señal de la cruz. Supuse que esto se había repetido con frecuencia: los muertos que regresaban a su descanso final al lugar donde habían nacido.

No quise preguntar mucho, pero por lo que entendí,

cuando encontraron su cuerpo, a Daniel le habían dado un entierro repentino y secreto. La familia había tenido miedo. El dictador a menudo usaba los funerales de sus enemigos para hacer una redada de la gente que pudiera estar en su contra. Así que apenas ahora, meses después de la muerte de Daniel, la ceremonia doble tomaba lugar. Este trayecto a su hogar en las montañas era la parte final del viaje de Daniel.

Nunca en la vida pensé que yo tomaría parte en algo tan triste. Pero no quería actuar como una norteamericana delicada y sobreprotegida. Además, realmente quería ir a las montañas. Quizá mi cuerpo también necesitaba regresar al lugar de donde había venido.

Yo iba en el carro con los señores Bolívar y Pablo. Riqui y Camilo se habían adelantado en camionetas minivans rentadas con los oficiales del Partido de Liberación que habían conocido a Daniel. Siempre que los Bolívar se distraían, sumidos en sus recuerdos o señalando lugares conocidos en el camino, la mano de Pablo se extendía por el asiento trasero y se encontraba con la mía en busca de la suya.

No llegamos hasta entrada la tarde. La luz se extinguía. El pueblo estaba desierto. Un funcionario a bordo de una de las minivans usó un teléfono celular para llamar al alcalde. Ya todos estaban en el cementerio, nos dijeron.

Nuestra primera parada fue la casa de la vieja finca donde abuelita nos esperaba. Andaba muy, muy mal del corazón, me había explicado la Sra. Bolívar, razón por la cual la familia había pensado que sería mejor no llevarla a la capital para la primera parte de la ceremonia.

—Si algo llegara a pasarle . . . —La Sra. Bolívar no podía continuar. Se le llenaban los ojos de lágrimas. Parecía tenerle un cariño especial a las viejitas.

Abuelita salió para encontrarse con los carros, una mujer delgada, como una pajarita, del tamaño de Kenny, de veras. En su cara vieja y arrugada, pude distinguir esos ojos oscuros y hermosos en los que me perdía cuando miraba a Pablo. Al instante en que vio al Sr. Bolívar, le echó los brazos al cuello y lloró.

—Ay, Antonio . . . el único que me queda. —De pronto, caí en cuenta. No sólo había perdido a Daniel. Ese general que se había suicidado también era su hijo.

Pabló se acercó. Le besó la mano, luego agachó la cabeza, pidiéndole su bendición.

—La bendición, abuelita. —Pablo me había dicho que antes esa era la costumbre en el campo al saludar y despedirte de tus mayores.

—Pablito, ¡cómo has crecido! —Ella tuvo que estirar el cuello para ver a su alto nieto. El placer de mirar la cara del joven a quien ella recordaba como un niño dibujó una sonrisa momentánea en su rostro trágico. Lo tomó del brazo y le dijo—: Ya, es hora. Vamos a enterrar a mi Daniel.

Una multitud compuesta principalmente de familiares esperaba en el cementerio del pueblo. La familia unida por lazos de sangre: realmente pude ver lo que eso significaba aquí. Nietos y nietas y sobrinos y sobrinas que continuaran la historia. Me pregunté si, en algún pueblo cercano, una abuela lloraba la muerte de una hija o un hijo sin el consuelo de una nieta para seguir adelante.

Esa noche, alumbrados por una lámpara de gas, comimos el festín que la abuelita y varias de las mujeres del pueblo habían preparado. No habíamos comido en todo el día, así que nos moríamos de hambre.

—Cuéntenme, cuéntenme —decía abuelita. Se debatía entre querer saber de inmediato todo sobre la vida de los Bolívar allá, en los Estados Unidos, y querer que se sirvieran por segunda y tercera vez.

Cuando terminamos de comer, abuelita comenzó con sus propias historias. Recordó con cariño cuando el abuelito vivía. Plátanos, batatas más grandes de las que comíamos esa noche, naranjas, café, todo lo habido y por haber. Todo lo que abuelito sembraba producía ganancias. Ella reía, retorciéndose el anillo de boda en el dedo como para estar cerca de él. En su vieja cara, me di cuenta de que todavía estaba enamorada del hombre que había perdido hacía más de una década. ¡Qué pena que ninguno de sus hijos se hubiera dedicado a la agricultura! Daniel, el más joven, siempre tan listo, fue a la universidad; Antonio, el mayor, tan trabajador se volvió carpintero; el pobre Max, con su mal genio, se incorporó al ejército. Un silencio extraño siguió la mención de su nombre.

Esa noche ya tarde, los visitantes comenzaron a despedirse. Yo estaba tan agotada por el viaje largo y la ceremonia triste del entierro que me podría haber quedado dormida donde estaba sentada. Pero en algún lugar de la lista de lo que uno debe y no debe hacer como invitada —aunque mamá no lo había mencionado— sabía que tenía que haber una regla sobre no quedarte dormida mientras tu anfitriona todavía está hablando.

Una cosa que me preguntaba era dónde íbamos a dormir todos. La casa se veía tan diminuta. Quizá en el carro de los Bolívar . . . Pablo y yo en el asiento trasero . . . con los dedos entrelazados . . . las cabezas juntas . . .

La Sra. Bolívar debe haber visto que se me cerraban los ojos.

—Tenemos que acomodar a todo el mundo, abuelita. ¿Dónde nos vas a poner?

Abuelita se enderezó, haciéndose cargo de la situación.

—¡Lo tengo todo arreglado! —Riqui, Camilo y Pablito dormirían en el antiguo cuarto de sus hijos. A los dignatarios los iba a alojar el alcalde. El Sr. y la Sra. Bolívar aquí en el cuarto de enfrente, en un colchón que tenía almacenado en la parte trasera. Ella, en ese catre. Esperanza y Dulce y yo podíamos tomar la cama grande en su cuarto.

—¡No, no! —protestó Dulce. ¡Cómo iba a ser! ¿Tomar su cama?—. Ni pensarlo. —Sobre todo cuando Los Luceros quedaba a poca distancia y su familia se molestaría si no nos quedábamos allá.

—Yo las llevo —ofreció Pablo con rapidez. Mi corazón comenzó a latir con tanta fuerza que estoy segura de que todos podían escucharlo.

—¿Tú estás loco? —lo regañó la Sra. Bolívar—. No estás acostumbrado a manejar en este país, ¡mucho menos en carretera por las montañas!

Siguió una discusión sobre si Pablo debía o no ser quien nos llevara en una de las minivans rentadas. Pensé en cómo todos se habían opuesto a que yo saliera a caminar por las atestadas calles de la ciudad en pleno día. Años de miedo, Pablo había mencionado, habían hecho que la gente imaginara a todas horas el peor de los panoramas.

Por fin, Riqui emitió el voto decisivo. El bueno de Riqui, quien supuestamente había perdido su familiaridad con las mujeres en la cárcel, parecía haber detectado el milagrito que todos los demás habían pasado por alto.

—¡Deja que este niño se convierta en hombre! —pronunció, sosteniendo las llaves de una de las minivans—. Lo más seguro es que él maneje, mamá, créeme. El resto de nosotros nos hemos tomado nuestros tragos esta noche. —Yo había visto la botella de ron pasar de mano en mano. Yo sabía que a Pablo no le gustaba el licor, el cual junto con los refrescos extra dulces, los cafecitos y el té de yerbabuena parecían ser las bebidas predilectas de este país.

—Bueno —concedió al fin la Sra. Bolívar. Pablo podía llevarnos, pero no quería que regresara solo esta noche—. Quédate allí y trae a todos de nuevo por la mañana.

Pablo y yo nos miramos, ambos tratando con todas nuestras ganas de no sonreír ante esta oportunidad adicional de estar juntos. Cuando aparté la vista, noté que Riqui le guiñaba un ojo a su hermano.

Y a esas horas de la noche, con los faros de la minivan y un cielo tachonado de estrellas y una media luna para iluminarnos, manejamos la corta distancia hasta el pueblo vecino de Los Luceros. Si antes había estado adormilada, ahora estaba bien despierta. Cada casita que pasábamos, yo contenía la respiración, esperando una voz o una silueta en una entrada oscura que desencadenara un recuerdo de mi familia biológica.

—Esa debe ser la vieja finca cafetalera. —Dulce señalaba por la ventana.

Dos altos postes sostenían los restos retorcidos de una reja; faltaban muchos de los barrotes. Arriba, el enrejado de hierro deletreaba un nombre que yo no podía descifrar. La entrada conducía hacia lo que parecían ser las ruinas de una casa vieja.

Estuve a punto de preguntar, pero justo entonces Esperanza dijo:

—¡Miren! —Cientos, no, miles de estrellas llenaban el cielo nocturno. Había tantas, realmente no podía decir que hubiera una "primera" estrella a la cual pedirle un deseo. Me pregunté si la gente de aquí le pedía deseos a las estrellas como lo hacíamos en Estados Unidos.

—Dicen que cada una es un alma —observó Dulce con voz ensoñadora—. ¡Con razón hay tantas sobre Los Luceros! Nuestros muertos nos vigilan.

Al levantar la vista, no pude evitar pensar en la larga lista de nombres que habían sido leídos en el entierro de esta tarde. Tantos habían perecido en estas montañas. De pronto, sólo deseaba una cosa: paz en la tierra.

Manejamos hasta Los Luceros en silencio, vigilados por esas estrellas.

Esa noche, acabé en un cuarto con Esperanza y sus primas en casa de su tía. Dulce durmió al lado en casa de su mamá, donde Pablo también había sido invitado. Pero él insistió en acostarse en la parte trasera de la minivan. Más tarde, Pablo me dijo que el cuarto que le ofrecieron había sido del hermano de Dulce, quien fue asesinado en una de las masacres. No tuvo que explicarme por qué no quería dormir entre fantasmas.

Yo misma no pegué un ojo, pensando en los míos. ¿Qué les habría pasado a mis padres biológicos? ¿Por qué me habían regalado? Toda la noche, rostros difumados se acercaban: mis padres biológicos, quienes a veces se parecían a Dulce, a veces al Sr. y la Sra. Bolívar o a mamá y papá. Me sentaba para poderlos ver mejor, pero sus rostros se disolvían ante mis ojos. Era como uno de esos tableros de dibujo que me encantaban cuando era niña, donde levantabas la hoja de plástico para borrar tus garabatos. A veces dibujaba una cara que según yo era mi madre biológica. Luego levantaba la hoja y la miraba desaparecer lentamente.

Finalmente, la luz se empezó a colar por las grietas de la pared. No podía soportar estar ahí acostada un instante más. Me salí de la cama, me vestí deprisa y me abrí paso por la casa silenciosa hasta la puerta de enfrente. Mi plan era sentarme en la galería hasta que Pablo llegara. Quizá tendríamos oportunidad de salir a caminar por el pueblo antes de que los demás despertaran.

La puerta de enfrente rechinaba. Pobre Esperanza si se mudaba aquí, pensé. Éste era el sistema de alarma perfecto para alertar a tus padres si llegabas después del toque de queda. Luego recordé dónde estaba. Esperanza no tenía permitido salir en la capital, mucho menos aquí. Y aun si las viejas reglas comenzaban a cambiar con la nueva democracia, no había muchachos con quienes salir. De camino aquí, Dulce había mencionado que casi no quedaba ningún varón mayor de diez y menor de sesenta en Los Luceros.

Desde la galería, podía ver la pequeña plaza justo enfrente. Un árbol alto y frondoso se extendía sobre la mayor parte de la plaza, formando una segunda noche bajo sus ramas. No había señales de la minivan en las angostas calles. Pablo probablemente se había estacionado en un callejón trasero para no bloquear el tránsito. No es que hubiera muchos carros alrededor. Pablo me había contado que en los pueblos de la sierra la mayoría de la gente iba en burro o en motocicleta o en las "ruedas de Dios": a pie.

Casitas de madera flanqueaban la plaza: como acurrucadas para protegerse. A algunas les faltaban pedazos de hojalata en los techos, tablillas en las ventanas. Otras parecían abandonadas, todas ellas clausuradas con tablas. A la mayoría le caería bien una buena mano de pintura. En la esquina, la tienda familiar se encontraba bajo reparación. Habían bajado el letrero y raspado la pintura, pero todavía se distinguía la sombra de las letras, EL ENCANTO. Dulce había mencionado que la familia quería cambiarle el nombre. Todavía no habían decidido a qué.

En un extremo de la plaza había una pequeña iglesia de adobe, bonita como en las postales excepto por un detalle espeluznante. Había sido guillotinada, fuera de broma, eso parecía. La torre del campanario terminaba abruptamente en un cráter carbonizado, como si la iglesia hubiera sido bombardeada o balaceada desde el aire. Junto a la iglesia había un cementerio con una cerca blanca recién pintada sobre la cual colgaban ramilletes de rosas amarillas. Parecía el lugar mejor cuidado de todo el pueblo. Decidí acercarme y explorar.

El pequeño cementerio estaba tan apiñado como la guardería del orfanato. La luz era todavía tenue, así que tuve que acercarme para ver los nombres escritos en las lápidas. Casi todas las muertes eran recientes, al menos habían ocurrido durante mi vida. ¡Y tantos muertos eran jóvenes! Era casi un alivio encontrar a alguien realmente viejo, es decir, lo que aquí se consideraría un anciano, de sesenta o más. Algunas señales eran burdas y como hechas a la carrera: dos palos de madera atados con un cordel, el nombre tallado toscamente con un cuchillo. Algunas tumbas tenían cruces minuciosamente talladas. Había flores por doquier. El aire olía como a florería.

—¿Buscas a alguien, Milly? —Era Dulce, arrodillada junto a una de las lápidas. Parecía que había estado llorando.

Debo haber brincado como si hubiera visto un fantasma.

—Perdóname por asustarte —dijo Dulce—. Ven acá. —Dio una palmadita a un espacio a su lado.

Me acerqué y me senté al otro lado de la lápida que ella presentó como "mi hermano". EFRAÍN SANTOS VARGAS.

Incrustada en la lápida había una burbuja de plástico con una foto adentro. La condensación había nublado el plástico y la cara no se distinguía bien. Pero presentía que esos reveladores ojos de Los Luceros me miraban.

—¿Angelita me dice que tus padres americanos te adoptaron de nuestro país?

Asentí:

—De la capital.

Dulce negó con la cabeza.

—Puede que te hayan adoptado de la capital, pero tus ojos me dicen que eres de por aquí.

—Todos me dicen eso. —De forma distraída, comencé a recoger hojas sueltas y unas cuantas malas hierbas a mi alrededor. No había mucho que limpiar. Este cementerio, como el de ayer en el pueblo de abuelita, obviamente estaba bien cuidado.

Dulce me observaba, como si tratara de recordar a quién del pueblo me parecía. Después de un minuto, se dio por vencida.

—Salí de este lugar hace muchos años —explicó—. Mi papá tenía a algunos amigos en la capital, una pareja mayor, sin hijos. Necesitaban a alguien que los ayudara. Eran tiempos duros y a papá le sobraban hijas. Éramos seis hijas y un varón. Nuestro Efraín —agregó, acariciando la hierba frente a su lápida—. No sé cómo se decidió que iría yo. La pareja era muy amable y me trataba como a una hija. Ellos insistieron en que yo asistiera a la universidad. Allí fue donde conocí a Daniel. Él era mi profesor. Yo soy mucho menor —agregó, como si se diera cuenta de que yo hacía cuentas en la cabeza.

—Así que, como ves, hace muchos años que no vivo en Los Luceros —continuó—. No estuve aquí durante las peores masacres hace dieciséis años. ¿Angelita me dice que esa edad tienes?

—Más o menos —expliqué—. Sor Arabia, ella trabajó en mi orfanato, La Cuna de la Madre Dolorosa. ¿Ha oído hablar de ese lugar? —Dulce asintió—. Según Sor Arabia, yo aparentaba cuatro meses de edad cuando me dejaron allí en agosto. Pero no estaba segura. No había un certificado de nacimiento, nada.

—Esos ojos *son* tu certificado de nacimiento —dijo Dulce

ferozmente—. Y éste es tu pueblo. —Dio una palmada a la tierra. Parecía orgullosa de reclamarme como suya.

De pronto, quise contarle todo lo que sabía.

—Dejaron una caja conmigo. Mi papá, mi padre adoptivo, quiero decir, él es mi verdadero padre, de todas maneras, es carpintero, así que conoce bien de maderas. Dijo que la caja estaba hecha de caoba. En la guía turística que estoy leyendo, dice que la caoba es originaria de este país.

Dulce señaló una cruz de caoba bellamente tallada a varias parcelas de distancia de la de su hermano. Luego, volteando, señaló un árbol alto y frondoso en la plaza.

—Dentro de la caja había una moneda. —Describí ambas caras.

—Ese es el peso viejo con un retrato de nuestro fundador nacional, Salvador Estrella, originario de Los Luceros. —Dulce meneaba la cabeza ante lo asombroso que resultaba todo esto—. La verdad saldrá a la luz.

Traté de recordar qué más había en la caja.

—Habían dos mechones de pelo, uno negro y otro castaño, muy claro como el suyo, entrelazados. . . . Y en realidad es todo. Excepto por un pedacito de papel prendido a mi vestido que decía Milagros.

—¿Así te llamabas?

—Es como me decían en el orfanato. Me lo . . . cambiaron en Estados Unidos. —Sentí vergüenza de admitir cómo había detestado mi segundo nombre—. Mis padres me nombraron Mildred, Milly, por la mamá de mi mamá. Mi mamá adoptiva, quiero decir, mi verdadera mamá—. Otra vez ahí vamos con lo mismo, pensé.

—Milagros —Dulce lo pronunció con lentitud—. Milagros. ¿Te parece bien si te digo así?

Asentí. Y no era mentira. Me parecía que ése debía ser mi nombre en este lugar.

—Cree que . . . —titubeé, insegura sobre qué decir exactamente—. ¿Quizá haya alguien aquí que sepa algo sobre mis padres biológicos?

Se quedó pensativa.

—Hay sólo una persona en este pueblo que conoce todas las historias. Doña Gloria. Debe ser ya muy anciana. —Dulce señaló una calle lateral al otro lado de la plaza que ascendía desde el pueblito—. Si la memoria no me falla, vive por ese camino.

Me puse rápidamente de pie.

—¿Podemos ir?

Dulce se levantó para quedar frente a frente a mí. Me apartó el pelo de la cara con cuidado.

—Necesitaremos transporte.

Justo entonces, ambas escuchamos la puerta de la camioneta. Más allá del hombro de Dulce en la creciente luz del día, pude distinguir la minivan estacionada bajo el frondoso y enorme árbol. Pablo acababa de salir de la parte trasera. Dulce me volteó a ver, siguiéndome la mirada.

— Dios siempre manda un ángel cuando un alma lo necesita —murmuró. De nuevo, tuve que estar de acuerdo con ella.

—Debemos dejar el vehículo aquí —le explicó Dulce a Pablo.

Habíamos llegado al final del camino de tierra. Más arriba, la montaña descendía abruptamente hacia el valle abajo. Se podían distinguir unas cuantas casas como de muñecas a través de la neblina que se elevaba del río. Era como la vista desde el avión.

Dulce señaló la ladera empinada.

—Está al final de ese sendero.

Tuve que estirar el cuello para ver el afloramiento rocoso en la cima.

—¿Cómo llegamos hasta allá?

—Con las ruedas de Dios —dijeron Pablo y Dulce al unísono, riendo. (¡Debí haberlo adivinado!)

—No está lejos —me aseguró Dulce.

Comenzamos a escalar. Por aquí y por allá, las cabras pastaban la hierba entre las rocas, sus cuernos enroscados bien ceñidos a sus cabezas. Parecía que llevaban puestos cascos protectores en caso de resbalar y caer por la ladera.

—Lo que quisiera saber —dije jadeando— es, ¿cómo puede una anciana subir esta empinada cuesta?

—La gente viene a verla. —Dulce se había detenido para recobrar el aliento—. Ella guarda nuestra historia en su cabeza. Gracias a Dios se salvó o hubiéramos perdido mucho de nuestro pasado. Esos criminales no se detenían frente a nada. Mira lo que le hicieron a la casa de Dios. El Señor se apiade de ellos.

Reanudamos nuestro ascenso en silencio, nos faltaba aliento para conversar. Finalmente, bajo un alto pino, pude distinguir una casita de piedra construída en la ladera de la montaña. Sus paredes estaban hechas de lo que desde este lugar parecían ser unos pedruscos lisos, de modo que ésta se confundía con el afloramiento rocoso. Con razón había evitado ser vista por los helicópteros militares y se había salvado de la misma suerte del campanario de la iglesia.

—Puedo ver por qué los rebeldes se escondían allí —observó Pablo, inspeccionando el lugar rocoso y desierto.

Al fondo del camino, apareció una muchachita. Como Dulce y casi todas las personas que había conocido desde que llegué, vestía de negro. Se quedó quieta como una estatua, mirándonos. Aún después de que Dulce llamó y se presentó, la niña no dijo nada. Cuando estábamos casi al nivel de la casa, ella se dio la media vuelta y se metió adentro.

—Esa debe ser la bisnieta de doña Gloria —adivinó Dulce—. ¡Qué niña tan tímida!

A la puerta, Dulce volvió a anunciarse, llamando hacia el interior oscuro. Dio lo que parecía ser todo un árbol genealógico de parentezcos locales. Había venido, explicó Dulce, a saludar a doña Gloria. Había traído a su sobrino y a una visita especial. ¿Podía doña Gloria recibirnos?

Hasta este punto, nosotros no habíamos visto ni escuchado

ni pío de doña Gloria. Pero después de un momento, una voz antigua y oxidada contestó.

—¡Pasen, pasen!

Dentro de la choza oscura, mis ojos tardaron un momento en ajustarse. Al centro, en una mecedora, estaba sentada la anciana más viejita que hubiera visto jamás. Sus brazos huesudos se alargaron en dirección a nuestras voces.

—Pasen, pasen —nos regañó por ser tan lentos—. Acérquense. —Cuando lo hicimos, nos sintió las manos y caras, a modo de saludo.

Fue entonces que caí en cuenta, ¡doña Gloria estaba ciega! Si no podía verme la cara, ¿cómo podría adivinar a quién me parecía? De nuevo tuve esa sensación como de Gretel perdida y el sendero desapareciendo detrás de mí.

—La bendición, doña Gloria —comenzó Dulce. Pablo y yo hicimos eco al saludo.

—Siéntense, siéntense —ordenó doña Gloria.

La niña había traído tres sillas.

—Gracias —dije sonriendo, y le pregunté su nombre. La niña escondió la cara entre sus manos, como si se avergonzara.

—La muda —contestó su abuela.

Yo estaba horrorizada por lo que parecía una práctica común aquí: la gente recibía un apodo por algún impedimento físico o un detalle suceptible que uno nunca mencionaría en Estados Unidos. En el orfanato, había la gordita, el cojo, y el muchachito muy moreno a quien le gustaba robarse el pastel era ¡el negrito!

—¿Muda? —incluso Dulce parecía estar sorprendida. ¿Acaso ella no sabía que la bisnieta de doña Gloria era muda?

Doña Gloria hizo una señal cortante con la cabeza como para impedir cualquier otra pregunta. Quizá era un tema demasiado doloroso, sobre todo con su bisnieta parada frente a nosotros.

Por un rato, Dulce y doña Gloria hablaron sobre el pueblo.

Resulta que doña Gloria ya sabía de Daniel, de la misa en su memoria en la catedral nacional, la ceremonia de ayer junto a la tumba. ¿Cómo habían viajado estas noticias tan rápidamente a este lugar tan remoto? El entierro apenas había sucedido ayer y ¡eso que ya tarde!

—La gente pasa por aquí todo el tiempo —explicó doña Gloria—. Me cuentan cosas. Saben que yo las recordaré. Pero estoy envejeciendo. Ya ven como ha empeorado mi ceguera.

Por supuesto que nos habíamos dado cuenta. Pero me preguntaba si alguien en Los Luceros se atrevería a llamar a doña Gloria la ciega.

—Ya estoy cansada, el cuerpo no resiste más —doña Gloria suspiró con cansancio—. Pero cómo he de morir, dime, ¿quién recordará todo entonces? Su voz estaba llena de una tristeza que yo nunca había escuchado antes. Era una tristeza por todo el sufrimiento de generaciones. Me pregunté cómo podría soportar esa carga tan pesada.

—Yo estaba criando a la mamá de ésta para que recordara las historias —prosiguió doña Gloria, meciéndose para atrás y para adelante, la mecedora mantenía el ritmo con su voz—. Eso fue después de que perdiera a mi hija durante el bombardeo en Los Luceros. Mi nieta se había convertido en mi esperanza y en mi memoria futura. Pero no había de ser. Ese viernes . . .

Doña Gloria se aferró a los brazos de la mecedora como preparándose para el dolor de la historia que estaba a punto de contar.

—Ese viernes, fui al mercado yo sola. Mi nieta estaba esperando un segundo niño y ya estaba muy avanzada, así que se quedó. Ésta . . . —Doña Gloria hizo un movimiento en el aire a su izquierda, donde la niña montaba guardia, su mano agarrando firmemente un poste de la mecedora—. Ésta era apenas una cosita pero ya balbuceaba historias. —Doña Gloria comenzó a mecerse con furia. Dulce extendió la mano y tocó el brazo de la silla como para calmarla.

—Vino la guardia e hicieron de las suyas con mi nieta y

luego la degollaron. Esta niña estuvo presente cuando eso sucedió, ella vió lo que hicieron. Tuvieron piedad, no la mataron. Le cortaron la lengua. Sabe las historias, pero no puede contarlas.

Una mano voló a mi boca horrorizada, la otra buscó a Pablo, quien se había doblado como si le hubieran dado un puñetazo en el estómago.

Mientras tanto, la niña había volteado la cara hacia las sombras. Emitía un gemido ronco, como de animal herido.

—Ya, ya —su bisabuela la tranquilizó, buscando ciegamente su brazo.

Dulce estaba arrodillada frente a su silla, sollozando, sus brazos juntos en oración.

—Ay, doña Gloria, ¡ay! Sólo Dios puede perdonar esto.

—Ni siquiera Dios, creo yo. —La risa de doña Gloria no contenía ninguna alegría—. Eso pasó muchas penas atrás —observó—. Me sorprende que no te hubieras enterado.

—Hace tiempo que no vengo —admitió Dulce—. E incluso aquellos con lengua han temido hablar.

Doña Gloria volteó la cabeza como para dejar que la brisa que soplaba por la puerta calmara su cansada cara, que estaba completamente arrugada. Parecía como unos de esos papeles de borrador en que ya no se puede escribir.

—Como ven, yo también tengo que contar mi historia de vez en cuando. —Doña Gloria comenzó a mecerse de nuevo, suavemente, para atrás y para adelante, como hacen las mamás cuando sus bebés tienen cólico—. Pero ustedes no vinieron aquí para escuchar mis penas. —Hizo una pausa, esperando a que le dijéramos por qué habíamos venido.

¿Cómo podría alguien pedir algo después de esa historia? Ni siquiera me salía la voz en ese momento.

—Todo el que aquí viene quiere saber algo —doña Gloria nos animó—. Tienen el principio de una historia, pero no el final. Tienen una parte valiosa, pero no saben dónde acomodarla. Yo diría, Dulce, que tus dos visitas tienen preguntas. No sé si podré contestárselas.

En cualquier otro momento, pude haberme sentido desilusionada. Pero justo en este momento, lo único que quería era que el pasado se terminara, punto final.

Dulce, quien seguía arrodillada, se volvió a sentar en su silla. Miró con curiosidad a Pablo.

—¿Tú también tienes una pregunta, Pablito?

Pablo negó con la cabeza. Al igual que yo, probablemente todavía estaba impactado con la historia que doña Gloria nos acababa de contar.

—Pues no, tía, realmente no —respondió finalmente cuando recobró el control de su voz.

Doña Gloria rió como si fuera imposible engañarla.

—Bueno, bueno —fue todo lo que dijo al respecto—. ¿Y la jovencita? —Volteó la cara en la dirección general donde yo estaba.

Cuando no dije nada, Dulce habló:

—La señorita es un caso especial. Déjeme explicarle su situación.

Dulce pasó a contarle mi historia a doña Gloria, lo poco que sabíamos. Mientras hablaba, doña Gloria comenzó a mecerse. Con cada vaivén parecía asentir, como si dijera, *¡Sí, sí, lo recuerdo!*

—Así que la pregunta sería quién pudo haber dado a luz en la primavera de ese año —concluyó Dulce—. Yo no sabría decir, doña Gloria. Como ve, hacía ya un año que me había ido de Los Luceros.

Dulce se quedó callada. El único sonido ahora era el chasquido de la mecedora, para atrás y delante, atrás y adelante.

Finalmente, en uno de los vaivenes hacia adelante, doña Gloria plantó ambos pies en el piso y se detuvo. Levantó su cara hacia mí. Sus ojos estaban nublados con una capa blanca, pero eran los mismos ojos dorados con motas color café como los de Dulce y los míos. Parecían mirarme de frente.

—¿Cómo dijiste que te llamabas?

No tuve que pensarlo.

—Milagros —le dije.

9
dar a luz

Doña Gloria me puso sus viejas manos en la cara. Eran
ásperas y estaban llenas de callos. Pero su tacto era suave.

—Hace dieciséis años . . . después de que quemaron los
sembradíos, vino la sequía. Muchos pasaron hambre. Fue
entonces que tu padre te mandó a la capital, Dulce. No podía
alimentar tantas bocas. La pareja que se hizo cargo de ti eran
unos viejos amigos suyos sin hijos. —¡Doña Gloria se sabía
toda la historia!

—Al año siguiente, llegaron las lluvias —prosiguió, un
dedo, luego otro dando unos ligeros golpecitos en mi cara—.
¡Una segunda inundación para castigar a los malvados! Pero
entonces, se detuvieron las aguas. Todo reverdeció de nuevo.
La tierra nos enseña a perdonar. —Doña Gloria iba y venía
por el tiempo, hilando su historia.

—Hace dieciséis años —repitió, los dedos esbozando las
facciones de mi cara—. En la primavera de ese año, ¿quién
dio a luz? Hay ciertas cosas que me gustan más cómo se
dicen en español y ésta era una de esas. *Dar a luz.*

—La niña de Margarita llegó ese año más tarde. La mujer
de Ricardo Antonio, ella dio a luz en diciembre. Y tuvo un
varón. —Doña Gloria contaba historias con los dedos. Me
daba golpecitos afanosamente en la cara mientras proseguía,
murmurando nombres, tarareando detalles, fechas. Ella era
un río de recuerdos que fluían.

Finalmente, dejó caer las manos en su regazo. En su voz

vieja y ronca, comenzó a llevar a la luz lo que sus dedos habían encontrado en mi cara.

—En aquellos años no hubo muchos nacimientos. Algunas de las mujeres dejaron de sangrar del todo. El cuerpo sabe cuando no es un buen momento para dar a luz. —Doña Gloria hizo una pausa como para agarrar fuerzas para las historias que seguían.

—Si alguna mujer tenía un hijo, ocultaba el hecho, por miedo a que se lo quitaran. Para hacerla hablar lo que muchas veces ni siquiera sabía.

La luz en el cuarto era tenue. Las persianas de madera estaban cerradas. Los invitados habían llegado antes de que se pudieran llevar a cabo las tareas de la mañana. Pero justo dentro de la puerta abierta, el sol caía en un haz de luz en el suelo. Lo inundaba de pequeñas partículas de polvo como esa ilustración en nuestro libro de biología donde miles de espermatozoides tratan de encontrar un óvulo para fertilizarlo.

—En la primavera de ese año . . . en toda esta área que conocemos como Los Luceros, recuerdo que hubo dos recién nacidas. Qué gusto nos daba en esas épocas enterarnos del nacimiento de niñas. Tenían posibilidad de una mejor vida que los varones.

La niña emitió su gemido ronco de nuevo. Estaba de pie junto a doña Gloria, meciéndose al ritmo de la mecedora, como si esto ayudara a su bisabuela a recordar.

Las manos de doña Gloria se elevaron de nuevo a mi cara, tocando suavemente mis mejillas, mis labios. Suspiró y las dejó caer de nuevo.

—No puedo decir si tú fuiste uno de esos dos nacimientos. Quizá fuiste un tercero o cuarto nacimiento del cual nunca escuché hablar. No todas las historias llegaban hasta mí en aquellos años. Como dice Dulce, incluso la gente con lengua la perdió por un rato. Todo el mundo tenía miedo a hablar.

De repente, sentí temor. Recordé las palabras de Pablo en

el avión sobre "la verdad" que según yo era importante saber. ¿Deseaba realmente saber sobre esos dos nacimientos? ¿Qué tal si doña Gloria me contaba una historia tan horrible como la que le había sucedido a su familia?

—¿Que decía de las dos bebitas, doña Gloria? —le recordó Dulce. Quizá porque éste era su pueblo natal, Dulce, al menos, tenía deseos de conocer sus secretos.

—La primera fue la niña de Rosa Luna. ¿Te acuerdas de Rosa?

—Rosa, la buenamoza —Dulce asentía como si doña Gloria pudiera verla asentir. Era mejor hacer resaltar esa cualidad que su peso o algún impedimento físico.

La mecedora de doña Gloria agarraba velocidad. Su bisnieta había tomado uno de los postes traseros. Ella parecía dirigir la velocidad de la mecedora.

—Rosa tenía nuestros ojos dorados y ese cabello resplandeciente de la familia de su mamá.

Pensé en los dos mechones de pelo, uno claro trenzado con uno oscuro.

—Al cabo de sus veinte años, Rosa tenía cuatro hijos, todos ellos de padres distintos. Uno no podía culparla. Los hombres desaparecían constantemente: era más sabio no encariñarse con sólo uno. Los Luceros siempre ha sido una cuna de libertad. —Doña Gloria volteó la cara en mi dirección, como si quisiera asegurarse de que yo comprendiera este motivo de orgullo. Yo no me había criado en este país. Era posible que no supiera estas cosas importantes.

—Pero a veces en esta cuna, la libertad que una persona desea . . . bueno, es para hacer lo que le de la gana. —No supe si la risa socarrona había salido de doña Gloria o de su mecedora, según se hacía para atrás, para adelante.

—La guardia siempre estaba de patrulla por esta zona, para controlar esa cuna que siempre ha dado liberadores a este país. Muy de vez en cuando, los jefes pasaban a inspeccionar las operaciones. Un coronel vio a Rosa en la plaza, y ese hombre cayó como un mango maduro. Venía a menudo de visita, aun cuando su propia milicia era desplazada a otra zona del país. Él era gran amigo de don Max. —Doña Gloria volteó en dirección a Dulce—. Venían juntos el fin de semana, el coronel le decía a su mujer que venía en una misión secreta. Muy pronto, esa misión ya no fue tan secreta. El vientre de Rosa se volvió aparente.

Se me fue el alma a los pies. ¡Mi madre biológica pudo haber sido una prostituta y mi padre biológico un torturador que engañaba a su esposa! Pablo me tocó la mano como para recordarme que estaba allí.

—Ese coronel compró un terreno por aquí y construyó un nido de amor para Rosa y para él. Pero luego, poco después de que comenzara el año nuevo, el coronel insistió en que Rosa se mudara a una casa que le había puesto en la capital. Fue así como la gente del pueblo supo que se venían las redadas. Realizamos una evacuación a las montañas dentro de cuevas y refugios que construimos con lo que pudimos encontrar. Esta casa fue construida en ese entonces.

La niña asió el poste como para detener la mecedora de su abuela. Doña Gloria debe haber sentido ese refrenón, porque comenzó a atar los cabos de su historia.

—No hay mucho más que contar. Rosa dejó a sus hijos con su madre y se fue a la capital. El bebé nació allá, una hembrita. Eso fue lo último que supimos de ella. Algunos dicen que huyó del país con el coronel cuando el Jefe y su gente se fueron. Otros dicen que se convirtió en una de esas mujeres que se ganan la vida de espaldas, descuidando a ese pobre bebé hasta que casi se muere. ¿Quién sabe? La gente la critica, las malas lenguas. Pero yo les recuerdo, si no hubiera sido por Rosa y la señal de alerta de su traslado, hubieran acabado con todo el pueblo. Lo que nos salvó fue la indiscreción de Rosa.

—Tiene razón, doña Gloria. —Dulce apretaba las manos en su regazo como si las forzara a rezar—. No nos corresponde juzgar a las criaturas del Señor. ¡Ay, pero cuando pienso en esos criminales, doña Gloria! ¿Oyó que les redujeron las sentencias a tres años? ¡Mi Efraín, mi Daniel perdieron la vida y a esos monstruos les dan tres años! No quiero ser vengativa, Dios me perdone, pero, ¿dónde está la justicia aquí?

Doña Gloria se quedó callada. Ni siquiera ella podía responder a tal pregunta. Su mecedora se movía más lentamente ahora. Muy pronto, al parecer, la mecedora se detendría. Quería preguntarle algo antes de que terminara con esa historia por completo.

—¿Qué aspecto tenía el coronel?

Pablo echó un vistazo en mi dirección. Pude ver cómo comprendía el por qué de mi curiosidad. Yo le había contado sobre los dos mechones de pelo.

—Nunca vi al hombre —admitió doña Gloria—. Pero le decían "Pelo Negro" porque tenía el pelo negro como la noche.

No puedes basar la historia de toda una vida en eso, me recordé a mí misma. Claro que no. Pero hasta hace poco, yo la había basado en mucho menos: un pasado en el cual yo nunca pensaba, sentimientos secretos que les ocultaba a todos, incluso a mis seres queridos.

Doña Gloria parecía dormitar; la barbilla le llegaba casi al pecho, el cuerpo encorvado. Pero entonces la niña le dio una sacudida brusca a la mecedora, y doña Gloria se despertó sobresaltada.

—¿Qué les estaba contando? —quiso saber—. Lo he olvidado. Ven cómo ya me falla la mente.

—¿Dijo que hubo dos nacimientos la primavera de ese año —le recordó Pablo—. ¿El bebé de Rosa y luego otro?

—Ah, sí, sí. El segundo nacimiento, el segundo —doña Gloria canturreó, recordando. La niña comenzó a mecerla, suavemente, como para darle cuerda—. ¿Seguro han oído hablar de don Gustavo Moregón? ¿El dueño de la gran finca cafetalera que quedaba entre aquí y la finca de los Bolívar?

—Vimos las ruinas por el camino —le dijo Pablo.

—Serán ruinas ahora, pero ese lugar era una mansión. Recuerdo cuando la construyeron en la ladera de la montaña.

Todo fue llevado allá arriba a lomo de mula y de trabajadores. Dicen que hay un pequeño cementerio al pie de esa montaña. En el techo, don Gustavo pintó DIOS BENDIGA AL JEFE con unas letras enormes. Era un ladino, es verdad. No por nada le llamaban "el sabio". ¡Imagínense! Ese techo no sólo demostraba su lealtad, sino que protegía su casa cuando los aviones venían aquí en sus misiones de bombardeo. Después de la liberación, ese lugar quedó destruido. La gente se llevó todo. No sé dónde acabaron las tejas del techo, pero apenas el otro día, alguien me decía que habían visto el espejo de marco dorado con los angelitos desnudos en la peluquería. Lámparas elegantes y platones pintados por gente pobre de algún país remoto. Los trajes de fiesta y los zapatos de la señora desaparecieron. En cuanto a la casa, la gente la desbarató, tablón por tablón. Pero nadie quería esa madera de mala suerte para reconstruir sus casas. La vendieron a unos mercaderes de la capital por un buen dinero.

Anoche, en casa de su madre, Dulce me había servido un té de guanábana en una primorosa taza de porcelana. Cuando la volteé para que se vaciaran las gotas —la mamá de Dulce podía leer el futuro en las manchas, según ella— la parte de abajo decía HECHO EN FRANCIA.

—Don Gustavo tenía varios hijos, pero su debilidad era su hija única, la señorita Alicia. Durante el año, la señorita estaba fuera en un internado muy elegante en Inglaterra para aprender el inglés. Pero en los veranos, don Gustavo la mandaba a ella y a su mami acá arriba, lejos del calor y las fiebres de la capital. Llegaban con sus muchas maletas de ropa. Los fines de semana, los hijos y don Gustavo traían a sus amigos del ejército a relajarse y a estar de fiesta. Recuerdo el verano en que la señorita se hizo quinceañera. Su papá le hizo una gran fiesta. La gente llegó de la capital en sus carros grandes. El Jefe hizo una aparición, llegó en helicóptero. La señorita Alicia invitó a toda la gente del campo a comer pastel. Fuimos en nuestra ropa de domingo, pero la guardia no nos dejó entrar.

A medida que doña Gloria hablaba, la película que la Srta. Morris nos había mostrado en clase se proyectaba en mi mente. *El Gran Gatsby*. Música en la enorme mansión. Mucha gente triste con montones de dinero buscando la felicidad que nunca encontrarían allí, había dicho la Srta. Morris. En ese entonces, sonaba como una de las fiestas en la casa de Happy.

—Ese verano hubiera sido una tanda más de fiestas y salidas. Pero don Gustavo había contratado a un mozo de cuadra para sus caballos, un joven de Los Luceros, de apellido Bravo. Ese joven se entendía con los animales. Y se entendía con las mujeres. Alto, de pelo oscuro con nuestros ojos claros, la espalda erguida, parecía un bailaor de flamenco. Tenía sólo diecisiete años, pero las mujeres del pueblo estaban locas por él.

—¡Manuel Bravo! —gritó Dulce—. Ay, doña Gloria, ¡me acuerdo de él! Yo era una de esas muchachas. Su padre era el maestro carpintero. Ese hombre conocía de maderas, como tu papá, Pablito. —Dulce asintió en dirección a su sobrino—. La gente de dinero venía de la ciudad para comprar las cosas hermosas que él hacía, arcones de ajuar de novia y cunas para bebé y cajas de recuerdos para documentos importantes. Hubo una época en que todo el mundo en Los Luceros tenía una de esas cajas. Ve, me acaba de recordar esa historia.

Doña Gloria suspiró como si le hubieran quitado un peso de encima. —Termínala tú, Dulce. Anda, tú sabes la historia.

—No hay mucho más que decir. —Dulce retomó el hilo de doña Gloria—. Alicia, la princesita sola, y Manuel, el mozo joven. Era como en una telenovela. Cualquiera puede adivinar qué fue lo que pasó.

Doña Gloria cerró los ojos y sonrió mientras se mecía. Parecía disfrutar que alguien más contara la historia.

—Poco después la señorita pasaba mucho tiempo en los establos —continuó Dulce—. En un abrir y cerrar de ojos, ella había aprendido a montar a pelo, y Manuel, enseguida dominó la silla inglesa.

Doña Gloria y Dulce se reían como dos colegialas. Le lancé

una mirada a Pablo, quien negaba con la cabeza ante la cursilería de estas dos señoras. Por supuesto, yo comprendía suficiente español para saber que Dulce había hecho una broma subida de tono. Pero nunca he entendido los chistes verdes, ni siquiera en inglés. En Ralston, Ema siempre me los tenía que explicar. Eso les quitaba lo verde, siempre se quejaba.

—Ay, que Dios me perdone. —Dulce se sentía culpable por su atrevimiento—. Debemos respetar su memoria porque lo que sucedió después no es nada gracioso. Don Gustavo tenía espías por todas partes, pero ese verano le fallaron. Para cuando se enteró de lo que sucedía en sus establos, ya era demasiado tarde. Su princesita estaba embarazada y la señora era muy católica, así que hicieron lo que las familias adineradas suelen hacer. Se llevaron a Alicia a la capital a toda prisa. Yo ya vivía allá con la pareja de ancianos. En la ciudad cundían los rumores.

¡Alicia hubiera tenido mi edad ese verano! De vez en cuando las muchachas de Ralston quedaban embarazadas, pero casi todas ellas tenían abortos. Me daban tanta lástima. Yo no sé qué hubiera hecho en su caso. Lo que me consta es esto: yo era demasiado joven para ser madre y demasiado madura para frenar una vida a causa de mi mal juicio.

Dulce se adelantó como si quisiera ya acabar con esta triste historia.

—Al final de ese verano, Alicia no volvió a su internado en Inglaterra. Su familia dijo que estaba enferma, alguna enfermedad que requería que guardara cama. Luego una noche unos cinco meses después, un doctor y una partera fueron vistos entrando a casa de los Moregón en la capital. Se llevaron un pequeño bulto, ¿quién sabe adónde lo llevarían? La pareja con quien yo vivía se enteró por un amigo de la cocinera de esa casa que la bebé había sido prematura, que no se esperaba que viviera mucho tiempo, que la partera se había quedado con ella por un rato. Pero sólo Dios, nuestro Señor, sabe la verdad de lo que sucedió. La próxima temporada, Alicia asistía de nuevo a fiestas. Pero en las fotos de los periódicos, tenía una expresión de tristeza. No pudieron disimularlo lo suficiente. No era una muchacha bonita, pero tenía una cara joven y lozana que ahora se había convertido en una máscara de sonrisa congelada. Se cortó su larga cabellera y se hizo un corte moderno. Dicen que era su modo de llorar a Manuel.

—¿Qué le pasó a él exactamente? —casi no quería enterarme. La historia ya era bastante parecida a la de *Romeo y Julieta* como para tener un final feliz.

—Quién sabe —dijo Dulce, encogiéndose de hombros—. ¿Usted sabe, doña Gloria?

Doña Gloria negó con la cabeza.

—Sólo Dios sabe. Pero si van al cementerio, verán donde su familia le puso una cruz, una muy hermosa de caoba que le hizo su padre.

Pablo había estado pateando el suelo mientras la historia se desarrollaba. Quizá se identificaba con Manuel, quien había tenido su edad cuando desapareció. Yo pensaba en las cajas que el padre de Manuel solía hacer. ¿Quizá Manuel le había dado una Alicia para que guardara sus joyas?

Un sol resplandeciente se colaba por la puerta. La familia de Dulce estaría preguntándose por qué nos demorábamos tanto. A la salida del pueblo, Dulce le había dicho al viejo del centro adónde íbamos. Según Dulce, el viejo era como el pregonero del pueblo. Pasaría la voz. Pero para ahora, su familia nos esperaría de regreso. Pablo, Dulce y yo nos miramos uno al otro: era hora de irnos.

—No sé si alguna de estas dos historias te pertenezca —concluyó doña Gloria, asintiendo en dirección general hacia donde yo estaba—. Pero esas son las únicas dos niñas que nacieron en la primavera de ese año.

De pronto, su bisnieta comenzó a sacudir violentamente la parte trasera de la mecedora. Hizo unos sonidos afligidos, como si estuviera tratando de decir algo que acababa de recordar.

Doña Gloria alargó el brazo y tomó a la niña de la mano.

—¿Qué? ¿Qué? ¡Trae el palo! —ordenó doña Gloria—. Escríbeselos a esta gente.

La niña corrió y agarró un palo largo que había arrinconado a la entrada. Una punta había sido afilada, como para este propósito. Barrió el piso de tierra frente a ella con un pie descalzo y comenzó a trazar unas letras a duras penas. Cada forma retorcida le tomaba un gran esfuerzo: ¡tal cómo yo solía escribir antes de todas mis clases particulares!

Esperamos mientras rayoneaba un nombre.

—Dolores Alba —leímos en voz alta cuando ella había terminado.

—¡Ay, Dios santo! —exclamó doña Gloria—. Esta niña recuerda más que yo. Hubo una tercera niña nacida esa primavera. Dolores Alba tuvo su bebé unos meses antes de que la capturaran.

—Dolores —dijo doña Gloria mientras se mecía hacia adelante—. Alba. —Se meció hacia atrás—. Dolores Alba. ¡Cómo pude olvidar al orgullo de Los Luceros!

Dolores Alba, Dolores Alba, los chasquidos de la mecedora parecían repetir, una y otra vez, para atrás y para adelante.

Mis manos habían estado totalmente calmadas desde que había aterrizado en este país. Ahora . . . no era que me dieran comezón exactamente, sino que me picaban de la emoción.

—Dolores Alba fue la primera mujer en unirse a los rebeldes —Dulce nos explicó a Pablo y a mí—. ¿No es así, doña Gloria?

Doña Gloria se meció hacia adelante como asintiendo que sí.

—Dolores venía de un largo linaje de luchadores por la libertad. De ambos lados, tenía parentezco con Estrella, el fundador de nuestra nación. —Doña Gloria asintió un recordatorio en mi dirección—. Es por eso que la familia tenía la costumbre de llevar consigo un peso con la imagen grabada de su antepasado . . . ¿han visto esas viejas monedas?

¡Mi moneda! ¡Debe haber sido de Dolores! Por supuesto, la caja de caoba pudo haber sido de Manuel y Alicia, los mechones de pelo trenzados de Rosa y Pelo Negro. Pero Dolores era valiente y provenía de una familia de luchadores por la libertad. Yo quería que ella fuera mi madre biológica.

—Como todos los Estrella, Dolores tenía un ardor por dentro —continuó doña Gloria—. No sé cómo explicarlo. Parecía que todos habían nacido con unas ansias que no podían satisfacer. Gracias a Dios que los Estrella de Los Luceros siempre han usado esa pasión para bien. Pero hubo algunos Estrella desperdigados que se alistaron en el ejército, y ese mismo ardor fue usado en servicio de ya saben quién.

Me pregunté si, como un miembro desperdigado de la familia, ¿también yo podría emplear mal ese ardor? ¿Estaba acaso en mi interior? ¿Quizá lo había perdido cuando fui adoptada y me cambié a otro país? ¿Quizá había quedado reducido a un sarpullido de la piel?

—Esta Dolores, pobrecita, para cuando tuvo su primera menstruación, ya era huérfana. Se habían llevado a su padre por organizar a los que recogen el café. La guardia había matado a dos hermanos durante una de sus masacres. Al tercero lo sacaron clandestinamente del país pero luego regresó y fue capturado. Después de torturarlo, lo botaron de uno de sus helicópteros. La madre de Dolores no pudo soportar tanto dolor. Una mañana —quién sabe si fue un accidente— su cuerpo fue encontrado al fondo de un precipicio, muertecita.

¿Un poco muerta? Aun en español, no podías hacer que algunas cosas sonaran menos horribles de lo que eran.

—Pero lo que la madre no pudo resistir, la hija aprendió a sobrellevar. El nombre le iba bien, Dolores, pero su apellido era Alba, el sol que aparece después de una noche oscura. Así también la naturaleza nos enseña a abrigar la esperanza.

—Dios no nos abandona —concordó Dulce. El escuchar acerca de Dolores parecía darle más esperanzas a Dulce.

—Los hombres que no habían sido asesinados se enlistaron en la guerrilla y se fueron a sus campamentos ocultos en las montañas. El primo de Dolores, Javier Estrella, entre ellos. No sé cómo fue que ese niño llegó a ser hombre. Desde que era una cosita —doña Gloria hizo una seña con la mano apenas por encima del suelo—, ese niño luchó contra la dictadura. Una vez la guardia pasó por Los Luceros y del techo del almacén de alimento para animales, ¡Javier le sacó el gorro al coronel con una honda!

—¡Ay, Dios santo, me acuerdo de ese día! —exclamó Dulce—. ¡Ay, qué susto! Los hombres estaban alineados en la plaza. Creímos que a todos les iban a dar un tiro. Pero mientras estaban de pie a plena vista, vino un segundo tiro y le arrancó la medalla del pecho al coronel. ¡Ésa era la prueba! El culpable no podía ser uno de nuestros hombres. Gracias a Dios, ¡todos se salvaron! Mientras tanto, la guardia rastreó todo el pueblo, pero nada. ¡No sé cómo habrá escapado ese pequeño tiguerito!

Doña Gloria asentía mientras Dulce contaba el incidente.

—Ese mismo día, el mismo Javier se volvió comandante revolucionario de la guerrilla. Así de joven, contaba con el cariño y la confianza del pueblo. Muchos en Los Luceros se les unieron. Dolores trató. Hizo varias peticiones, pero el comandante la rechazó. En ese entonces, la guerrilla no aceptaba mujeres. Pero distintas células necesitaban una casa segura donde dejar cosas y esconder a personas de toda el área, así que Dolores ofreció la suya. Por supuesto, todo el pueblo lo sabía. ¡El viejo del centro todo lo repite! Tiene las orejas conectadas a la boca.

—Espero que el viejo le haya dicho a mamá de nuestra visita esta mañana —se preocupó Dulce en voz alta. El rayo de sol penetraba más en el cuarto, rebanando el interior en secciones más brillantes y más oscuras—. La gente ahora se imagina lo peor si uno se retrasa.

—No tomará mucho más tiempo —le aseguró doña Gloria—. Lamentablemente, estas vidas trágicas resultan ser historias breves. La próxima vez que pasó la guardia por Los Luceros con sus torturas, los más débiles cedieron bajo la vara y el revólver, y hablaron. El nombre repetidas veces mencionado era el de Dolores Alba. Por supuesto, la guardia había hecho una redada en su casa. Pero no era su destino morir ese día. Como había de suceder, ella estaba en el valle comprando provisiones, entregando mensajes. Alguien le pasó la voz y ella supo que no debía regresar al pueblo. No había más remedio, Dolores tuvo que pasar a la clandestinidad. La guerrilla había aceptado a la primera mujer entre ellos.

—¡Qué vida la suya! —Dulce meneaba la cabeza—. Una mujer sola en un campamento rebelde con todo ese bombardeo y lucha.

—Pero aún en tiempos de guerra, el amor reserva algunas flechas para el corazón —le recordó doña Gloria—. Dolores y su primo Javier se enamoraron. Fuego unido a fuego. Juntos salvarían al mundo.

—Primos terceros —Dulce había hecho la cuenta—. No necesitarían una dispensación para el matrimonio.

—¿Matrimonio? ¡Ja! —doña Gloria sacudió la cabeza—. ¡No conocías a ese par! Venían y se quedaban conmigo de vez en cuando. Una noche robada a la revolución. Después de que les daba de comer, salíamos y nos sentábamos a ver las estrellas, y esos dos comenzaban con sus teorías e ideas. Una vez mencioné el matrimonio, ay, Dios mío, ¿qué tanto dijeron? Que el matrimonio era una institución opresiva, capitalista, una extensión de la mentalidad de la propiedad. ¡Qué se yo! Me daba dolor de cabeza de oirlos hablar. Les dije, ¿cómo pueden ganar una revolución con ideas que la gente común y corriente no puede entender? "¡Usted sabe más que todos nosotros juntos!" me respondían riendo.

—El matrimonio es un sacramento —dijo Dulce, como si Javier y Dolores estuvieran presentes para beneficiarse de su sermón—. Ay, doña Gloria. Ahora uno escucha ese tipo de conversaciones entre los jóvenes todo el tiempo. —Dulce le lanzó una mirada a Pablo, tratando de aparentar enojo, pero sonriendo a pesar de sí misma.

—Con o sin matrimonio, muy pronto Dolores quedó

encinta —prosiguió doña Gloria—. Recuerdo una noche cuando se apareció aquí sola y me dijo, "compañera Gloria" ah, sí, así me llamaba; según ella doña era un tratamiento que fomentaba el sistema de clases capitalista, "compañera Gloria, un hijo es un lujo que no me puedo permitir en estos momentos. Necesito deshacerme de él".

Mi corazón había estado hinchado de orgullo por los padres biológicos que yo había escogido, unos luchadores por la libertad. Ahora éste se desplomaba al darme cuenta de que la única madre que yo hubiera deseado, ¡ni siquiera había querido que yo naciera!

—Regañé a esa niña qué no vieras —doña Gloria frunció el ceño, como si recordara la escena—. Verás, fue por eso que no recordé de inmediato ese tercer nacimiento. Por un tiempo, supuse que Dolores había encontrado la manera de abortar a esa criatura. Pero luego escuché de algunos de sus compañeros que Dolores estaba luchando a su lado, usando una camisa de hombre para disimular su creciente abdomen. En algún momento durante esa primavera, Dolores dio a luz a su niñita. Cuando Javier fue a la capital para organizar una guerrilla urbana, Dolores lo acompañó. Fue allí donde los capturaron.

—¿Cree que realmente no me quería? —solté antes de darme cuenta lo que estaba diciendo—. Es decir, ¿no quería a su niña?

Pablo buscó de nuevo mi mano. Por primera vez, Dulce pareció notar a otra pareja de jóvenes enamorados ante sus ojos. Parpadeó sorprendida.

Doña Gloria entrecerró los ojos a la distancia como si pudiera ver algo que el resto de nosotros no podía distinguir.

—Si Dolores estuviera viva hoy, me agradecería el consejo que le di. Sin nuestros niños, perdemos el futuro. Perdemos nuestras historias. ¡Mueren nuestros sueños!

—Estoy segura que Dolores estuvo muy contenta de ser madre a fin de cuentas —añadió Dulce—. Muchas veces Dios evita que cometamos errores que después lamentaremos.

—Yo sabía que ella estaba tratando de hacerme sentir mejor.

Pero a veces deseaba que ella no interpretara todo como si tuviera que ver con Dios.

—¿Qué pasó finalmente con Javier y Dolores? —preguntó Pablo. Era como si al tomarme de la mano, él hubiera absorbido la pregunta que yo tanto temía y necesitaba hacer.

—Javier y Dolores fueron capturados una noche en la capital, entregando armas en un carro prestado. Nadie sabe si la niña estuvo con ellos. Pero los tres desaparecieron sin dejar huella. Tantos, tantos —doña Gloria hizo un gesto en el aire con las manos— cada historia que uno cuenta hoy día marca una tumba.

Para entonces, el cuarto estaba iluminado por la luz del sol. Brillaba en la cara anciana de doña Gloria. Yo quería tocarla con mis manos y empaparme de sus historias. Dolores y Javier, Alicia y Manuel, Rosa y su coronel, cualquiera de ellos pudieron haber sido mis padres biológicos. Quizá yo podía reclamar parte de cada uno, así como había un detallito de cada historia que encajaba en el rompecabezas de mi pasado.

—Gracias por estas historias, doña Gloria —Pablo dijo a nombre de todos—. No las olvidaremos —prometió.

—¡Deben hacer mucho más que eso! —nos regañó doña Gloria, señalando a ciegas con un dedo al aire—. Ustedes son todo lo que nos queda. ¡Deben levantar la cosecha de lo que hemos sembrado!

El sólo escucharla decir eso me hizo temblar de pies a cabeza. No sólo me hormigueaban las manos. Era como si doña Gloria estuviera encendiendo la llama de los Estrella en mi interior.

Doña Gloria había detenido su silla. Alargó las manos, sacudiendo los brazos en el aire hasta que encontró lo que buscaba, el brazo de su bisnieta. Lentamente se incorporó y nos acompañó a la puerta. Nos deleitamos con el sol, disfrutando la tibia brillantez sobre nosotros. Se sentía como una bendición después de las historias oscuras en esa casa oscura.

Dulce se acercó primero, agachando la cabeza.

—La bendición, doña Gloria.

—La bendición, doña Gloria —Pablo le hizo eco.

Era mi turno de despedirme, pero no me salían las palabras. De repente, no me pude contener. Le eché los brazos al cuello a doña Gloria, como si ella fuera la madre biológica que yo había estado buscando. Pude sentir como ella me recibía con todo su ser. Doña Gloria me había salvado la vida, no sólo al prevenir mi aborto, si Dolores y Javier habían sido en efecto mis padres biológicos, sino ahora mismo al contarme historias que me hacían sentir afortunada simplemente de estar viva.

—Gracias, doña Gloria —yo sollozaba. No me podía desprender de ella.

—Milagritos —doña Gloria me susurraba al oído, como para ponerme milagritos dentro, como para devolverme mi nombre. Una vez que me hube calmado, doña Gloria me soltó. Estaba lista para partir.

—La bendición —le pedí, agachando la cabeza.

Doña Gloria levantó la mano para darme la bendición. Sus ojos ciegos miraban hacia el camino, la minivan que aguardaba abajo, el horizonte, todo el mundo allá afuera que nos aguardaba.

—Cuento con ustedes —dijo. Era como si nos estuviera enviando en una misión o algo parecido.

—¿Para hacer qué? —Pablo deseaba saber.

—Para dar más luz —respondió doña Gloria.

en busca de milagros

Al ver un destello plateado en la distancia, comencé a hacer señas como loca. Estábamos esperando el avión de mamá y papá en la terraza de observación del Aeropuerto Internacional de la Liberación del Pueblo. Los nombres liberados parecían seguir y seguir de largo. A veces me preguntaba qué sucedería si alguna vez yo tuviera que decir algo rápidamente en este país.

De camino, Pablo y yo nos detuvimos primero en "nuestra" caleta para un remojón rápido y luego el ascenso a la piedra conmemorativa. Era algo raro a lo que todavía no me acostumbraba: como cosas muy divertidas estaban mezcladas con cosas realmente trágicas. ¿O quizá sólo lo estaba notando más ahora?

En el baño del aeropuerto, me miré al espejo y me pregunté si mis padres me reconocerían siquiera. Mi cabello estaba suelto y alborotado, mi piel tan bronceada que la gente se me acercaba y automáticamente comenzaban a hablarme en español.

—Si no tienes cuidado, olvidarás el inglés —Pablo bromeaba conmigo—. Te tendrás que quedar aquí para siempre. —Ladeaba la cabeza, esperando mi reacción.

—¡*No way, José*! —y no lo decía en broma. Amaba este país. Pero extrañaba mi hogar. Estaba deseando regresar a Ralston. Primero, sin embargo, quería compartir este lugar, donde había encontrado una familia de amigos, con mi familia—. ¡Ese debe ser su avión! —insistí. El destello era ahora un pequeño jet, agrandándose al acercarse.

Pablo revisó su reloj:

—Nunca he sabido de ninguna aerolínea que llegue antes de tiempo. Pero los milagros suceden . . .

—Como nuestra tía Dulce siempre dice —concordé. Ahora que yo la había adoptado como mi tía, podía bromear con ella todo lo que quisiera. Si tan sólo dejara de intentar convertirme. Había hablado con Sor Arabia y había comprobado que todos los bebés de La Cuna habían sido bautizados. Según tía Dulce, yo ya era católica. ¡Espera a que mi abuela judía se entere de eso!

Mientras tanto, todos, incluso Pablo, me llamaban por mi nuevo apodo, Milagritos.

Había pocas personas afuera en la terraza de observación con nosotros. Una mujer sostenía una sombrilla para que el sol no le oscureciera la piel. Digo, ¡¿para qué subirse a una terraza de observación y luego bloquearse la vista bajo una sombrilla?! Pero era mediodía y hacía calor. La mayoría de la gente prefería estar en la sala con aire acondicionado del piso de abajo de la terminal. Pero yo estaba tan emocionada. ¡No quería que un vidrio grueso se interpusiera entre mí y mi primer vistazo de mamá y papá!

Los había llamado al instante en que regresamos de las montañas el domingo por la noche. Estaban tan contentos; bueno, más bien aliviados. Habían estado muy preocupados, tres días enteros sin saber de mí, nadie que contestara el teléfono en la casa. Papá perdió la cabeza y compró un boleto para venirme a buscar.

—¡Qué, qué? —no podía creerlo—. ¡Pero les avisé que íbamos a estar fuera este fin de semana!

—¿Por qué habríamos de preocuparnos si nos hubieras avisado? —papá replicó—. Llamé a la línea directa del Departamento de Estado, así que me enteré de las manifestaciones.

—¿Cuáles manifestaciones? —miré a Pablo, quien negó con la cabeza. Él tampoco sabía de ninguna manifestación—.

Papá, todo está súper pacífico por aquí. Debes haber oprimido otros números y obtenido un informe de otro país.

—¿Y qué crees? ¿Que no me habría dado cuenta? Llamé más de una vez, sabes.

—Apuesto que sí.

Mamá había guardado silencio desde su extensión, escuchándome a mí y a papá discutiendo quién tenía la culpa de que él estuviera preocupado. Finalmente, ella logró decir—: Nos alegramos mucho de tener noticias tuyas, cariño. ¿Cómo te va?

La ternura en su voz fue la gota que derramó el vaso. Me solté a llorar, en la misma sala de los Bolívar, mientras todos desempacaban. Todo el mundo salió en puntillas del cuarto. Excepto Pablo, quien se acercó y me dio un medio abrazo y me dejó llorar mientras él les explicaba a mis padres que yo estaba bien. Había sido un fin de semana duro: la ceremonia oficial en la capital, el viaje a las montañas, el entierro propiamente dicho cerca de la finca de sus abuelos. Gracias a Dios, Pablo no mencionó Los Luceros y las historias de Doña Gloria, dado el estado de ánimo de papá.

Cuando me hube calmado, Pablo me volvió a pasar el teléfono. —Lo siento mucho si los preocupé —dije—. Han pasado tantas cosas. Quizá olvidé decirles.

—El que lo siente soy yo. Parece que tu padre viejo se está volviendo un verdadero tirano.

¿*Tirano*? Esa ya no era una palabra que yo pudiera usar a la ligera. Y papá no era precisamente un tirano. Solo un padre con angustias, sobreprotector, latoso, a quien de pronto yo extrañaba con locura. —¿De modo que compraste un boleto, papá?

—No te preocupes, es reembolsable. Sólo iba a utilzarlo si no podía localizarte.

—Pero me gustaría que ustedes vinieran.

—Ay, cariño, ¿de veras? —mamá no esperó a que yo me arrepintiera—. Veremos cuándo podemos conseguir un vuelo —le dijo a papá en su extensión.

Papá se aclaró la voz.

—Yo, eh, yo . . . en realidad yo compré boletos para todos . . . en caso de que todos hubiéramos tenido que ir. —Parecía un poco avergonzado acerca de ello.

Desde su extremo, mamá dijo:

—¿De verdad? —como si apenas se enterara. —Yo sólo pensé que . . . —papá intentó explicarlo.

—Tendremos que cambiar la reservación de Milly para que pueda regresarse con nosotros —mamá ya estaba pensando en todo.

Tía Dulce se asomó por la puerta para asegurarse de que yo estuviera bien. Le hice una seña a ella y a todo el mundo para que volvieran a entrar. Afuera llovía. Éste era el único lugar donde nos podíamos sentar todos juntos y comer algo antes de que cayéramos rendidos después de manejar por tantas horas.

—Le voy a preguntar a la familia de Pablo sobre hoteles cercanos —tuve que prácticamente gritar por la bocina por encima de las voces de todos al regresar a la sala.

La Sra. Bolívar me escuchó mientras traía una bandeja con el té.

—Diles que se queden aquí. —Todo el mundo en el cuarto comenzó a corear—: Sí, sí, que vengan aquí.

—¿Oyen eso? —pregunté.

—¿Dónde estás? —papá quiso saber—. Suena como un bar.

—¡Papá! Estoy en la sala de los Bolívar. —De hecho, la casa estaba más silenciosa que de costumbre. La tele estaba apagada. Y en lugar de las multitudes de antes, ahora sólo era la familia, ocho seres humanos y un perico parlanchín al cual habían metido dentro de la casa para resguardarlo de la lluvia. Y despúes de una larga racha de silencio, Pepito ahora daba alaridos usando todas las palabrotas que Riqui le había enseñado durante la dictadura.

Papá tuvo que repetir la información de su vuelo varias veces. Yo apenas podía escucharlo.

—Los quiero mucho —les dije antes de colgar. Siempre

decíamos eso al despedirnos. Se me ocurrió que era nuestra manera de pedir la bendición.

De camino al aeropuerto, Pablo y yo habíamos recogido la minivan que papá había reservado con su tarjeta de crédito. Parecía enorme. Pero era el único tamaño que quedaba, y papá quería algo donde cupiéramos con todo y equipaje. Antes de que pudiera pedirlo, mamá había mencionado invitar a Pablo a que nos acompañara.

El plan era pasar unos días en la ciudad seguido de unos días viajando por el interior, luego regresar a un balneario en la playa, cerca de la capital, para divertirnos y relajarnos. A papá se le iba a conceder su deseo después de todo. No la costa rocosa de Maine, sino palmeras y arena blanca y olas mucho más cálidas.

Parte de mi plan cuando viajáramos tierra adentro era llevar a mi familia a Los Luceros para que conocieran a doña Gloria. Su voz todavía resonaba en mi cabeza. *Cuento con ustedes*, había dicho. Pero, ¿como se suponía que yo, Milagros —¡estaba reclamando mi nombre!— iba a traer más luz a mi rincón del mundo? En un poco más de dos semanas, mi rincón sería Ralston High. ¿Cómo podría siquiera contarles de doña Gloria a Ema y a nuestros amigos?

Las manos de Pablo estaban en mis hombros.

—¿Qué pasa? —supongo que tenía una cara como si me fuera a caer de insolación.

—Sólo estoy pensando en Ralston —expliqué—. Va a ser tan raro regresar. Quiero decir, son mundos tan distintos.

—Entiendo —dijo Pablo en silencio. Él se había visto tan fuera de lugar aquel día de enero frente a nuestra clase— ¿Somos los . . . cómo dicen Jake y todos ustedes que se llaman? ¿La gente de la frontera?

—Los fronterizos.

—Sí, los fronterizos —Pablo entrelazó los dedos—. La liga entre un grupo y otro. Sin nosotros los de en medio —separó los dedos— todo se viene abajo.

—Supongo —concordé, sonriendo al pensar en "los fronte- rizos": Jake, Ema, Dylan. ¡Qué ganas tenía de verlos! Este año íbamos a ser los nuevos líderes de nuestra clase. Quizá podrí- amos armar nuestra propia pequeña revolución, ¿por qué no? Digo, mira todo lo que me había pasado desde el día que Pablo se me acercó durante el almuerzo y me preguntó de dónde era.

Al pensar en todo eso desde la terraza de observación, me sentí tan agradecida ante todos y todo lo que de alguna manera me había llevado hasta este momento de mi vida.

—Gracias, gracias —susurré, cerrando los ojos. Hubiera escandalizado a tía Dulce saber que así es como rezo yo.

El estruendo en lo alto era ensordecedor. Un avión estaba por aterrizar.

—Vuelo de Nueva York —resonó la voz por la bocina. ¡Diez minutos antes de tiempo!

Abajo, en la pista de aterrizaje, todo el mundo estaba en movimiento. La pasarela no funcionaba, así que varios trabaja- dores rodaban unas escalerillas. Los carritos zumbaban por todos lados como carritos chocones en la feria del condado. En uno de esos momentos que parecen suspendidos en el tiempo, un burro con dos canastas de flores amarradas a la montura —como esos adornos que la gente pone en sus jardines— era guiado fuera de la pista por un hombre con sombrero. Los seguía un grupo de músicos en colorida ropa campesina.

—¿Qué pasa? —le pregunté a Pablo.

—Es para los turistas. —El país estaba haciendo un gran esfuerzo por atraer a los turistas después de ventitantos años de ser una zona de guerra. Nuestro propio vuelo no había reci- bido este tipo de recibimiento porque habíamos hecho una conexión por Puerto Rico y no nos habían considerado turistas.

Los músicos irrumpieron en una alegre canción cuando los pasajeros bajaron del avión. El señor del burro saludaba a todas las pasajeras con una reverencia y una flor. Era dema- siado, pero eso era lo que me encantaba de este lugar. Cosas

189

que hubieran parecido exageradas en Estados Unidos, aquí no eran nada del otro mundo.

A medida que cada persona bajaba del avión, me hacía ilusiones y luego me desilusionaba cuando no era alguien de mi familia.

Pero esta vez, ¡el niño de la cachucha de los Boston Red Sox era Kenny! Miraba entusiasmado a su alrededor, quizá pensando que estaba de vuelta en Disney World: las palmeras, los trajes típicos, el burrito. Le hice señas con la mano, pero no me vió. Detrás de él Katy se veía di-vi-na, con sus elegantes lentes oscuros y sus pantalones de pescador con una camisa al ombligo color rosa fuerte, cosas que probablemente había conseguido cuando ella y la abuela fueron de compras a Nueva York. Mamá y papá venían detrás, y se veían maravillosamente ¡como mi mamá y papá de siempre! Hice señas y pegué de gritos. Pero por supuesto, no me podían escuchar con todo el ruido de los carritos del equipaje y los músicos tocando.

Esa era toda mi familia o eso pensé. Pero luego papá volteó a ver a una mujer muy familiar que apareció detrás de él. Traía puesto un caftán largo y floreado que yo reconocí. Un hombre flaco y pálido vestido con una camisa hawaiana de colores extrafalarios la seguía, tomándola del codo.

¡¿Happy?! ¡¿Elías Strong?! Se me congeló la mano a media seña. Justo entonces, Happy alzó la vista y me vio. Debe haberle avisado a los demás, porque de pronto toda mi familia comenzó a saludarme con la mano.

A juzgar por la ruidosa reunión afuera de la aduana, hubieras pensado que no nos habíamos visto en meses, ¡no sólo en menos de dos semanas! Tantas cosas habían pasado que no podíamos esperar a que estuviéramos todos en la minivan para contarnos todo a todos.

La mayor y más inmediata sorpresa fue la presencia de Happy. Supongo que papá había llamado para confirmar que todos iban a salir de viaje (¡usando la tarjeta de crédito de

Happy!), y Happy se había invitado a acompañarlos, agregando que iba a traer a alguien especial.

—Fue lo único que nos dijo —comentó mamá, continuando la historia donde papá se había quedado—. Nos encontramos con ella en el aeropuerto Kennedy esta mañana y allí estaba con el Sr. Strong.

—Elías, por favor —el Sr. Strong la corrigió. Se veía realmente extraño con esa camisa alocada de pericos y palmeras. Como la Mona Lisa con bigote o algo así.

—¡Y se van a casar aquí! —Kenny no se pudo contener.

—¿Dónde? —pregunté, aunque en realidad la pregunta bien podría haber sido ¿por qué? ¿cuándo? ¿para qué?

—Siempre he querido una boda en una isla tropical —dijo Happy con voz ensoñadora. Supongo que para la quinta vez tenía derecho. Ella miró a Elías, cuya tez clara ya se había puesto colorada con el sol. ¿Ella realmente le había hecho ojitos a él?

Pablo me miró. Yo sabía lo que él estaba pensando. Sabíamos cuál era el lugar perfecto para una boda tropical, nuestra caleta.

De algún modo, con tantas noticias que intercambiar y equipaje que meter en la minivan, nos las arreglamos para que todos cupieran dentro de ella. Ahora me daba cuenta por qué papá había escogido una tan grande. En realidad acabamos por amarrar algunas de las maletas al portaequipajes de encima. Happy no era de las que viajan con un mínimo de equipaje . . . ¡desde luego no a su propia boda!

La primera parada fue el hotel nuevo en el centro antiguo de la ciudad. Los Bolívar habían insistido que nos quedáramos con ellos, pero aun si todos los Bolívar se quedaran con amigos y parientes, su casa desocupada hubiera sido demasiado pequeña para todos nosotros. Digo, ¡Happy estaba acostumbrada a tener toda una mansión para ella sola!

Además, Happy quería que toda la familia estuviera junta. Resulta que la tía Joan y las muchachas iban a llegar mañana, sin el tío Stan, quien desafortunadamente se estaba recuperando de una operación de hemorroides. (Gracias, tía Joan, ¡por darnos tantos detalles!)

Aunque mi familia había acabado rehusando la invitación de los Bolívar, les pedí que me permitieran quedarme con ellos hasta que saliéramos de la ciudad. Mamá debe haber visto la mirada que Pablo y yo cruzamos, porque antes de que papá pudiera comenzar con que este era un viaje familiar y no debíamos separarnos, ella se puso de mi lado.

—Creo que es una buena idea. De esa forma, los Bolívar no se ofenderán del todo porque no nos quedamos con ellos. Además, espero que no tengamos que estar juntos *cada* segundo. Sería bueno tener un poco . . . de tiempo tropical a solas. —Mamá le lanzó una mirada a papá bastante parecida a la que Happy le había dado a Elías. Por lo menos no le hizo ojitos.

Quise contarles a mamá y a papá todo lo que había pasado, pero mi corazón estaba rebosante. No sabía ni por dónde empezar.

Seguía pensando en el ejercicio de la Srta. Morris donde escribíamos un par de detalles que revelaban nuestro corazón y alma secretos. Se me ocurrían cientos de ellos. El burro en la pista de aterrizaje, los bebés berreando en la guardería del orfanato, la risa contagiosa de Riqui, el sonido de la voz de Doña Gloria.

Algún día, seguí pensando, ¡tengo que anotarlos!

Para mí, estos detalles eran unos milagritos. Ese era el nombre que les daban a las medallitas que Dulce me había enseñado en la iglesia de Los Luceros, prendidas con imperdibles al manto de la Virgen María. Tenían la forma de unos ojos diminutos o un pie o un corazón o una casa: la parte del cuerpo que la gente quería que la Virgen María curara o el símbolo de algún problema en sus vidas que necesitaban resolver. Cada una de estas medallas representaba un milagrito que alguien deseaba se hiciera realidad.

Así como mis padres tenían esa caja en su recámara con mis papeles, ahora yo tenía una caja de recuerdos en la mente. Estaba llena de milagritos que me habían sucedido en el paisito, un paisito con mucho corazón.

Algún día, cuando estuviera lista para escribir, abriría esa caja.

Seguían sucediendo milagritos aun después de que llegó mi familia.

La primera noche para mi familia, los Bolívar nos invitaron a un festín, una especie de repetición de mi primera noche en el país; ¡me costaba trabajo creer que eso sólo había pasado hacía diez días! Hubo un gran banquete en el patio al aire libre, que incluía un puerco asado en una bandeja con un mango en la boca.

—¡Asombroso! —exclamó Kenny, pero su carita adquirió una expresión de "creo que voy a vomitar" cuando escuchó que ésa era la cena. Dulce y la Sra. Bolívar se negaron rotundamente a que alguien las ayudara, menos Esperanza y yo. Nos permitieron servir, recoger y ordenarle a todo el que se levantara a ayudar que se sentara o de lo contrario . . .

—Deja que pruebes el arroz con habichuelas de tía Dulce —dije, haciéndome un huequito junto a Katy.

Supuestamente ésa había sido nuestra comida preferida cuando éramos pequeñas. Compartíamos un plato, recogiendo con las manos una habichuela y unos cuantos granos a la vez.

—¿Quién es *tía* Dulce? —Katy hizo una cara como diciendo, *no sé tú, pero yo no tengo una tía Dulce.*

Pablo me lanzó una mirada, con una ceja ligeramente alzada. El también debe haberlo notado. Katy había estado particularmente silenciosa desde que había llegado, no había hecho alarde de su pericia con el español. Un par de veces, le traté de preguntar sobre su viaje a Nueva York. *Bien* fue el único detalle que parecía querer compartir conmigo.

Antes de comer, el Sr. Bolívar ofreció un brindis por sus maravillosos amigos de los Estados Unidos. Estaba tan emocionado que después de unas cuantas palabras en inglés, automáticamente empezó a hablar en español. Lo que dijo hubiera sido cursi si no hubiera sido la pura verdad: cómo las familias se forjan con el corazón, cómo de una increíble tragedia había surgido el milagro de la comprensión y el amor, cómo todos éramos familia ahora. Katy me lanzó una mirada incierta, luego apartó la vista, con lágrimas en los ojos.

Yo también casi comencé a llorar varias veces, pero luego Happy o Elías o Kenny me preguntaban, "¿Qué dice?" y mi yo emocionado salía por la ventana. Traducir cosas cursis era como cuando Ema me trataba de explicar un chiste verde.

Mientras tanto, Pepito comenzó a decir palabrotas, pero mamá no me dejaba que se las tradujera a Kenny en la mesa. A media comida: el crujir de un trueno, un rayo, luego la lluvia comenzó a caer a cántaros sobre nuestra cena, la cual rápidamente se transportó a la pequeña sala.

Nadie dijo que un milagro tenía que ser perfecto.

Allí nos quedamos hasta tarde, terminando de comer y tomando cafecitos. Después de varias copitas de ron, Riqui y Camilo comenzaron a hablar en su mal inglés acerca de sus experiencias revolucionarias. La Comisión de la Verdad. El proceso esperanzador aunque doloroso de reconstruir el país. Kenny había recostado la cabeza en el regazo del Sr Strong; de otra manera, creo que mis padres hubieran insistido en irse. Kenny realmente era muy joven como para escuchar todo esto. En cuanto a mamá y papá, se veían exhaustos después de levantarse a las cuatro de la mañana en Vermont para poder hacer la conexión en Nueva York. Pero éste no era exactamente el tipo de conversación que uno podía abandonar así como así. Katy estaba concentrada escuchando, y le daba vueltas y vueltas al collar que yo le había comprado en mi primer día aquí: una especie de bandeja giratoria portátil al fin y al cabo. Consideré que era buena señal el que lo llevara puesto. En un momento dado, no pude soportar la distancia entre nosotras. Me acerqué y la tomé de la mano. Ella no me dio un apretón, pero al menos dejó que la siguiera tomando de la mano.

Mientras tanto, Happy estaba sentada al borde del sofá, negando con la cabeza.

—No tenía idea —seguía repitiendo una y otra vez—. ¡Vaya, si es lo mismo que les pasó a los familiares de mi madre en el Holocausto!

—Cuando regresemos, tendremos que llamar al senador Barney. Él preside el Comité de Relaciones Exteriores —ella informó a los hermanos Bolívar—. He donado mucho dinero a su campaña. ¿No te parece una buena idea, Elías?

—Ya lo creo —concordó el Sr. Strong—. Que cosa tan terrible, terrible —agregó, supongo que para mostrar que había estado escuchando.

Otro milagrito.

Comenzó como el peor día. El 15 de agosto, el primer día completo de mi familia en la capital, casualmente era mi "cumpleaños".

Yo *odiaba* mi cumpleaños. ¿Cómo se suponía que yo iba a celebrar el día en que alguien me había regalado cuando ese alguien obviamente no había celebrado el hecho de que yo naciera? ¡Y ni siquiera era el día en que había nacido! Todos los años me daba un SPC endemoniado, el síndrome precumpleaños, que llegaba a un clímax horroroso el 15 de agosto. Francamente, no sé por qué mi familia insistía en celebrar el día en que peor me sentía.

Ya que estábamos tan lejos de casa y de nuestras rutinas acostumbradas, yo esperaba —contra viento y marea, lo sé— que todo el mundo olvidara mi "cumpleaños". Pero, por supuesto, mamá y papá les dijeron a los Bolívar, y esa mañana toda mi familia y los Bolívar me despertaron cantando "*Happy Birthday*" y "Las mañanitas" en el patio, justo por fuera de mi ventana.

Me tapé la cabeza con la sábana. Quizá si yo fingía dormir, ellos se irían.

—¡Yuju! ¡Milly! —llamó mamá al fin. Ella sabía que yo me despertaba si sonaba el teléfono en el primer piso en Vermont. Seguramente, yo estaba despierta.

—Oye, dormilona —papá agregó. Después alguien tocó a la ventana.

¡Grrrrrrr! Si no hubiera sido yo una huésped en casa de los padres del amor de mi vida, hubiera usado algunas de las palabrotas que había aprendido de Pepito la semana anterior.

Pero traté de ser gentil cuando salí y toda mi familia, los Kaufman y los que no eran Kaufman, se pusieron a cantar otra ronda de cada canción. Pablo me miró con impotencia. Debió haber tratado de detenerlos. Mientras tanto, Katy daba vivas como loca. Magnífico, pensé. Finalmente Katy se muestra amigable, pero hace algo que detesto.

Cuando tuve un momento a solas con mamá y papá, les dije al oído que ojalá no le hubieran dicho a todo el mundo.

—¡Ay, cariño! Es tu cumpleaños. ¡Queríamos festejarte!

—Pero no es mi cumpleaños. Ni siquiera se acerca. Sor Arabia del orfanato dijo que yo tendría unos cuatro meses cuando me dejaron a su puerta.

—Te lo dijimos, cariño —me recordó papá. Supe que debió haber sido así, pero era curioso cómo a veces uno no registra algo que tus padres te han dicho una y otra vez hasta que alguien que no es de la familia te lo menciona una sola vez.

Mientras tanto, mamá tenía mucha curiosidad sobre el orfanato.

—¿Sor Arabia? ¿Cuál orfanato? Quieres decir, ¿el que mencionaste por teléfono?

Fue así como surgió la idea de visitar el CRI. Al principio sólo iban a ir mamá y papá, pero la visita muy pronto se convirtió en una excursión de grupo. Todos, incluso la abuela, querían ver el lugar. De camino, nos detuvimos en la panadería y compramos el pastel más grande que tenían, un pastel rectangular con glaceado de coco.

—No, no es un pastel de cumpleaños —me aseguró mamá—, es sólo para darle gusto a los niños. —También encargamos un pastel de bodas para recogerlo dentro de una semana. Resulta que Happy y Elías no se iban a casar hasta el final del viaje porque los trámites iban a tardar todo ese tiempo, aun con Camilo, un abogado, ayudándonos. Happy le guiñó un ojo a Elías:

—Nos toca vivir en el pecado, querido.

Elías se puso colorado como la cayena de otra de sus camisas escandalosas. ¿Cuántas camisas hawaianas le había comprado la abuela? me pregunté.

Llegamos al Centro de Rehabilitación Infantil con el pastel y una caja de refrescos y una bolsa grande de hielo que recogimos en el supermercado. Sor Arabia se deshacía en agradecimientos y bienvenidas. Según ella recordaba a mamá, quien por supuesto dijo que recordaba a Sor Arabia. Me di cuenta de que mamá sólo estaba siendo amable, y ya en la minivan admitió que la única monja a quien recordaba era Sor Corita, y eso sólo porque a través de los años había podido refrescarse la memoria con las fotos de mi caja.

—Estaba tan enamorada de mis dos bebitas que me temo que no me fijé en nadie más. Ya sabes cómo es cuando uno se enamora . . . —Mamá se quedó callada. Se podía dar cuenta de que había algo entre Pablo y yo, pero no habíamos tenido un momento a solas, nosotras dos, para hablar.

Mientras tanto, Sor Arabia no dejaba de admirar a Katy.

—¡No has cambiado nada! —exclamó. ¡Ay, por favor! Katy tenía menos de un año la última vez que Sor Arabia la había visto, justo antes de que mis padres salieran del país. Creí que las monjas no debían mentir—. Esos mismos hermosos ojos cafés y esa linda sonrisa. —Sor Arabia miraba cariñosamente a Katy, quien estaba encantada.

Entrelazaron los brazos y, finalmente, Katy se soltó hablando en español. Durante el recorrido siguiente, Katy hizo todo tipo de preguntas sobre el orfanato y preguntó si aceptaban a estudiantes que hicieran sus prácticas allí. Tuve esa antigua sensación de celos y competencia que me corroía las tripas. Traté de recordarme a mí misma que así era como Katy mostraba interés en mi pasado. Un primer paso. Pero de todas formas, el corazón siente lo que siente, como diría Pablo. La Srta. Morris una vez dijo básicamente lo mismo cuando estábamos leyendo el diario de Ana Frank y alguien dijo algo así como, "Caray, están en el Holocausto y ¡¿esa niña se queja de su mamá?!" Bueno, ahí estaba yo, en pleno orfanato, con un ataque de rivalidad entre hermanas.

Katy se me acercó sigilosamente.

—¿Te acuerdas de algo? —susurró.

—Claro que no —le dije.

—¡Uf! —suspiró—. Esa monja por poco me hace creer que yo me acordaba de ella. —Intercambiamos una sonrisa de complicidad.

Otro paso, pensé.

En el comedor, los niños aguardaban, súper emocionados, a los visitantes americanos. El niño que se había comido mi pastel aquella vez estaba embobado con Kenny. Miraba fijamente a este niño: su piel blanca, sus ojos azules y ¡resulta que también su cachucha de béisbol! Kenny dejó que se la probara, pero luego el niño no se la quería quitar. Kenny tenía miedo a pedírsela, pero otros niños pronto le advirtieron a Sor Arabia que la cachucha no había sido devuelta y ella hizo que el niño la entregara.

Después de las presentaciones trajeron el pastel. Los niños aplaudieron. Le transmití a mi familia una mirada que decía *ni se les ocurra* cuando sentí la canción del cumpleaños flotar en sus cerebros. Esta vez me hicieron caso y no cantaron. Todos nos sentamos a comer pastel y el muchachito se escurrió para quedar junto a Kenny. Kenny se quedó sin pastel, pensé.

Pero el muchachito no le pidió pastel a Kenny. En lugar de eso, empujó suavemente su tajada hacia Ken e hizo un gesto hacia la cachucha que estaba al otro lado de Kenny. Kenny no le entendió y meneaba la cabeza, como diciendo que *no quería más pastel*, lo que el niño interpretó como diciendo que una porción de pastel no era suficiente para cambiarla por una cachucha de béisbol de los Red Sox. Así que metió la mano al bosillo y sacó media docena de *jacks* de metal para agregarlas a su oferta. ¡Qué escándalo! Las niñitas en la mesa se pusieron como locas. ¡Conque él había estado robando sus *jacks*! No quería ni pensar en lo que le aguardaba al niño una vez que nos fuéramos. Pero yo estaba tan orgullosa de Kenny. Cuando nos levantamos para irnos, se quitó la cachucha y se la puso al niño en la cabeza.

Mientras tanto, Happy sacó su chequera e hizo un donativo. Se lo dio a Sor Arabia, quien palideció de incredulidad.

—Siempre que vienen nos traen milagros —nos susurró a Pablo y a mí al despedirnos, agregando—: Drenaje nuevo para la guardería.

Este milagrito casi no sucedió.

Hubo una revolución —en familia— sobre los planes.

Después de que llegaron la tía Joan y las primas, nos quedamos un día más en la capital. Luego, se suponía que íbamos a ir a las montañas. Pero resultó que la mayoría no quería ir a las montañas y prefería ir directamente a la playa.

Lo sometimos a votación. Sólo mamá y yo alzamos la mano para ir a las montañas. Papá estaba indeciso porque le preocupaba el estado de la carretera en el interior.

—Ellos ganan —dijo mamá con alegría, como si no le importara perder. Para ahora, papá había logrado que ella se preocupara por los caminos en mal estado de las montañas, aunque él ni los conocía.

Pero Happy —¡sí, Happy!— notó la desilusión en mis ojos. Se le ocurrió un nuevo plan. ¿Por qué no contratar a un chofer para que nos llevara a mi mamá y a mí y a quien quisiera acompañarnos a la excursión por las montañas? Después todos podríamos encontrarnos en el hotel de la playa.

—Nosotros los viejitos necesitamos descansar para nuestra luna de miel. —Esta vez, me guiñó el ojo.

—¿Dónde vas a encontrar a un chofer con experiencia? —cuestionó papá. Yo había notado que ahora le hacía frente a Happy con más frecuencia—. No es como si pudiéramos llamar a Roger.

—No hay ningún problema —explicó Pablo—. Se puede contratar a un chofer donde rentaron la minivan. Son de confianza. Todas las agencias internacionales arreglan su transporte allí. —¿Cómo podría papá discutirle eso?

Pero cuando nos tenía a mamá y a mí a solas, papá intentó otro enfoque.

—Es sólo que sería mejor que estuviéramos todos juntos. Ustedes saben, unas vacaciones en familia.

—Esto se trata de . . . mi familia —confesé. Y luego les conté por qué quería que conocieran Los Luceros, cómo era posible que mis padres biológicos hubieran venido de allí. Me preocupaba que todo este cuento de los ojos iba a parecerles una exageración. Digo, en los Estados Unidos, si uno alega que todos los de un pueblo tienen los mismo ojos, la gente pensaría que has estado viendo demasiadas películas de Spielberg. Pero mamá no estaba tan sorprendida. Resulta que la Sra. Bolívar le había contado de Los Luceros cuando mamá había notado que Dulce y Esperanza tenían "los ojos de Milly".

Pero papá se quedó perplejo.

—Vamos a aclarar las cosas —dijo, con las manos en las caderas—. *Fuiste* en busca de tus padres biológicos . . . —Se detuvo antes de decir "después de asegurarnos que no lo harías".

Se me enlagunaron los ojos.

—No fue mi intención —traté de explicar—simplemente sucedió. —La visita al orfanato me había llevado a conocer a Sor Arabia. El viaje a enterrar a Daniel me había llevado a Los Luceros.

Mamá asintió, como que me comprendía. Pero a papá todavía le costaba comprender mi historia. Y no lo culpo. No sólo Katy, ahora me daba cuenta, sino todos en la familia habían tenido que reacomodar las piezas del rompecabezas para que cupieran todas nuestras historias. ¿Qué tal si no podíamos armar todas las piezas y ser de nuevo una familia? Esa muchacha, Pandora, me vino a la mente, cómo después de que había abierto esa caja con problemas, el mundo nunca había sido el mismo. De pronto, fui yo quien sintió miedo.

—Francamente, Milly, no sé en qué te fallamos —papá se veía frustrado—. Creí que sentirías que podías recurrir a nosotros.

—No es que lo hiciera a escondidas . . . es sólo que . . . —de pronto estaba sollozando tan fuerte que ni siquiera podía tratar de explicarles.

Y fue así cómo supe que mis padres y yo, de cualquier manera, íbamos a salir adelante. Cuando papá me vio sollozar, se apresuró y me puso un brazo alrededor. Recordó que tenía que ser mi papá antes de recordar que tenía que terminar con su sermón.

—Lo siento mucho, papá —dije entre sollozos—. Deben creerme. No me fallaron. La única razón por la que pude siquiera ir a Los Luceros es por ustedes. —Sabía que sonaba poco convincente, como si los estuviera culpando por lo que yo había hecho.

Pero papá realmente estaba escuchando, con la cabeza agachada. Como que todo esto tenía sentido.

—Tuve la fuerza porque sabía que podía contar con ustedes, con su apoyo. Y quiero que sepan que encontré lo que buscaba.

Papá enderezó la cabeza, sus ojos delataban un poco de preocupación. Mamá parecía sorprendida.

—No, no, no quiero decir que haya encontrado a mis padres biológicos. Quiero decir . . . —¿Cómo explicarles esta sensación de que yo había tocado fondo dentro de mi corazón? ¿Cómo decírselo a cualquiera? ¿Cómo decírselo a mis padres?—. Es como si . . . hubiera encontrado a . . . Milagros. Digo, todavía soy yo, Milly . . . pero ahora, soy todavía más yo. —¿Cómo podría algo tan simple sonar tan confuso?

Pero mamá y papá asentían como para animarme mientras yo tartamudeaba. Cuando terminé, papá dijo:

—Te comprendemos —lo que me tomó totalmente desprevenida. Por lo general esa frase le correspondía a mamá.

—Nos encantaría ver este lugar contigo —mamá sonreía, sus ojos tiernos y humedecidos.

—A mí también —dijo papá. ¡Mi papá tan elocuente como siempre! ¡Mi querida mamá! No pude evitar echarles los brazos encima. Fue una buena sensación por un momento, pero luego nos dio un poco de vergüenza cuando nos separamos y todos teníamos los ojos rojos y unas sonrisas bobas en la cara.

Contratamos a un chofer con un jeep: papá insistió que fuera un vehículo de tracción de cuatro ruedas. Pablo nos acompañó para hacer de guía. Antes de salir para el interior, papá hizo un intento desesperado por volverlo un viaje familiar. Pero no hubo manera de alejar a Kenny de la abuela después de que ella le dijo que había hecho reservaciones en una excursión para ver ballenas. Mientras tanto, Katy había vuelto a su modalidad de enojo, y todavía se negaba a aceptar el hecho de que yo tuviera una familia biológica.

—¡*Nosotros* somos tu familia! —insistió.

Antes de irnos, le garabateé una nota. "Recuerda, pase lo que pase, somos hermanas *de por vida*. Te quiero mucho y siempre te querré". Sólo esperaba que las primas no la encontraran primero. Algo en lo que sólo pensé después de que pasé la nota por debajo de la puerta de su suite.

De modo que el milagrito que casi no sucedía sucedió, pero salió distinto de lo que yo había planeado. Nuestra primera parada en Los Luceros fue en la pequeña iglesia. Mamá compró un milagrito en forma de corazón para Happy y Elías, luego compró otro para nuestra familia y algunos para todos los amigos que ahora formaban parte de nuestro círculo familiar. Papá compró un carro: ¡todavía estaba preocupado por la seguridad en la carretera! Yo encontré un milagrito con dos figuras tomadas de la mano, una medalla para proteger a los gemelos. Para Katy y para mí, pensé. Conseguí otro que era un pequeño anillo. Cuando se lo mostré a Pablo, él tenía otro en la mano.

—¿Para qué es ese? —papá le preguntó a la viejita que los vendía en la parte trasera de la iglesia. Mientras ella explicaba que el milagrito del anillo era para bodas, para aniversarios, para los votos de una novicia joven antes de convertirse en la novia de Cristo, Pablo y yo nos dirigimos a la estatua de la Virgen en la parte delantera de la iglesia.

—Tú y yo —dijo Pablo, prendiendo el diminuto anillo a la falda de la Virgencita.

Tú y yo, como la flor. Sonreí, recordando mi primera mañana en la isla. ¡Tantos otros recuerdos desde entonces! Prendí mi anillo junto al suyo.

Entonces, mientras mamá y papá tomaban una foto de la viejita y su tablero de milagritos, sellamos nuestro deseo con un beso y un agradecimiento a la Virgencita.

La razón principal para venir a las montañas era que mamá y papá conocieran a doña Gloria. Pero la primera noche con la familia de Dulce, el pueblo entero llegó a saludar a los visitantes especiales. Resultó que ellos pensaron que mamá y papá estaban aquí como parte de otra Comisión de la Verdad para recolectar testimonios. Todo el mundo tenía una historia sobre un hijo desaparecido o un padre o un hermano o un marido asesinado. Mamá no podía parar de llorar. Mientras tanto, papá casi no hablaba, que es lo que hace en vez de llorar cuando está muy alterado. No era como si mamá y papá no hubieran sabido que todo este tipo de cosas habían sucedido, pero ahora, debido a mí, se sentían íntimamente conectados a ello.

Después de que mamá y papá se fueron a acostar, Pablo y yo dimos un paseo por la plaza. Le dije que me estaban entrando dudas sobre si llevarlos a ver a doña Gloria.

Él también lo había notado.

—Tus padres se sienten responsables.

—Es como si se hubieran beneficiado de la tragedia de

alguien más. Es decir, nuestra felicidad como familia resultó de que alguien más haya tenido una vida horrible. Ya sé que no es así —agregué cuando parecía que Pablo iba a protestar—, pero a la vez, sí lo es.

—Pero tú tenías tantas ganas de que ellos conocieran a doña Gloria, ¿no? —la voz de Pablo era tranquilizadora, como la mano de mamá en mi frente cuando me daba fiebre.

—Ya lo sé —suspiré—. Pero esta noche, cuando miré a mamá y a papá, parecían estar tan tristes y sentirse tan impotentes. Me sentí como si, bueno, como si ellos necesitaran a una mamá y un papá.

Pablo sonrió con tristeza, como si estuviera pensando en sus propios padres y por todo lo que habían pasado.

—Pobrecitos —agregó.

—No ha sido exactamente fácil vivir conmigo durante los últimos ocho meses. No, en serio —dije antes de que Pablo tratara de defenderme otra vez.

Pablo me puso el brazo alrededor y me dio un apretón.

—La verdad es que tus padres son gente *muy especial*. Son de los que dan más luz.

Me pregunté, ¡¿cómo pude haberlo ignorado?! Me parecía tan obvio ahora. Mamá y papá no tenían que haber venido a este país; no tenían que haber adoptado a una huerfanita enferma. De alguna manera, no eran tan distintos de Dolores y Javier y tío Daniel y los hermanos de Pablo. ¿Por qué hacerles las cosas más difíciles ahora?

—Desde que estuvimos con doña Gloria, he estado pensando en qué cosa heroica podría yo hacer en mi vida —admití ante Pablo, quien asintió como si él también hubiera estado contemplando lo mismo—. Pero ya ves como en español todo es un poquito de esto y un poquito de lo otro. —Yo le había señalado a él cómo su mamá y su tía siempre hablaban de nuestros antojitos, nuestros refresquitos, nuestras saliditas en la tardecita.

—Bueno, no soy ninguna heroína en letras mayúsculas —proseguí—. Más bien en letras minúsculas. Milagritos, no

Milagros. —Tuve que sonreír, pensando en cómo el apodo me iba bien—. Y esta es una oportunidad de hacer algo pequeño. Puedo evitarles más dolor a mis padres. Y no sólo se trata de ellos. Ay, Pablo, ya sabes lo que sucederá si los llevamos allí. Doña Gloria querrá compartir todas las historias que nos contó, y probablemente otras que ha recordado desde entonces. Y como viste, es tan duro para ella hablar de todas esas cosas.

—Milagritos, Milagritos —Pablo me meció en sus brazos—. Y yo que estaba preocupado de que las historias de doña Gloria te fueran a impactar demasiado. Pero, ¡este país te ha hecho fuerte!

Me desbaraté en sus brazos.

—¿Quién, yo? ¿Fuerte? —Pensé en decirle lo que la Srta. Morris había dicho sobre que las historias pueden salvarte la vida, que las historias pueden ayudarte a encontrarte a ti misma cuando estás perdida. Pero pensé que eso era algo que Pablo y su familia ya sabían. De otra forma, ¿por qué habían pasado horas frente a la tele escuchando esos testimonios tan horribles?

Caminamos en silencio por un rato, tomados de la mano, señalando las estrellas.

—Parece que el cielo está cumpliendo con la promesa de doña Gloria . . . de dar más luz —agregué, aunque dudé que Pablo lo hubiera olvidado. Parecía que esta noche había el doble de estrellas.

Quizá al mirar su luz se me ocurrió algo.

—Sería muy bueno que la bisnieta de doña Gloria asistiera a la escuela. ¿Crees que podríamos hablar con tía Dulce para que hiciera los arreglos?

Pablo parecía dudar.

—Ya sabes cómo es tía Dulce cuando se trata de dejar que las niñas salgan de casa. Pero la verdad es que doña Gloria ya está muy delicada como para vivir aislada. Debía mudarse al pueblo. De esa forma, su bisnieta podría tener una oportunidad. Creo que es una idea brillante.

—Me llegó desde lo alto —bromeé, señalando al cielo.

—Entonces tía Dulce seguramente estará de acuerdo —río Pablo.

Alcé la vista y me sorprendí a mi misma pidiendo de nuevo un deseo a las estrellas.

La mañana siguiente durante el desayuno, mamá y papá se veían acabados. Resulta que no habían pegado un ojo en toda la noche.

—Creo que sería mejor que regresáramos hoy —sugerí—. Podríamos estar en la playa esta noche.

Ambos intentaron no parecer demasiado ansiosos. Después de todo, no querían estropear nuestra excursión.

—¿Acaso no querías que pasáramos unos dos días aquí? —preguntó papá, tragándose un bostezo.

—Sólo quería que vieran este lugar —expliqué—. La próxima vez podemos venir todos juntos y quedarnos más tiempo. Por ahora, quizá sea mejor que regresemos. —No tuve que mencionar la tensión entre Katy y yo. Ya se habían dado cuenta.

—Bueno, si estás segura . . . —dijo mamá.

—Totalmente —le aseguré.

Mamá dio un suspiro de alivio.

—Entonces quizá eso sea lo mejor, cariño.

Hicimos planes para salir después del almuerzo, haciendo una parada en el camino para visitar a la abuelita de Pablo. Él quería que mis padres la conocieran y, por supuesto, se alegraba de poder verla una vez más. Después de todo, quizá no regresaría antes de un año.

—¿Es ella la doña Gloria de quien nos hablabas? —mamá quiso saber—. ¿O acaso ella era la mamá de Dulce anoche? —No podía culpar a la pobre de mamá. Tantos nombre e historias y gente con quienes habían tratado desde que aterrizaron.

—En realidad no —dije, titubeando. Si entraba en demasiados detalles, mamá se sentiría obligada a visitar a doña Gloria. Y yo estaba más y más convencida de que había hecho bien en no llevarlos a verla.

—Doña Gloria es uno de los habitantes más antiguos de esta área —intervino Pablo. Pero pude darme cuenta de que no sabía para dónde ir con esa explicación—. Ella sabe muchas más historias.

—Creo que por ahora hemos escuchado suficientes historias —dijo papá en tono grave.

Llegamos al hotel de la playa ya tarde esa noche. Pero nadie estaba en sus habitaciones, ni siquiera Kenny, quien se suponía iba a tener un catre en el cuarto de la tía Joan hasta que mamá y papá regresaran.

—¿Qué habrá pasado? —dijo papá.

—Están mirando las estrellas —explicó el encargado de la recepción. Hizo un gesto hacia la parte trasera del hotel—. *We are having a shower of light* —dijo, haciendo una reverencia cortés como si anunciara un plato especial del menú. Nos habíamos enterado de la lluvia de meteoritos por medio de los hermanos de Pablo en la capital.

Bajamos unos escalones hasta llegar a un patio al aire libre que estaba suspendido sobre el mar. Podía escuchar las olas estrellarse contra los acantilados más abajo. Había antorchas prendidas por todo el perímetro, como si fuera un episodio de un programa tipo *Sobreviviente* en la tele. Y este fue el milagrito que encontré: mi familia, en toda su espléndida, complicada, geniuda gloria, esparcidos por las sillas de playa ajustables que puedes deslizar hacia atrás para ponerlas en el ángulo exacto en que te quieres broncear cuando se ve el sol. Las primas discutían con tía Joan sobre lo que realmente significaba una lluvia de meteoritos. Mientras tanto, Kenny estaba acurrucado junto a Happy, quien estaba sentada al lado del Sr. Strong, tomándolo de la mano en el espacio que había entre ellos. A un lado, envuelta en una toalla como un capullo protector, vi a Katy.

Todo el mundo giró para vernos.

—¿*Qué* hacen *aquí*? —todos parecieron preguntar al mismo tiempo.

Mientras mamá y papá daban explicaciones y Pablo había salido para buscar más sillas de playa, yo me dirigí hacia Katy. Le tomó un instante reconocer que yo estaba presente.

—¿Qué hacen aquí de vuelta? —preguntó, como si no le importara.

—Te extrañamos tanto —dije. Para que no pensara que le estaba tomando el pelo, agregué—: No es lo mismo sin ti, sabes. —Ninguna respuesta. Últimamente hablar con mi hermana era como un soliloquio de Shakespeare. A veces me preguntaba, ¿por qué sigo intentándolo? Pero había perseverado con Happy, y Katy era como la Madre Teresa en comparación—. Así qué, ¿me haces lugar a tu lado, hermanita para toda la vida? —me convidé a mí misma.

No dijo nada, pero me hizo un lugar.

—¿Ya comenzó? —pregunté, mirando hacia arriba. Las estrellas se veían increíbles. No podía imaginarme que una lluvia de meteoritos pudiera superar esta vista.

—Todavía no —murmuró ella—. Aunque Kenny gritaba cada rato que veía *algo*.

—Ah, la familia —suspiré.

—Tú lo has dicho. —Katy suspiró también, como si de verdad fuera la sufrida Madre Teresa. Pero ella sonreía. Me constaba, aunque ni siquiera pudiera ver su cara en esa luz tenue. Ella era mi hermana, conocía sus movimientos. Sabía distinguir una sonrisa de un ceño fruncido. Tenía la sensación de que ella comenzaba a confiar en que el amor nos mantendría unidas después de todo. Con uno que otro bache.

De pronto, los encargados iban de prisa, apagando las antorchas. Levantamos la vista.

—¡Miren! —todos parecimos gritar al mismo tiempo. El espectáculo de luces estaba por comenzar.

un último milagrito

Una semana después, al finalizar la tarde.

La comitiva de la boda está en mi caleta favorita, que se ha convertido en un túnel aerodinámico. Todo el día, el tiempo ha estado soleado, templado y espléndido. Pero a media tarde, el viento agarra velocidad. El caftán blanco de la abuela se infla de manera espectacular detrás de ella, y de pronto parece como la cola de un vestido de novia. El pelo del pobre Elías, el poco que le queda y que se embadurna sobre la calva, está parado de punta. Parece un bebé ya crecido con un remolino en la coronilla. Apenas podemos escucharnos los unos a los otros sobre el aullido del viento. Cuando tratamos de prender las velas, éstas se apagan. En lugar de arroz, nos salpican gotitas de agua cuando las olas revientan en la orilla. Me empieza a invadir una sensación de pánico, como la vez que Happy vino a Vermont y me preocupaba que nos fuera a echar la culpa por el tiempo frío.

Pero sucede un milagrito. Camilo hace las veces del juez de la paz, a pesar de las oraciones fervientes de Dulce para que Happy tenga una conversión de última hora y la case un cura. Justo cuando estamos a punto de amotinarnos y transportar la fiesta bajo techo, el viento amaina lo suficiente como para que podamos escuchar cuando Camilo dice en su mal inglés que Elías y Happy son marido y mujer.

—¿Así que cómo te vamos a llamar ahora? —interviene Kenny. Como siempre, de boca del bebé de la familia surge la pregunta que nadie más se atreve a hacer. Todos suponemos que Elías será ahora el Sr. Kaufman.

—¿Qué quieres decir? —Happy se abalanza sobre su queridísimo nieto y lo abraza—. Me sigues diciendo abuela.

—No, ma' —explica tía Joan—, Kenny quiere decir, ¿vas a tener nombre de casada o qué? —De las profundidades de su gran bolsa, su teléfono celular comienza a sonar.

—¡Caramba! —la abuela se queda boquiabierta, llena de incredulidad—. No creí que tuviera que hacer un anuncio en mi propia boda para que apagaran los teléfonos celulares.

—¡Sí! ¿Diga? —tía Joan gritaba por el pequeño micrófono, pero no podía distinguir la voz—. Probablemente era Stan que quería felicitar a la novia —explica, doblando y guardando su teléfono. La abuela no puede enojarse por eso—. De todas formas, ma', ¿vas a ser la Sra. Kaufman o la Sra. Strong? —La buena de la tía Joan, la bocona y alborotadora de la familia en todo sentido.

—En realidad me gusta cómo se hacen las cosas aquí —dijo Happy, sonriendo gentilmente a los Bolívar—. La mujer se queda con su propio apellido pero luego agrega el apellido de su esposo, ¿verdad? Katherine Kaufman de Strong. Suena como un título, muy europeo. ¿No lo crees, querido?

—Así es —concordó Elías. Supongo que él es ahora el abuelo Elías.

Me animé a hablar.

—Ya que estamos hablando de nombres, tengo algo que anunciar.

—¿Tú también te vas a casar? —Kenny dijo a gritos.

Si yo no estuviera tan bronceada y Pablo no fuera tan moreno, todo el mundo nos habría visto sonrojarnos.

—¡Tontín! —descarto una idea tan increíble—. Sólo quería que supieran que voy a reclamar mi nombre original, Milagros. Digo, todo el que quiera todavía puede llamarme Milly, pero también responderé al nombre de Milagros.

Katy deja salir uno de esos alientos como de dragón que echa fuego en una caricatura. Allá vamos otra vez, pienso.

—Te voy a llamar Milly y punto —afirma, cruzándose de brazos—. Ese es. Tu. Nombre. —Cada palabra es como el mazo de un juez en la corte.

Yo también me cruzo de brazos.

—En realidad soy yo quien decide cuál es mi nombre, Ka-the-ri-ne —digo alargando su nombre, que sé que le molesta, aunque como su tocaya está presente, no puede parecer tan indignada. Si toda esta gente no estuviera aquí, yo continuaría diciéndole a mi hermana mayor para toda la vida que puede dejar de mangonearme. Quizá seamos de la misma edad, o eso parece.

—¡Estoy tan harta de que reniegues de nosotros! —Katy comienza a llorar. ¿Cómo comenzó todo esto? Aun si es un poco raro que a mi abuela la case un ex-revolucionario en una playa airosa de un país del Tercer Mundo, se supone que esto todavía es una boda.

—¿Alguien más tiene algo que anunciar? —papá intenta bromear. Pero nadie se ríe.

—Tengo algo que anunciar —Kenny vuelve a intervenir—. ¿Hay alguien que tenga un cuchillo o un alfiler de gancho?

—¿Un cuchillo? —Happy parece estar sorprendida—. ¿Un alfiler de gancho?

—¡Sí! —Kenny está demasiado absorto con su idea como para dar explicaciones.

Resulta que Happy tiene uno de esos alfileres en su ramillete y la Sra. Bolívar tiene todo tipo de cosas escondidas en su bolso. Muy pronto tenemos media docena de alfileres.

—Podemos desinfectarlos con las velas —Kenny dice emocionado. Está como poseído. En su linda y pecosa cara veo la misma cara alocada de nuestro abuelo inventor del retrato que está colgado en la sala de Happy—. Este verano en el campamento todos nos convertimos en hermanos de sangre. Es una tradición de los indígenas americanos. Una tradición antigua de los indígenas americanos. —La voz de Kenny suena cada vez más desesperada. Por las miradas de los presentes, Ken se puede dar cuenta que su gran idea no va a conseguir aquí la patente. Su labio inferior comienza a temblar—. Vamos, oigan, no duele, ¡de veras! —se le forman lágrimas en los rabillos de los ojos—. Digo, de ese modo todos podemos ser familia de sangre.

—Ay, cariño —le dice mamá, abrazándolo. Ella se queda mirando con impotencia a papá, luego a Katy y a mí. A nuestro hermano menor no se le escapa nada. Obviamente ha captado toda la tensión que ha habido últimamente, las conversaciones sobre la adopción, los padres biológicos, la familia de sangre, el desheredamiento. ¿Cómo podríamos negárselo?

Además, ya se había ganado totalmente a su abuela consentidora.

—Insisto en que demos cierre a la ceremonia con esta antigua tradición.

Papá está un poco preocupado. Ya sé lo que está pensando. Los alfileres de gancho se pueden desinfectar, pero qué tal si la sangre de alguien trae una enfermedad contagiosa. Camilo y Riqui son hombres jóvenes y esta cultura no se conoce por la castidad masculina.

—¿Podemos asumir que todos estamos libres de enfermedades? —dice bromeando—. Si alguien tiene alguna razón por la que no debamos ser familia de sangre, que hable ahora o calle para siempre.

Nadie confiesa nada. Estoy segura de que la mayoría de los presentes ni siquiera entienden qué es lo que le preocupa a papá.

De modo que lo hacemos, pero en una versión tímida, reformada de la costumbre indígena americana, para no tener que pincharnos tantas veces. Repartimos los alfileres, un pinchazo cada quien, una gotita, que pasamos por el círculo. Elías comienza. Él toca a Happy, quien toca a Kenny, quien toca a papá, quien toca a mamá, quien toca a Katy, quien se da vuelta hacia mí. Es el momento que he temido mientras se iban tocando alrededor del círculo.

—¡Eh! —dice ella, tocándome el dedo con su dedo— ¿hermanas por siempre?

Mi respuesta es ponerme a llorar justo cuando ella también se pone a llorar. Parecemos un reflejo una de la otra. Cuando nos separamos, me doy cuenta, por el rímel que se le ha corrido, que el mío probablemente también se ha embadurnado. Las primas se miran unas a otras. Es difícil tener una reconciliación frente a toda la familia.

Cuando me volteo, Pablo levanta la mano para encontrarse con la mía. Siento que todo mi cuerpo se estremece, como si me estuviera tocando toda. Finalmente, Pablo aparta la vista y voltea a ver a su mamá, quien se lo pasa a su papá, a tía Joan, a las primas, luego a Riqui, Camilo, Dulce, terminando con Esperanza, por su nombre una buena señal, creo yo.

De hecho, en mi cabeza el círculo no se detiene ahí en lo absoluto. Esa chispa pasa luego a Ema y Jake y Dylan y los estudiantes de Ralston quienes este otoño recaudarán dinero suficiente para que la bisnieta de doña Gloria pueda asistir a la escuela y aprenda a escribir las historias de Rosa y el coronel y Alicia y Manuel y Javier y Dolores. De uno en uno, la chispa pasa de persona en persona, con el fondo musical de Alfi cantando, *"Que no se rompa el círculo"*. De la forma que yo lo veo, con más de seis billones de personas en nuestra familia humana en este momento, tantas chispas seguramente podrían emitir muchísima luz.

—¡Somos familia de sangre! —Kenny proclama. Todo el mundo grita y aplaude.

La marea está subiendo. Las olas ya han empapado la bastilla del caftán de la abuela. Es hora de irnos. ¡La cena y el pastel en su casa, insisten los Bolívar! Pero antes de irnos de la playa, Pablo y yo nos miramos. Tenemos algo más que hacer. Escalamos de prisa antes de que todo el mundo comience a gritar que nos equivocamos de camino. ¡De prisa! ¡De prisa!

En el monumento, nos paramos por un minuto, mirando el

mar. Mañana me iré de este país con parte de mi familia. Los Bolívar nos seguirán unos días después. Pero aun cuando nos alcancen en Ralston, una parte mía se quedará siempre en este paisito donde han sucedido tantos milagritos.

—¡Pablo! ¡Milly! ¡Milagritos! —Todos nos llaman para que bajemos.

Antes de irnos, leo la inscripción: *"En este lugar, cayeron los nobles mártires y con su sangre dieron nacimiento a una nueva nación"*. Pero también en este lugar, la abuela se casó. Pablo y yo nos enamoramos. Pequeños momentos, claros y oscuros, que poner en la caja. Algún día, los pondré en la historia que escriba, ¡una manera de cumplir con la promesa que le hice a doña Gloria!

Cierro los ojos.

—La bendición —susurro. No estoy segura a quién o a qué. Lo único que sé es que necesito una bendición que me lleve a casa.

El sol se mete de prisa, pero justo antes de que se ponga, hay un cierto ángulo en que toca la arena y el agua. Por un momento, cuando abro los ojos, hay un poco más de luz en la playa.

agradecimientos

A través de los años, ¡he sido bendecida con la luz de tantos niños! Entre ellos, mis dos hijastras, Sara y Berit. Su fe, paciencia, perseverancia y tolerancia han sido una bendición, nos han convertido a todos en una familia.

A mis sobrinos, de su tía que los quiere como una segunda mamá. Y a mis nietecitas, Naomi y Violet. Espero ansiosa a que aprendan a leer, para que podamos compartir libros.

A mis ahijadas de la patria, Quisqueya, la bendición: Estel, Anamery, Rosmery, Miguelina. Y a mis comadres, ¡cuyas duras vidas hacen que criar a estas niñas sea tan difícil! Gracias por el honor de permitirme ayudarles.

Para Lizzi, ¡que don has sido para mí! Tu ejemplo y tu historia han sido toda una inspiración. Y a ti, Marisa Casey, ¡gracias por tus maravillosas notas y anécdotas que me enviaste por correo electrónico! Y un agradecimiento especial a tu mami, Filis Casey, y la labor de su agencia, Alliance for Children, que tanto ha hecho y sigue haciendo para conectar a niños con familias en las cuales puedan florecer.

A mis asesoras adolescentes, Tori Vondle, Ellie Romp, Geetha Wunnava. Y a mi asesor sobre niños de ocho años, Nicolas Kramer, quien ya tiene diez pero "recuerda cómo era tener ocho". Gracias por la información sobre los juegos de video.

A mi ayudante, Amy Beaupré-Oliver, gracias por encontrar agujas en pajares, y gracias también por enhebrármelas. Y a Marianne Doe, y los maestros y el director de Middlebury

215

Union High School, quienes me permitieron andar por las aulas y hacer preguntas. ¿Cómo logran hacerlo, día tras día, año tras año? Su incansable devoción por los jóvenes de esta comunidad nos enriquece a todos.

A mis bibliotecarias favoritas, Fleur Laslocky, Carol Chatfield y Joy Pile, dispuestas a ayudarme a encontrar las respuestas a las preguntitas que hacen mis personajes.

A mi editora, Andrea Cascardi, madrina de este libro, por su fe en que puedo lograr más y, de alguna manera, ayudarme a hacerlo realidad. A Erin Clarke, por ser mi segunda madrina, dispuesta a tomar cartas en el asunto y ayudarme. A mi prima, Lyn Tavares, siempre tan dispuesta a revisar mi español. A mi traductora, Liliana Valenzuela, siempre tan dispuesta a darme vida en mi lengua materna. Y a mi ángel de la guarda, Susan Bergholz, ¡quien dedica más horas de trabajo que cualquier agente o guardián o ángel que conozca! ¡Gracias de nuevo!

Sin mi compañero, este castillo de palabras estaría construido sobre las arenas movedizas de la soledad y la falta de confianza en mí misma. Gracias, Bill, por la vida juntos que hace que la escritura florezca.

La palabra "criar" sólo se diferencia, por un vocal, de la palabra "crear". Criar a niños compasivos, amantes de la paz es una labor creadora y amorosa. A las madres y *mothers*, los padres y *fathers* quienes luchan por llegar a dominar este arte. Que todos nuestros niños encuentren sus propias historias para que puedan crear vidas con sentido, propósito y promesa.

Always y siempre, a ti, Virgencita de la Altagracia, madre y cuidadora, quien abriga y ayuda a quienes se esfuerzan por crear y criar, y logran así dar un poco más de luz por el mundo. ¡Mil gracias!